Retrouvailles à Las Vegas

*

La règle du bonheur

DENISE N. WHEATLEY

Retrouvailles à Las Vegas

Traduction française de
ADELINE MAGNE

BLANCHE

HARLEQUIN

Collection : Blanche

Titre original :
ER DOC'S LAS VEGAS REUNION

HARPERCOLLINS FRANCE
83-85, boulevard Vincent-Auriol, 75646 PARIS CEDEX 13
Service Clients — www.harlequin.fr
ISBN 978-2-2805-0666-3 — ISSN 0223-5056

Édité par HarperCollins France.
Composition et mise en pages Nord Compo.
Imprimé en août 2024 par CPI Black Print (Barcelone)
en utilisant 100% d'électricité renouvelable.
Dépôt légal : septembre 2024.

FSC
www.fsc.org
MIXTE
Papier issu de sources responsables
FSC® C159065

Pour limiter l'empreinte environnementale de ses livres, HarperCollins France s'engage à n'utiliser que du papier fabriqué à partir de bois provenant de forêts gérées durablement et de manière responsable.

Prologue

Le téléphone portable d'Eva vibra dans son petit sac de satin noir. Elle le sortit d'un geste vif, mais ce n'était pas Kyle qui appelait.

— Amanda ? murmura-t-elle. Désolée, mais je ne peux pas te parler, là. Je suis...

— Laisse-moi deviner. Tu es au beau milieu d'un rassemblement électoral, aux côtés de ton sémillant fiancé, le futur sénateur de l'Iowa.

— Non, pas ce soir. Une fois n'est pas coutume, Kyle m'a invitée à un dîner en tête à tête au Château Eilean.

— Oh ! le restaurant chic qui vient d'ouvrir ? Ma chère...

— N'est-ce pas ? Un vrai repas en amoureux, sans directeur de campagne ni dircom. Ça fait des mois qu'on n'est pas sortis ensemble.

Eva s'arrêta devant un miroir à dorures pour lisser ses longs cheveux ondulés et ajuster la ceinture de sa robe croisée rouge. Décidément, ses trois séances hebdomadaires de vélo en salle lui faisaient une taille de guêpe. À moins que ce ne soit le stress des fiançailles. Quoi qu'il en soit, d'une taille 40, elle était passée à un petit 38. Il avait même fallu retoucher la belle robe évasée qu'elle avait choisie pour le mariage.

— Avec nos emplois du temps surchargés, notre couple est passé au second plan récemment. J'espère vraiment que cette soirée nous permettra de le relancer. Et puis, il nous reste quelques détails à régler pour le grand jour.

Eva croisa alors le regard noir de l'hôtesse d'accueil.

— Écoute, je dois te laisser. Les téléphones sont interdits ici. Je te rappelle, OK ?

Elle raccrocha et regarda à nouveau l'heure : elle avait quinze minutes de retard. Parfait. Pour une fois, ce serait Kyle qui l'attendrait. D'ordinaire, elle s'efforçait d'être ponctuelle à leurs rendez-vous, mais là, un gamin avait débarqué avec un poignet cassé en toute fin de journée et elle avait dû lui poser un plâtre à la dernière minute.

— Bonjour. Je suis Eva Gordon et j'ai rendez-vous avec Kyle Benson. La réservation est à son nom.

— Certainement, docteur Gordon. Si vous voulez bien me suivre…

L'hôtesse la mena dans un salon à la décoration pompeuse, jusqu'à une table près de la fenêtre. Mais la table était vide. Comme d'habitude, Kyle était en retard. Un serveur s'approcha alors qu'elle s'installait.

— Bonsoir, docteur Gordon. Puis-je vous proposer une boisson pour vous faire patienter jusqu'à l'arrivée de M. Benson ? Un verre de vin, peut-être ?

— Avec plaisir. Un cabernet sauvignon, s'il vous plaît.

Eva consulta son portable : 19 h 20. Kyle n'avait pas cherché à la joindre, ni par message, ni par téléphone, alors que la réservation était pour 19 heures. Elle lui envoya un texto pour lui demander quand il arriverait, puis elle promena un regard autour d'elle. La salle était remplie de la fine fleur de Black Willow : banquiers, avocats et hommes politiques bavardaient autour de planches de charcuterie ou de fruits de mer. Eva en avait l'eau à la bouche. Elle se souvint alors qu'elle n'avait quasiment rien avalé depuis le petit déjeuner.

Alors qu'elle vérifiait à nouveau son portable, un brouhaha jaillit en provenance du hall. C'était Kyle, enfin ! Il traversa la salle d'un pas dégagé, en marquant un arrêt à chaque table ou presque sur son chemin. Avec son mètre quatre-vingt-dix et son physique d'ancien footballeur, il passait difficilement inaperçu. Son sourire de star brillait comme un soleil et ses yeux en amande semblaient danser chaque fois qu'il exposait ses projets pour changer le monde. Il dégageait une chaleur humaine qui donnait à tout un chacun l'impression d'être écouté, pris en compte. Le directeur du Château lui serra la main avec empressement.

— Quel plaisir de vous accueillir ce soir, monsieur Benson. Alors, qu'est-ce que vous en dites ? N'est-ce pas l'endroit idéal pour nouer des contacts avec l'élite de Black Willow ?

— Je ne vous le fais pas dire. J'ai déjà repéré quelques donateurs potentiels.

Eva enfonça ses doigts dans la nappe de lin. Même ici, il était en campagne. Dire qu'elle avait eu la naïveté de penser qu'ils allaient passer une soirée tranquille en tête à tête...

— Tous mes vœux de réussite, répondit le directeur. Si je peux vous être utile en quoi que ce soit, n'hésitez pas à me le faire savoir.

— Merci, Douglas.

Kyle capta alors le regard d'Eva. Tout sourire, elle lui adressa de grands signes, comme s'il allait prononcer un discours de victoire.

— Désolé pour le retard, dit-il dans un souffle.

Elle lui tendit son cou, mais il se contenta d'effleurer sa joue d'un baiser rapide avant de saluer un groupe d'hommes attablés non loin. Ensuite, il chercha des yeux le serveur. Eva dissimula tant bien que mal son énervement derrière un sourire crispé.

— J'allais justement commander des apéritifs, mais j'avais du mal à me décider. Tout a l'air tellement appétissant !

— Ne te donne pas cette peine, je ne peux pas rester.

— Pardon ? Mais notre dîner ?

— Une autre fois. Je n'ai que trente minutes de libre, et encore. Je bois un verre et je file. Je dois retourner au bureau. La campagne commence à s'emballer.

Eva laissa tomber le menu sur la table avec dépit.

— Qu'est-il arrivé de si important pour que tu annules ce que je croyais être un rendez-vous amoureux ?

— J'ai une réunion avec mon directeur de campagne. Stan

vient d'ajouter un discours de dernière minute à mon planning. C'est pour demain matin, au bureau du maire. Plusieurs médias seront là. Je n'ai pas droit à l'erreur.

Eva ouvrit la bouche pour répondre, mais le serveur arriva sur ces entrefaites avec son verre de vin. Alors que Kyle commandait un whisky sour, elle afficha sur son portable des photos de compositions florales.

— Puisque tu ne peux pas t'attarder, pourrait-on au moins passer en revue les arrangements que Louise a imaginés pour le mariage ? Tiens, regarde. J'adore celui-ci. Le vase de cristal gravé est magnifique, non ? Et ce camaïeu de roses dans les pivoines... Ceci dit, on peut aussi s'en tenir à des choix traditionnels, comme des roses, ou alors des arums blancs. Qu'en penses-tu ?

Kyle ne lui répondit pas. Il était trop occupé à rédiger un message.

— Excuse-moi, insista-t-elle avec raideur. Pourrais-tu au moins m'accorder ton attention pour tirer cette question au clair ? Autrement, la cérémonie se déroulera sans fleurs. Tu m'écoutes, dis ? Kyle, je te parle !

Il leva l'index pour réclamer le silence.

— Une seconde. Il faut que je valide certains points que Stan tient à insérer dans le discours.

Eva posa son portable avec brusquerie et avala quelques gorgées de vin pour se calmer. Elle était à deux doigts de lui proposer de laisser tomber la cérémonie. Au train où allaient les choses, ils devraient se contenter d'un échange de vœux devant M. le maire. Et encore, seulement lorsque l'élection serait enfin passée.

Kyle lâcha son téléphone seulement pour prendre le verre que venait de lui apporter le serveur.

— Tu sais, pour ce discours, j'ai envie de prendre quelques libertés, notamment pour exposer mes initiatives en matière d'éducation. Par exemple, dire que les parents devraient recevoir les programmes scolaires, ou alors suggérer des levées de fonds pour financer des programmes de bourses. À ton avis ?

Eva relâcha lentement son souffle.

— Ce sont de bonnes idées, mais de grâce, aurais-tu quelques minutes pour ces arrangements floraux et…

Le portable de Kyle vibra et il s'en empara pour taper un nouveau message.

— Kyle !

Il sursauta sur son siège et plusieurs têtes se tournèrent vers eux. Kyle coula un sourire penaud vers les tables les plus proches avant de la foudroyer du regard.

— Peux-tu baisser le ton, s'il te plaît ?

— Désolée. J'aimerais que tu lâches un peu ton téléphone et que tu m'écoutes. Tu as du travail, certes, mais moi aussi. Puisque tu écourtes notre soirée, la moindre des politesses serait de m'aider au lieu de me laisser sur le dos toute l'organisation du mariage.

Kyle posa un coude sur la table et une joue dans sa main. D'un geste, il congédia le serveur qui venait prendre leurs commandes. Eva garda le silence. Elle attendait des excuses, et qu'il condescende enfin à examiner ces arrangements floraux.

— Je n'y arriverai jamais, murmura-t-il soudain.

Elle se pencha pour lui caresser le bras.

— Allons, Kyle. Bien sûr que si. J'ai limité les choix à quatre compositions. Tu n'as qu'à me dire laquelle tu préfères. Et pour le discours, tu vas t'en tirer haut la main, comme d'habitude.

— Je ne parle pas d'arrangement, Eva, répliqua-t-il en s'écartant. Ni de mon discours. Il s'agit de nous deux. Je n'en peux plus.

Elle le regarda fixement, la gorge serrée. Avait-elle bien entendu ce qu'elle venait d'entendre ?

— Je suis désolé, ajouta-t-il dans un chuchotement. Simplement, c'est… c'est trop. Je ne vois pas comment je pourrais mener de front une campagne électorale et ce mariage. Le mieux serait d'annuler la cérémonie.

Les oreilles d'Eva se mirent à bourdonner. Dans le brouillard qui l'envahit, elle avait seulement conscience de Kyle et de son visage maussade. Elle ne dit rien dans l'espoir qu'il revienne sur ses paroles. Or, non. Il se contentait de siroter son whisky en évitant son regard.

— Attends… Tu veux annuler notre mariage à cause d'une élection que tu es parti pour gagner ?

— Plus bas, s'il te plaît. Tout le monde nous regarde.

— Et alors ? Tu viens de mettre un terme à notre relation, mais c'est ça qui t'inquiète ? Qu'on nous regarde ? Suis-je bête… Tu as toujours été obsédé par l'image que tu donnes aux autres. Faire bonne impression, c'est tout ce qui compte pour toi. La réalité, tu t'en fiches. Du moment que les apparences sont sauves, tout va bien.

— OK, je préfère en rester là avant que la situation ne dégénère.

— Fais-moi confiance, elle ne peut pas dégénérer davantage. Merci, Kyle, dit-elle en se levant.

— De quoi ?

— D'avoir gâché les cinq dernières années de ma vie !

Eva s'en alla à grands pas, en proie à une rage comme elle n'en avait jamais connu. Mais derrière la colère, il y avait aussi du chagrin, de la confusion. Pour la première fois de sa vie, son existence sortait des rails et elle n'avait pas la moindre idée de ce que l'avenir lui réservait.

La tête remplie d'idées noires, Eva allait et venait comme un lion en cage entre les murs de son élégant petit loft. Lorsqu'elle avait rencontré Kyle lors d'une soirée caritative, elle avait cru qu'il pouvait être l'homme qu'il lui fallait. Il avait du charme, du charisme et il avait l'air de l'adorer. Bref, il cochait toutes les bonnes cases et elle était vite tombée amoureuse. Mais à mesure que la carrière politique de Kyle prenait son envol, leur relation avait commencé à battre de l'aile et leurs fiançailles n'y avaient rien changé. Parfois, Eva s'était demandé si Kyle souhaitait vraiment ce mariage ou s'il désirait simplement parader avec une femme trophée. À présent, elle l'avait, sa réponse.

Elle s'arrêta devant son bureau, se laissa tomber sur la chaise pour se connecter à son journal en ligne. Alors que le document s'ouvrait, une publicité jaillit sur l'écran. Étrange... Son ordinateur était pourtant configuré pour bloquer les fenêtres intempestives. Et pourtant, un message clignotait en grosses lettres rouges en travers de l'écran :

Voulez-vous changer de vie ?

— Tu parles si j'aimerais changer de vie !

Sans réfléchir, Eva cliqua sur la publicité et plissa les yeux pour lire l'encart.

Vous exercez une profession médicale ? Vous souhaitez faire évoluer votre carrière ? Nous vous proposons une opportunité passionnante au sein de l'Hôpital Général Fremont de Las Vegas. De nombreux contrats temporaires sont disponibles en néonatalogie, radiologie, soins intensifs et soins d'urgence.

— Un contrat temporaire dans un service d'urgences ? murmura-t-elle.

Elle cliqua sur une icône et une nouvelle page s'afficha.

Les urgences de l'Hôpital Général Fremont offrent un environnement moderne et trépidant, où responsabilité et satisfaction ne sont pas des vains mots. Nous recherchons un médecin urgentiste expérimenté, fort d'une connaissance approfondie des techniques et pratiques de soin les plus à la pointe. Si vous recherchez une expérience épanouissante et unique, n'hésitez pas à cliquer sur le lien ci-dessous pour postuler !

Les doigts d'Eva planèrent au-dessus du clavier. Elle se rappela l'instant où Kyle lui avait dit *je n'en peux plus*. Black Willow était une petite ville. La nouvelle n'allait pas tarder à éclater et, dès lors, les rumeurs iraient bon train. Se faire plaquer, c'était déjà dur, mais devoir en plus supporter tous ces commérages... C'était l'humiliation de trop.

Jusqu'à présent, Eva s'était toujours efforcée de faire ce qu'on attendait d'elle. Elle avait marché dans les pas de son père en devenant médecin, et tout comme son père avant elle, elle s'efforçait d'exceller dans sa discipline. Elle s'était pliée au désir de sa mère, qui souhaitait lui faire contracter un bon mariage avec le célibataire le plus convoité de Black Willow : Kyle, pour ne pas le nommer. Bref, elle avait fait le gros dos devant les exigences de tout le monde, et tout cela pour quoi ? Il était grand temps qu'elle prenne sa vie en main.

— Allez, advienne que pourra.

Et elle cliqua sur le lien pour postuler.

1

Premier mois

— Nous y sommes, docteur Gordon.

Eva sentit son cœur lui tomber dans les chaussures. De la vitre arrière de la Tesla, elle contempla l'imposante façade de ciment blanc et de verre. L'Hôpital Général Fremont était une vraie ruche. Malgré l'heure matinale, des voitures et des véhicules d'urgence se croisaient dans un ballet incessant parmi les allées d'un jardin agrémenté de plantes splendides. Un flot ininterrompu de patients, de visiteurs et de soignants se déversait dans les deux sens par les portes automatiques. Par rapport à sa petite clinique de campagne, c'était le jour et la nuit.

Eva, tu n'es plus à Black Willow, justement !

Le téléphone du chauffeur émit un léger *ping* pour l'avertir d'une demande de course. Il pivota sur le siège et s'éclaircit la gorge.

— Bonne chance, docteur.

— Oh… Désolée, je vous retarde. Merci beaucoup.

Elle sortit, les jambes flageolantes et le cœur en chamade. Seigneur, dans quoi mettait-elle les pieds ?

Les deux semaines passées avaient filé à la vitesse de l'éclair. Après avoir postulé aux urgences de Fremont, Eva s'était immergée dans le travail pour échapper à ses problèmes personnels et elle avait mis sa vie sociale en veilleuse. Au bout d'une semaine, un message lui avait confirmé que sa candidature avait été acceptée et qu'elle était attendue à l'Hôpital Général Fremont pour un contrat de trois mois. Dès lors, tout s'était enchaîné très vite. Une fois sa demande de congé validée, elle avait consolé son chef, catastrophé d'apprendre qu'elle s'en allait. Puis elle avait pris contact avec un gardien de maison et fait ses adieux à ses parents et ses amis avant de s'envoler pour Las Vegas. Le tout sans en rien dire à Kyle, bien entendu.

— Et maintenant, me voilà, se murmura-t-elle à elle-même. Allons-y.

Elle prit une profonde inspiration et entra d'un pas décidé dans un hall vaste et clair. Une chaude lumière tombait d'un plafond en treillis de bois sur des murs décorés de fresques fleuries. Des fauteuils de cuir moelleux étaient alignés dans un grand espace d'attente. Pour un peu, on se serait cru dans un hôtel. *Je n'aurais pas de mal à m'habituer à un endroit pareil*, songea-t-elle. Une réceptionniste l'accueillit avec un grand sourire.

— Puis-je vous aider ?

— Oui, je suis le Dr Eva Gordon. Je dois rencontrer ici même Brandi Bennett. Elle est infirmière aux ur...

— Docteur Gordon ?

Une petite femme blonde aux cheveux bouclés et aux joues roses s'approchait d'elle avec un sourire chaleureux.

— Bonjour ! Je suis Brandi Bennett. Je vous en prie, appelez-moi Brandi.

— Ravie de vous rencontrer, Brandi, répondit-elle en lui serrant la main. Enfin, je peux mettre un visage sur votre nom. Merci encore pour tous vos conseils. Ils ont vraiment facilité mon installation.

— Tant mieux ! Je sais ce que c'est de quitter son patelin du jour au lendemain pour vivre dans une grande ville. Je suis originaire de Clemmington, en Californie, à seulement quelques heures d'ici. Vous venez de bien plus loin, si je ne m'abuse ?

— Oui, de l'Iowa. J'espère que je m'adapterai assez vite.

— Je n'en doute pas une seconde. Cette expérience sera très

enrichissante, vous verrez. Du moins, elle l'a été pour moi. Sur ce, vous êtes prête pour un petit tour des lieux ?

— Avec plaisir.

— Parfait. Nous commencerons par les soins intensifs et l'unité coronarienne, tout en haut. Ensuite, nous descendrons étage par étage et nous terminerons par les urgences. Suivez-moi.

En chemin vers l'ascenseur, Brandi se tourna vers Eva.

— Si je peux me permettre, qu'est-ce qui, dans ce poste, vous a motivée à faire le déplacement ?

— C'est une longue histoire. Dans l'immédiat, je me contenterai de dire que j'avais besoin de changer d'air.

— Voilà, vous savez tout, déclara Brandi une heure plus tard. Du moins, l'essentiel.

Eva hocha la tête. Cela faisait beaucoup de choses à assimiler en peu de temps, elle en avait le tournis.

— C'est un bel hôpital. À coup sûr, je vais me perdre dans les couloirs, mais j'espère que je trouverai vite mes repères. Vous avez gardé le meilleur pour la fin ?

— Absolument : les urgences. La cafétéria est sur le trajet. Je vous sers un café ?

— Avec grand plaisir. Je ne sais pas comment j'ai pu tenir jusqu'à maintenant sans ma dose quotidienne de caféine.

Elle suivit Brandi dans un réfectoire lumineux et remarqua en passant un bar à salades, un comptoir de sushis, un autre de pâtes fraîches, un stand de hot-dogs. Alors qu'elles approchaient de l'espace café, une silhouette familière apparut dans le champ de vision d'Eva.

— Attends... Ce ne serait pas...

C'était fou, mais elle aurait juré avoir vu Idris Elba.

— Ce ne serait pas qui ? demanda Brandi en promenant un regard autour d'elle.

— Rien, rien. Vous me conseillez quel café ?

— Je prends toujours un espresso frappé avec un nuage de lait d'avoine et une pointe de stevia. Avec ça, je suis en forme toute la journée.

— C'est pile ce qu'il me faut.

— Parfait. Deux espressos, alors.

Tandis que Brandi commandait les cafés, le regard d'Eva erra vers la sortie du réfectoire. Le sosie d'Idris Elba s'en allait, et même s'il lui tournait le dos, Eva n'arrivait pas à se départir de l'impression étrange qu'elle le connaissait de quelque part. Cette silhouette grande et mince, cette démarche souple, ces cheveux ondulés qui décrivaient un V sur la nuque... Sans oublier ces larges mains qui bougeaient avec des gestes expressifs... Tout cela lui disait quelque chose.

— Tenez, dit Brandi en lui tendant un café. J'espère qu'il vous plaira.

Eva ôta l'opercule de la tasse et aspira l'odeur avec délectation avant d'en savourer une gorgée, les yeux fermés.

— Mmh... Délicieux.

— N'est-ce pas ? Sur ce, vous êtes prête pour découvrir les urgences ?

— Et comment !

Eva lui emboîta le pas, impatiente de prendre connaissance des lieux où elle allait passer le plus clair des trois prochains mois.

— Oh ! attendez, dit soudain Brandi. Docteur Malone !

Eva suivit son regard et aperçut alors le sosie d'Idris Elba. La tête plongée dans un dossier, il s'entretenait avec un homme chauve et baraqué qui lui donna un léger coup de coude avant de pointer le doigt vers Brandi. Celle-ci se tourna vers Eva.

— Vous avez une minute ? J'aimerais vous présenter quelqu'un.

Alors que les hommes s'approchaient, Eva se figea, comme pétrifiée.

— Non, ce n'est pas possible... Ce n'est pas...

— Pardon ? demanda Brandi.

— Vous avez dit Dr qui ?

— Dr Malone... Clark Malone, plus exactement. C'est l'un des médecins des urgences. Vous serez appelée à travailler étroitement avec lui.

Eva sentit ses jambes se dérober sous elle et elle s'appuya contre un mur, le cœur au bord des lèvres. La voix de Brandi lui parvenait comme dans un brouillard. *Clark Malone*... Comme il avait changé ! Le jeune étudiant un peu frêle était devenu un très bel homme à la carrure imposante. Son passé lui revenait en pleine figure, et avec lui surgissait un tourbillon de souvenirs qu'elle avait relégués depuis longtemps dans les tréfonds de sa mémoire. Souvenirs d'une certaine nuit, notamment.

Revenant au présent, Eva ajusta sa petite veste noire et leva timidement la main pour le saluer. Le sourire chaleureux de Clark disparut aussitôt, remplacé par un froncement de sourcils ombrageux. Son teint couleur chocolat devint grisâtre et il plissa les yeux d'un air incrédule. En cet instant, Eva aurait donné n'importe quoi pour pouvoir se téléporter jusqu'à Black Willow.

— Docteur Malone, je souhaiterais vous présenter...

— Le Dr Eva Gordon, acheva-t-il à la place de Brandi.

Le regard de celle-ci passa brusquement de l'un à l'autre.

— Allons bon... Vous vous connaissez ?

— Oui, murmura Eva. Le Dr Malone et moi étions étudiants à la faculté de médecine de Cedar Rapids.

Sans la quitter des yeux, Clark redressa les épaules et croisa les mains sur le ventre. À l'époque, déjà, il avait ce geste chaque fois qu'une situation stressante se présentait. *C'est son mécanisme de défense chaque fois qu'il se sent vulnérable*, songea-t-elle, étonnée de déchiffrer son comportement aussi facilement après toutes ces années.

— Je, euh...

Clark s'interrompit, le front plissé dans une expression perplexe.

— Je suis surpris de vous trouver ici, docteur Gordon. Qu'est-ce qui vous amène à Las Vegas ?

— En fait, le Dr Gordon a accepté un contrat court aux urgences.

Elle rejoint l'équipe à partir d'aujourd'hui et pour trois mois. Vous serez donc amenés à travailler étroitement l'un avec l'autre. Mais cela ne devrait pas vous poser de problème, puisque vous avez été à la fac ensemble.

Clark ouvrit de grands yeux.

— Tu... Vous avez accepté *quoi* ?

— Bienvenue parmi nous, docteur Gordon, dit le deuxième homme en lui serrant la main.

— Mais où avais-je la tête ? dit Brandi. Je suis tellement surprise d'apprendre que vous vous connaissez que j'en oublie d'être polie. Eva, je vous présente Leo Graham, notre estimé directeur. Si vous avez la moindre question, le Dr Graham est votre interlocuteur privilégié.

— Ravie de vous rencontrer, monsieur le directeur.

— Je vous en prie, appelez-moi Leo.

Clark jeta un coup d'œil appuyé à sa montre.

— Tu permets, Leo ? J'aurais quelques dossiers à passer en revue avec toi. Docteur Gordon, bienvenue parmi nous.

— À très bientôt, docteur Gor...

Mais sans lui laisser terminer sa phrase, Clark saisit le bras de Leo et l'entraîna dans la direction opposée.

— On vous retrouve dans un petit moment aux urgences, les héla Brandi avant de se tourner vers Eva. Ne vous formalisez pas. Le rythme de travail est assez soutenu aux urgences et ils étaient sans doute pressés. Vous êtes prête pour terminer la visite ?

— Euh, oui, marmonna-t-elle, les yeux fixés sur le dos de Clark qui s'éloignait à grands pas.

Il ne supporte même pas ma présence. Je n'aurais pas dû venir. C'est un échec couru d'avance.

Elle se tourna vers Brandi avec empressement.

— J'aurais besoin d'aller aux toilettes. Il y en a dans les parages ?

— Oui, tout droit et à droite. Vous n'avez qu'à me retrouver aux urgences, OK ? Elles sont un peu plus bas dans le couloir, sur votre gauche. C'est indiqué, de toute façon. Vous ne pouvez pas les rater.

— Merci. J'arrive tout de suite.

Eva s'éloigna à grands pas, le front en sueur. Avisant une poubelle, elle y jeta ce qu'il restait de son café. Elle se sentait mal et la simple idée d'avaler quoi que ce soit lui retournait le ventre. Alors qu'elle atteignait les toilettes, plusieurs dames accompagnées de jeunes enfants bruyants s'engouffrèrent à l'intérieur. Eva continua à marcher droit devant elle, à la recherche d'un recoin calme, et aperçut trois cabines de téléphone un peu plus loin. Elle se faufila dans l'une d'elles et sortit son portable.

— Appeler Amanda Reinhart, dit-elle à l'assistant vocal.

Amanda décrocha à la première sonnerie.

— Eva ! Comment va la vie dans la ville du pé...

— Tu ne devineras jamais qui travaille aux urgences de Fremont.

— Ouh là, ne parle pas si vite. Je ne devinerai jamais quoi ?

— Qui... travaille... à... Fremont, répéta-t-elle en détachant les mots.

— Qui ?

— Clark ! Clark Malone.

Eva ferma les yeux et se laissa glisser le long du mur de lambris pour s'asseoir sur un vieux tabouret bordeaux. Un silence tomba sur la ligne.

— Amanda ? Tu es là ?

— Oui, oui. Simplement, je ne sais pas quoi dire. C'est tellement incroyable. Vous ne vous êtes pas quittés en très bons termes, non ? Alors le retrouver après toutes ces années, qui plus est dans des circonstances aussi improbables, c'est...

— Complètement fou, je sais.

— Exactement. Clark Malone... Vous étiez tellement complices, tous les deux... Du moins, jusqu'à cette fameuse nuit. D'ailleurs, je n'ai jamais compris pourquoi tu ne lui as pas laissé sa chance.

— Tu sais très bien pourquoi. J'étais focalisée sur mes études et je tenais à décrocher l'internat que j'avais placé en premier choix. Je n'avais tout simplement pas le temps pour une relation.

— Dis plutôt que tu faisais de ton mieux pour marcher dans les pas de ton père et pour faire plaisir à ta mère.

— Et alors ? C'était bien normal après tout ce qu'ils avaient sacrifié pour moi, non ? Surtout ma mère. Elle a vu ses parents manger de la vache enragée quasiment toute leur vie. Quand elle a connu mon père, elle a cumulé deux emplois pour l'aider à financer ses études. Elle tenait à m'éviter ce genre de difficultés, voilà tout.

— C'est pour ça qu'elle insiste autant pour ce mariage avec Kyle ?

— Oui, tout à fait. C'est un fils de bonne famille, avec une bonne situation. Elle souhaite me voir avec un homme qui prendra soin de moi, même si je suis parfaitement capable de m'assumer toute seule. Tu sais comme elle est vieux jeu.

— Je comprends, Eva, mais il s'agit de ta vie. Quand vas-tu te décider à la vivre comme tu l'entends ? Tes parents t'ont donné une éducation de premier ordre et tu as réalisé leur rêve en devenant un excellent médecin, mais qu'en est-il de tes rêves à toi ? Tu as le droit d'avoir des projets, de tomber amoureuse…

— Là n'est pas la question. J'aimerais en revenir au problème qui m'intéresse.

— Quel problème ? Tu as retrouvé Clark et c'est une très bonne chose. Un signe du destin, qui sait ?

— Pardon ? Je te rappelle que mon fiancé vient de me plaquer. C'est même pour cela que je suis venue à Las Vegas. J'aimerais éviter de tomber dans une situation qui risque de me faire souffrir. Et puis, de toute façon, Clark n'avait pas l'air ravi de me voir. Il semblait pressé de me quitter.

Elle s'affaissa sur elle-même en gémissant.

— C'était une bêtise de venir ici. Je devrais rentrer tout de suite.

— Jamais de la vie ! Tu viens de saisir une opportunité incroyable, Eva. Ne la gâche pas. Et ne t'en fais pas pour Clark. Je suis sûre qu'il était pris de court, lui aussi. Vous finirez par reprendre vos marques l'un avec l'autre, fais-moi confiance. D'ici là, ne boude pas le hasard qui vous a réunis.

— Oui, bon, on verra. Merci pour le conseil, en tout cas.

Eva regarda l'heure avec un soupir.

— Il faut que j'y aille. L'infirmière qui me fait visiter la clinique va finir par croire que je me suis égarée.

— D'accord. Haut les cœurs, docteur Gordon, OK ? Quoi qu'il arrive, ce sera pour le mieux.

— Si tu le dis… Bon, je te tiens au courant. Salut !

Eva raccrocha et fixa un regard vide sur le mur opposé. Enfin, elle se contraignit à se lever, les jambes tremblantes, et se dirigea vers les urgences en espérant ne pas tomber à nouveau sur Clark. Dès qu'elle la vit, Brandi lui tendit une blouse médicale.

— Tenez, docteur Gordon. On ne sait jamais. Nous pourrions être amenées à leur prêter main-forte au cours de la visite. Mieux vaut se tenir prêt.

Comme pour appuyer ses propos, une civière déboula dans le couloir et Eva recula précipitamment pour ne pas gêner les secouristes. La salle d'attente était remplie de patients aux visages las et de parents ou amis inquiets. Un agent de sécurité agitait le bras pour tenter de discipliner un groupe qui venait de prendre d'assaut le bureau de la réception.

— Suivez-moi, dit Brandi. C'est ici que vous serez amenée à travailler : salles de réa, de traumatologie, bloc opératoire, unités d'observation… Vous allez passer le plus clair de votre temps ici.

Eva pivota lentement sur elle-même.

— Mon Dieu… C'est tellement différent de tout ce que je connais.

— Venez, je vais vous montrer où se trouvent la bibliothèque et la chapelle. Ne vous inquiétez pas, vous allez vite vous habituer. Je suis sûre que le Dr Malone sera plus que ravi de vous prendre sous son aile.

Cela, j'en doute fort, songea Eva avec un sourire de façade. *Seigneur, dans quel pétrin je me suis fourrée ?*

2

— Désolé, Clark, mais quelle mouche t'a piqué ?

— Rien. Je n'ai pas envie d'en parler.

La vue brouillée par l'émotion, Clark avalait le couloir à grandes enjambées qui obligeaient Leo à allonger le pas pour ne pas se laisser distancer. Eva allait faire partie de l'équipe les trois prochains mois. C'était incroyable. Complètement fou. Eva Gordon, bon sang ! À croire que le destin lui jouait des tours.

Il entra en coup de vent dans le bureau de Leo et saisit une liasse de documents.

— Je cherche le dossier de M. Johnson. Il est où ?

— Baisse le ton, veux-tu ? L'infirmière d'accueil en avait besoin. Qu'est-ce qu'il t'arrive, à la fin ?

Clark ne lui répondit pas. Mille souvenirs surgissaient pêle-mêle dans son esprit. Il se revoyait assis avec Eva sur le tapis beige de son petit studio d'étudiante. Ils avaient passé un nombre incalculable d'heures ainsi, à réviser et à se raconter leur vie, leurs soucis, leurs ambitions. Pendant toutes ces années, Eva avait été l'une des personnes qui comptaient le plus pour lui : une amie, une confidente. Ils avaient été unis par des liens très forts, si forts qu'il n'avait pas tardé à éprouver des sentiments pour elle. Mais il avait longtemps hésité à les lui déclarer de peur de mettre à mal leur amitié.

En troisième année, pourtant, impuissant à les contenir, il avait craqué. Tous les deux, ils s'étaient abandonnés lors d'une nuit de passion absolument électrique, inoubliable. Il avait vraiment cru que leur relation avait franchi un cap. Espoir vite douché, car Eva avait eu d'autres priorités : obtenir ses diplômes, réussir son internat. Bref, elle n'avait pas eu de place pour lui dans sa vie. Pas pour autre chose que de l'amitié, en tout cas. Mais redevenir son ami, comme si rien ne s'était jamais passé entre eux ? Impossible.

La sonnerie de l'Interphone le tira de ses pensées.

— Je reviens tout de suite, dit-il à Leo.

Il sortit précipitamment et se dirigea vers l'infirmière d'accueil.

— Où en est M. Johnson ? A-t-il été transféré en soins intensifs ?

— Non, il n'a pas quitté les urgences. On attend qu'un lit se libère en soins intensifs. Ne vous inquiétez pas, son état est stable. L'infirmière Collins s'occupe de lui.

— Parfait. Je passe le voir tout de suite.

Alors qu'il se rendait en unité de traumatologie, Clark entendit derrière lui des bruits de pas précipités : c'était Leo, encore.

— Eh ! Clark, attends ! J'aimerais te demander quelque chose.

Celui-ci leva une main en l'air.

— Pitié, garde tes questions pour toi. Je ne suis vraiment pas d'humeur et je n'ai pas le temps. Depuis ce matin, on a pris en charge quatre infarctus, trois AVC, deux victimes d'accidents de voiture et une overdose. Et il n'est même pas midi.

— Bienvenue à Las Vegas, la ville qui ne dort jamais. Ah, mais vas-tu attendre, à la fin ?

Leo se posta devant lui au beau milieu du couloir.

— Qu'est-ce qui te met dans cet état ? Le travail ou ton rendez-vous d'hier avec Veronica ?

Plongé dans le dossier de M. Johnson, Clark ignora le regard curieux de son collègue et ami.

— Je croyais t'avoir dit que je ne souhaitais pas répondre à tes questions.

— Oui, mais je pensais que tu faisais allusion à Eva. Allez, raconte ! Je devine que ça se passe bien avec Veronica puisqu'elle a passé le cap du cinquième rendez-vous. Pour toi, c'est un record, non ?

Mais Clark persistait à faire mine de ne pas l'entendre.

— Bon, dit Leo avec un soupir. Réponds juste à une question. Veronica est-elle la perle rare ? À la façon dont tu en parles, elle a l'air sensationnelle.

— Elle l'est. Mais la question qui mérite surtout d'être posée, c'est de savoir si je recherche vraiment quelqu'un.

Leo leva les yeux au ciel.

— Si ce n'est pas le cas, tu devrais.

Une fois de plus, Clark ne daigna pas lui répondre.

— Oh ! non, dit Leo avec un soupir.

— Oh ! non quoi ?

— Voilà que tu prends à nouveau cet air.

— Quel air ? De quoi parles-tu ?

— Ce léger froncement de sourcils... Quand tes aventures tournent court, tu fais toujours cette tête. Tu as rompu avec Veronica, n'est-ce pas ?

— Pour cela, il aurait fallu qu'il y ait une relation à proprement parler. Elle et moi, nous n'avons jamais recherché une histoire sérieuse et c'était très bien comme ça. Maintenant, nous sommes libres de passer à autre chose.

Leo croisa les bras sur sa bedaine.

— Bon sang, mais qu'est-ce qui ne va pas, chez toi ? Tu es pourtant beau gosse, intelligent... Quelle raison as-tu invoquée pour en rester là ? Je parie que tu lui as sorti ton couplet habituel sur la dure vie d'un médecin urgentiste.

— Tout juste, et ce n'était même pas du boniment. Et tu sais quoi ? Veronica comprend parfaitement, parce que c'est une femme intelligente et parce qu'étant avocate, elle sait de quoi je parle. On s'est quittés en bons termes et il n'est pas exclu qu'on sorte à nouveau ensemble un de ces soirs.

— La plupart des hommes seraient prêts à tout pour un rendez-vous avec une femme comme elle, mais toi, une fois de plus, tu laisses tout tomber. Permets-moi de réitérer ma question : qu'est-ce qui ne va pas chez toi ?

— Tout va très bien, merci, répondit Clark d'une voix neutre en signant l'ordonnance de M. Johnson. Je n'ai pas envie de me fixer, voilà tout. Je ne suis pas malheureux pour autant.

— Je ne suis pas d'accord. Tu serais mieux si tu prenais la peine de trouver l'âme sœur.

— Et toi, tu peux parler. Tu es célibataire, non ?

— Dis donc ! Je te signale que cela n'a pas toujours été le cas, justement. Je parle d'expérience. C'est quand mon ex m'a quitté que je me suis rendu compte à quel point c'est formidable de partager le quotidien d'une personne qu'on aime.

— Si tu le dis... Sur ce, restons-en là, veux-tu ? J'ai des patients à visiter.

Clark se dirigea vers la chambre de M. Johnson, mais l'infirmière Collins s'affairait encore auprès du patient. Lorsqu'il entra, elle redressa la tête et leva un doigt en l'air.

— J'en ai pour quelques minutes, docteur, murmura-t-elle. Quand j'aurai vérifié ses constantes et changé sa perfusion, je passerai en revue son dossier avec vous.

Clark dressa le pouce en signe d'assentiment. Alors qu'il sortait sans bruit, Leo le dévisagea avec un sourire narquois.

— Impossible d'y couper, mon vieux. Il est grand temps que tu cherches à comprendre pourquoi tu es allergique aux relations durables.

Clark passa devant lui et s'installa à un poste de travail mobile. Tandis qu'il ouvrait le dossier de son patient, son portable émit un léger *ping* : il venait de recevoir une notification de l'une des nombreuses applications de rencontre auxquelles il était abonné.

Vous avez un nouveau message privé !

Leo regarda l'écran par-dessus son épaule.

— Tu retournes déjà sur une plate-forme de rencontres ?

— Mêlez-vous de vos affaires, monsieur le directeur.

— J'aurais du mal. Tu ne t'en caches même pas ! J'ai reconnu ce *ping*. C'est une alerte de Deux de Cœur.

— Comment le sais-tu ?

— Je suis membre platine, moi aussi.

— Tu m'en diras tant. Puisqu'on ne peut rien te cacher, regarde le profil de Kelsie, dit-il en lui tendant le téléphone. Elle est danseuse à l'hôtel Bellagio. D'après son message, elle souhaiterait devenir médecin et emprunter mon cerveau.

Leo fit défiler les photos en secouant la tête.

— Elle est splendide. Mais à en juger par ses sorties dans des magasins de luxe, Kelsie s'intéresse moins à ton boulot qu'à ton portefeuille.

— Qu'il est cynique.

D'un geste vif, Clark reprit son portable pour taper un message.

Mon cerveau est libre ce soir, et le reste aussi. ça vous irait ?

La réponse arriva quelques secondes plus tard.

Une minute, je consulte mon agenda… Je plaisante ! Oui, ça irait. Mes répétitions s'arrêtent à 20 heures. On se retrouve au Bar Baccarat du Bellagio à 20 h 30 ?

Parfait. À tout à l'heure.

Leo posa une main sur l'épaule de Clark.

— Conseil d'ami : désabonne-toi de ces sites et prends le temps de réfléchir à ce qui te fait autant peur. D'ailleurs, je crois savoir de quoi il s'agit. Ou de qui, plutôt. Allons, avoue !

— Avouer quoi ?

— Eh bien, que tu es allergique à la vie de couple à cause de cette collègue qu'on vient de croiser... La jolie brune à qui tu refusais d'adresser la parole.

Clark sentit sa bouche devenir sèche. Il chercha une réplique cinglante, en vain.

— Le Dr Eva Gordon, susurra Leo. Aussi surnommée « celle qui t'a quitté ». Tu ne t'en rends peut-être pas compte, mais tu parles d'elle sans cesse. Tu vas même jusqu'à la suivre sur les réseaux sociaux.

— De mieux en mieux... Tout à l'heure, j'étais allergique à la vie de couple. Maintenant, j'espionne les gens sur Internet.

— Je dis ce qui est, désolé. Je t'ai vu sur sa page Instagram de temps en temps. C'est comme ça que tu as appris qu'elle était en couple ?

Excédé, Clark se plongea dans l'examen des clichés radiologiques de M. Johnson pour échapper au regard inquisiteur de Leo.

— Dr Malone, on vous demande à la réception des urgences. Dr Malone...

Celui-ci se dirigea aussitôt vers l'entrée du service, et Leo lui emboîta le pas.

— Sauvé par le gong ! Mais ne t'imagine surtout pas que cette conversation est terminée.

Clark fit mine de ne pas l'entendre, mais arrivé dans le hall de la réception, il se figea.

— Attends ! murmura-t-il.

Il saisit Leo par le bras et l'entraîna vers l'arrière avec une telle brusquerie qu'il faillit le renverser contre le mur. Leo poussa un cri sonore.

— Quel est le problème, maintenant ?

— Eva est à la réception avec Brandi.

— Et alors ? Elles t'ont appelé, voilà tout. Tu n'as qu'à leur demander ce qu'elles veulent.

Mais Clark demeurait immobile et tremblant. Leo leva les yeux au ciel avec un soupir.

— Comment formuler la chose ? Tu ne veux pas qu'on parle d'Eva, très bien. Mais elle va passer les trois prochains mois parmi nous. Tu seras forcément amené à la croiser. Autrement dit, si tu as des problèmes avec elle, tu vas devoir les régler, et vite. Et si tu pouvais en profiter pour redevenir ami avec elle, ce serait encore mieux. Qui sait ? Le destin essaye peut-être de vous remettre ensemble... Ne dit-on pas que Las Vegas est la ville des secondes chances ?

— C'est bon, c'est bon... Ne t'emballe pas, OK ? Allez, qu'on en termine.

Clark se força à avancer, mais ses jambes lui semblaient lourdes comme du ciment. *Respire*, songea-t-il, sans parvenir à remplir ses poumons. Lorsqu'elle les aperçut, Brandi les gratifia d'un pouce levé.

— Nous avons terminé la visite de la clinique et je me disais que vous pourriez présenter les urgences de manière plus détaillée.

Tous les yeux se braquèrent sur Clark, mais il demeura silencieux : son cerveau s'était bloqué. Par bonheur, Leo prit les devants.

— À Las Vegas, la seule chose à quoi s'attendre, justement, c'est l'inattendu. Il y a peu de choses que vous ne verrez pas aux urgences de cette clinique.

— Comme c'est vrai, renchérit Brandi.

Passif, Clark les regardait tous les trois échanger des plaisanteries et des amabilités. Il s'en voulait furieusement de perdre ainsi tous ses moyens, mais ce tour du destin le mettait complètement hors jeu. Rien n'aurait pu le préparer à voir Eva débarquer dans son existence aussi brusquement. Elle était encore plus belle que dans ses souvenirs. À en juger par sa jolie silhouette musclée, elle prenait soin de son corps. Quant à ces grands yeux noisette piquetés de paillettes dorées, ils auraient pu faire fondre un cœur de glace.

— Donc, docteur Gordon, dit Leo d'une voix forte. Où avez-vous travaillé avant de nous rejoindre ici ?

— Je viens d'une petite clinique à Black Willow, dans l'Iowa.

— Tiens donc ? Intéressant. Et vous avez quitté Black Willow pour Las Vegas ?

Eva hésita. Le regard fuyant, elle glissa une boucle derrière son oreille.

— Eh bien, oui.

— Mais vous ne deviez pas vous mar…

— En fait, dit Clark en saisissant le bras de son ami. Leo veut surtout dire que Las Vegas doit vous changer d'une ville aussi petite que Black Willow. Mais je ne doute pas que vous saurez vous adapter sans problème, docteur Gordon. Vous… euh… vous avez trouvé un logement ?

— Oui, pas très loin d'ici, à la Tour Cascade.

— Ah oui ! Je connais bien cette résidence. Moi-même, j'y ai vécu quelque temps à mon arrivée à Las Vegas…

La conversation fut interrompue par des secouristes qui arrivaient en courant. Alors qu'ils se tournaient tous les quatre vers l'entrée des urgences, Leo se pencha vers Clark.

— Tu paries combien qu'il y a de l'eau dans le gaz entre Eva et son fiancé ?

— On en reparlera plus tard.

Avisant un homme qui se tordait de douleur sur un brancard, Clark se précipita vers les secouristes, suivi de Brandi et d'Eva. Le visage du patient était brûlé et ses cheveux carbonisés tombaient par poignées. Son T-shirt bleu marine était en lambeaux et ce qu'il restait d'un jean blanc pendait lamentablement sur ses jambes roussies. Ses bras, son torse, son cou étaient couverts de plaies qui suintaient.

— Qu'est-il arrivé ?

— Il souffre de brûlures au deuxième ou au troisième degré, à en juger par les suppurations et par ces plaques noires au centre de la plupart des plaies. On a essayé de les panser sur place, mais le patient était opposant. Alors, on l'a couvert d'un drap stérile avant de le conduire ici. On a surveillé les voies respiratoires, elles semblent intactes. On lui a aussi posé une perf contre la douleur.

Tout en écoutant le compte rendu, Clark s'était lavé les mains et avait passé une tenue de protection. Il jeta un coup d'œil vers Eva et Brandi, qui achevaient d'enfiler un masque et des gants.

— Comment vous appelez-vous, monsieur ?

En guise de réponse, l'homme poussa une longue plainte.

— Monsieur, quel est votre nom ?

— F… Franck. Franck Rojas.

— Très bien. Monsieur Rojas, je suis le Dr Malone. Pouvez-vous me dire ce qu'il s'est passé ?

— Je… J'ai rien à dire. Soignez-moi, bon Dieu ! Que je puisse partir d'ici.

Sa phrase se termina par un cri déchirant. Les secouristes

placèrent le brancard près d'un lit d'hôpital et, après avoir compté jusqu'à trois, ils procédèrent au transfert du patient tout en veillant à ne pas débrancher le moniteur médical. Dans le chaos organisé de la salle de soins, Clark n'était vraiment conscient que d'une personne en plus du patient : Eva. Elle faisait équipe avec Brandi et un technicien chirurgical du nom de Rian, qui mettait à leur disposition un brumisateur de sérum physiologique et des compresses humides.

— Il faudrait le perfuser pour éviter une déshydratation et une défaillance organique.

Clark approuva d'un hochement de tête.

— Bonne idée, docteur Gordon.

À l'aide de ciseaux, il entreprit de découper les vêtements du patient.

— Vous savez ce qu'il lui est arrivé ?

— D'après ses amis, il a allumé des feux d'artifice à l'arrière d'une voiture.

— Pardon ? Il a quoi ?

— Il a allumé des feux d'artifice dans une voiture.

Sans faire de commentaires, Clark alluma un ophthalmoscope et régla la molette dioptrique avant de réaliser un fond d'œil.

— Qu'est-ce que vous faites ? rugit M. Rojas. Arrêtez ! Je vous dis que je vois, bon sang !

Eva, cependant, terminait d'examiner les oreilles du patient.

— Vous avez remarqué des lésions, docteur Malone ?

— Non, pas autant que je le craignais. L'œil droit présente une légère hémorragie, mais je ne remarque aucun traumatisme par brûlure, abrasion ou rupture. Et ses oreilles ?

— J'ai décelé une légère rougeur et un gonflement mineur, mais pas de brûlures graves ni d'épanchement liquidien.

— Parfait. Avec un peu d'ofloxacine en solution auriculaire, on devrait pouvoir en venir à bout.

Clark posa l'ophthalmoscope sur le chariot de soins alors même qu'Eva rangeait l'otoscope. Ce faisant, leurs mains se frôlèrent.

Ils eurent un geste de recul et un regard d'excuse. Clark se tourna vers le patient en s'efforçant de rester concentré, malgré les picotements sur sa peau.

— Monsieur Rojas, il vous faudra un bilan auditif et visuel plus poussé, mais pour l'heure, dites-vous bien que vous avez eu beaucoup de chance.

L'homme leva faiblement un pouce avec un gémissement. Brandi posa la perfusion alors que Rian apportait le sérum physiologique et les compresses. Ensemble, Clark et Eva entreprirent de nettoyer les plaies de M. Rojas. Avec des gestes fluides et rapides, Eva désinfectait et pansait les blessures tout en réconfortant le patient.

— Docteur Malone, vous avez vu l'index de la main droite du patient ? Il présente des brûlures sur une surface étendue.

Clark examina la masse sombre et raide.

— On dirait une escarre. Circonférentielle, qui plus est. Il faut s'en occuper dès à présent, faute de quoi les tissus comprimés risquent de se nécroser.

— Oui. Je pense qu'il faudrait pratiquer une...

— Escarrotomie d'urgence, dirent-ils de concert.

— Les grands esprits se rencontrent, remarqua Brandi avec un large sourire. Vous deviez faire une fine équipe à la fac. On voit bien que vous n'avez aucun mal à travailler ensemble.

Eva se contenta de hocher la tête et Clark l'imita, faute de savoir quoi répondre au juste. Concentré sur la plaie de M. Rojas, il lui palpa le doigt et le poignet avant de désigner la zone lésée.

— Au toucher, le tissu est raide sur toute la surface de la plaie. Par contre, le pouls est fort. Rian, vous pourriez préparer les outils nécessaires à une escarrotomie ?

— Tout de suite.

Eva plia le bras du patient à angle droit, la paume en l'air, puis elle nettoya la blessure avec de la chlorhexidine et disposa un champ opératoire autour de la zone d'intervention.

— Lidocaïne, s'il vous plaît ?

Rian lui tendit l'anesthésique local, qu'elle appliqua rapidement sur la peau saine. Le temps que le produit fasse effet, elle traita le reste des brûlures de M. Rojas, assistée de Brandi. Clark avait du mal à ne pas la regarder. Dire qu'elle allait passer trois mois ici, parmi eux… La vie était drôle, tout de même… Un instant plus tôt à peine, Leo lui cassait les pieds pour qu'il règle ses problèmes avec Eva, et tout de suite après, boum ! Elle faisait équipe avec lui aux urgences. Oui, la vie était drôle.

Et douloureuse. Alors n'oublie pas le passé et garde la tête froide. Vous êtes collègues, et rien d'autre.

À l'aide d'un marqueur chirurgical, Clark délimita la zone d'intervention, puis il posa le bistouri en amont de la blessure.

— Je vais commencer ici, par une incision longitudinale d'un centimètre dans le tissu sous-cutané sain, de manière que le doigt puisse enfler sans comprimer les vaisseaux sanguins sous-jacents.

— Ce qui, espérons-le, évitera l'amputation, murmura Eva.

— Tout juste.

Clark manœuvra le bistouri en veillant à n'inciser que l'épaisseur du derme profond. La peau nécrosée se sépara aussitôt des tissus sains, exposant la graisse sous-cutanée : l'escarre était libérée.

— Beau travail, docteur, dit Eva. La pression sur les tissus devrait diminuer sans tarder.

Clark sentit sa poitrine se gonfler. Eva avait terminé major de leur promotion, alors venant d'elle, un tel compliment n'était pas à prendre à la légère.

— Merci, docteur Gordon.

Il passa le doigt le long de l'incision pour vérifier qu'il ne restait plus aucune zone de constriction.

— La peau est souple et la circulation sanguine a l'air de fonctionner normalement. Pouvez-vous me passer les…

— Bien sûr, dit Eva.

D'un geste vif, elle prit un paquet de compresses stériles imprégnées de solution antiseptique.

— Vous voyez, déclara Brandi. C'est exactement ce que je voulais dire. Vous faites une belle équipe, tous les deux. Docteur Gordon, vous n'aurez aucun mal à vous adapter à Fremont, c'est moi qui vous le dis.

— Je l'espère.

Les yeux baissés sur son travail, Clark sentit qu'Eva le regardait. Il termina de panser la plaie et se tourna vers Brandi.

— Il faut organiser le transfert de M. Rojas au service des grands brûlés.

— Leo s'est chargé de les avertir qu'on a un patient pour eux.

— Parfait. Rian, pouvez-vous leur demander si une chambre est prête chez eux ?

— J'y vais.

Eva se tourna vers Clark avec un sourire.

— J'adore l'esprit d'équipe qui règne ici. Même si l'activité est intense, chacun connaît son rôle et fait en sorte que tout fonctionne sans accroc.

— C'est ce qu'il y a de bien à Fremont, répondit-il. On trouve ici une camaraderie assez rare dans le milieu. C'est du moins ce que m'ont dit plusieurs intérimaires qui sont passés chez nous. En plus, vous ne vous ennuierez jamais. Cela doit vous changer de Black Willow, non ?

— C'est le moins que l'on puisse dire. La dernière personne que j'ai soignée là-bas, c'était un gosse qui s'était cassé le bras en jouant au base-ball. Ce jour-là, j'ai eu seulement quatre patients.

— Vous allez acquérir une expérience incroyable ici, intervint Brandi. Après ces trois mois à Fremont, les urgences de Black Willow seront un jeu d'enfant pour vous.

À l'évocation du départ d'Eva, Clark se sentit gagné par une vague de tristesse mêlée de regret et de déception. Preuve, s'il en était besoin, qu'il devait tenir ses distances avec elle. Il se tourna vers le moniteur et se concentra sur les signes vitaux de M. Rojas. Le patient était stable. En outre, il s'était calmé depuis un quart d'heure, signe que l'anesthésie faisait effet. Clark l'examina des pieds à la tête : chacune de ses brûlures avait été soignée et pansée.

— Bon travail, tout le monde. Docteur Gordon, merci d'avoir sauté dans le grand bain. Votre aide nous a été précieuse.

— Merci. Je suis ici pour ça.

Brandi tapota l'épaule d'Eva pour attirer son attention.

— Docteur, le directeur vient de me biper. Vous avez vingt minutes de retard à votre rendez-vous.

— Oh !

Eva jeta un regard à sa montre.

— J'avais complètement oublié ! J'étais tellement accaparée par mon travail...

Elle se tourna alors vers Clark d'un air hésitant.

— J'ai été contente de vous revoir, docteur Malone. Au plaisir de faire à nouveau équipe avec vous.

— Pareillement. Même si, j'avoue, ces retrouvailles étaient assez nostalgiques. Mais elles ont ravivé de bons souvenirs.

Et d'autres aussi, beaucoup moins agréables. Son regard s'assombrit à cette pensée. Eva ôta son masque avec un sourire rayonnant et elle le dévisagea comme si elle attendait qu'il en dise davantage. Au lieu de cela, il se tourna brusquement vers Rian.

— Vous avez parlé à Leo ?

— Oui, le service des grands brûlés est prêt à accueillir M. Rojas. J'appelle les infirmiers pour le transfert ?

— Oui, s'il vous plaît. Merci.

Brandi s'adressa alors à Eva, qui regardait toujours Clark. Elle ne souriait plus et ses yeux avaient pris une expression mélancolique. Elle avait dû percevoir son changement d'humeur, mais tant pis. C'était une réaction honnête à leur passé compliqué. Il fallait qu'il se protège.

— On y va ?

— Oui, répondit-elle d'une voix douce. Je suis prête.

— Mais j'y pense, ajouta Brandi. Ça vous dirait d'aller boire un verre tous ensemble après le travail ? En plus de clore la journée sur une note agréable, ce serait aussi une manière de vous accueillir à Las Vegas comme il se doit, docteur Gordon. Je vais en parler à Leo. On pourrait se retrouver à l'Oasis, non ? Qu'en dites-vous ?

— Pourquoi pas ? Et vous, docteur Malone ? Vous êtes d'accord ?

Il eut une brève hésitation.

— Oui, ça me va. Ma journée se termine à 6 heures. Je vous retrouve peu après ?

— Très bien. À tout à l'heure.

Clark les regarda s'éloigner, les yeux fixés sur le doux balancement des hanches d'Eva.

— On se calme..., se marmonna-t-il.

C'était décidé : au cours des trois prochains mois, il allait observer un comportement strictement professionnel avec Eva... Enfin, le Dr Gordon. Bien des années plus tôt, il avait baissé la garde face à elle et mal lui en avait pris. Faire preuve de vulnérabilité reviendrait seulement à s'exposer à des blessures et à des regrets cuisants. Exactement comme avant.

3

Eva gara sa voiture de location devant l'Oasis et tendit ses clés au portier. Une énergie désagréable vibrait dans ses veines, comme pour une gamine à son premier jour dans une nouvelle école. À peine entrée, Eva s'aperçut qu'elle était trop élégante pour l'endroit. Son chemisier de soie violet et sa jupe crayon noire détonnaient au milieu d'une foule en débardeurs, shorts en jean et tongs.

— Docteur Gordon, par ici !

Elle fit volte-face et adressa un geste à Brandi, installée sur une banquette d'angle dans un coin du bar, près de la cabine du DJ. Attablé en face d'elle, Leo bougeait la tête en rythme avec un air des années 1990. Clark n'était visible nulle part.

— Content que vous soyez des nôtres ce soir, lui dit Leo alors qu'elle prenait place à côté de Brandi.

— Merci de m'avoir invitée. Après une journée pareille, j'ai besoin de décompresser.

Brandi fit glisser vers elle une assiette de nachos.

— Tu m'étonnes. L'Oasis porte bien son nom. Je ne compte plus les soirées qu'on a passées ici, à recharger les batteries et à laisser retomber la pression avec des...

— ... des tournées de vodka martini, compléta une voix masculine.

Clark !

Il arrivait, chargé d'un plateau, et un frémissement parcourut Eva. Lui aussi était un peu trop élégant dans une chemise bleu pâle, un mince pantalon marine et des mocassins italiens. Mais très beau quand même. Il posa les boissons sur la table et en tendit une à Eva avant de se faufiler sur le siège en face d'elle.

— J'ai pensé qu'un grand classique te ferait plaisir. Dans le temps, c'était ton préféré, si je ne m'abuse.

— Non, tu t'en souviens ?

— Bien sûr que je m'en souviens. C'était ton cocktail de prédilection chaque fois qu'on était de sortie.

Leo les regarda alternativement l'un et l'autre avec un petit rire.

— Donc, docteur Gordon. Nous n'avons guère eu l'occasion de lier connaissance à l'hôpital. Je sais que vous arrivez tout juste de l'Iowa. Pourquoi cette décision ?

— Je vous en prie, appelez-moi Eva. Je... Disons que j'avais besoin de changer d'air. Et de rythme, naturellement. La routine d'un petit hôpital est parfois un peu monotone. À Las Vegas, j'espère acquérir une expérience précieuse dont je pourrai faire profiter mes collègues à mon retour.

— Je n'en doute pas. Je dirais même une expérience unique.

Eva surprit le regard acéré que Clark jeta alors à Leo. Celui-ci s'affaissa sur son siège et sirota son verre en détournant les yeux.

— Moi aussi, j'aurais une question, intervint Brandi. Tu en as soigné beaucoup, à Black Willow, des patients qui s'amusent à allumer des feux d'artifice dans une voiture ? Je te dis « tu », hein ?

— Oui, pas de problème. Et, non, je n'ai jamais vu rien de tel. On m'aurait raconté une histoire pareille, je n'y aurais pas cru.

— Bienvenue à Las Vegas, dit Clark avec un sourire.

Sourire qui s'effaça lorsque Leo revint à la charge.

— C'est seulement pour cela que tu as fait le déplacement, Eva ? Pour acquérir de l'expérience ?

Mais c'est quoi, son problème, à ce type ? songea-t-elle, excédée.

— Tout juste.

— Eh bien, quelles que soient tes raisons, nous sommes heureux de te compter parmi nous, décréta Brandi, conciliante.

Le volume de la musique baissa alors que le DJ s'emparait d'un micro.

— Bonjour à toutes et à tous !

Soulagée par l'interruption, Eva se rencogna sur son siège.

— Bienvenue à l'heure magique de Benny B. Les boissons sont toutes à moitié prix et ce soir, c'est poulet frit à volonté, alors profitez-en. N'oubliez pas non plus de venir vous déhancher sur la piste au son de bons vieux classiques.

Une explosion de basses fit trembler les haut-parleurs et Eva sursauta.

— On y va ! hurla Benny B dans le micro.

Une foule se pressa vers le centre de la salle sur les notes de *This Is How We Do It* de Montell Jordan. Brandi poussa un petit cri joyeux.

— Leo ! C'est notre chanson. Allez, viens !

Elle avait à peine terminé sa phrase qu'il était déjà debout et lui attrapait la main pour l'entraîner vers la piste. Eva les suivit du regard en tapotant la table. Elle n'était pas prête à se retrouver seule avec Clark. Le pire serait qu'il lui pose des questions auxquelles elle n'avait pas envie de répondre. Des questions sur leur passé compliqué, notamment. Alors qu'il sirotait son cocktail d'un air absent, elle détailla ses lèvres charnues et les imagina aussitôt contre son cou, ses seins, son ventre, son...

Qu'est-ce qui te prend ? Arrête !

— Comment vont tes parents ? Ils continuent de t'envoyer des colis de provisions, comme à la fac ?

— Si seulement ! Mais oui, ils vont bien. Mon père a pris sa retraite de l'enseignement, mais il n'a pas réussi à convaincre ma mère d'en faire autant. Elle continue de donner des cours de thérapie par l'art au centre culturel Archway. Elle s'arrêtera quand elle en aura assez, je suppose. Et tes parents ?

— Ils vont bien, eux aussi. Mon père exerce toujours à son cabinet et ma mère se consacre à ses œuvres caritatives.

— Super. Tu n'aimes pas ton cocktail ? Tu as à peine touché à ton verre.

— Si, si. Il est un peu fort, mais bon. On n'en sert pas des comme ça à Black Willow.

— Comment se passe ta vie là-bas ? Ou même, ta vie en général... Depuis que nos routes se sont séparées, je veux dire.

— Pas mal du tout. Elle est sûrement plus routinière qu'ici, à Las Vegas, mais j'ai la chance de vivre auprès de ma famille et d'avoir des amies géniales. Tu te souviens d'Amanda Reinhart ?

— Oui. Elle a participé aux mêmes stages que nous, si je ne m'abuse ?

— Tout à fait. Bref, après la fac, elle s'est installée à Black Willow. On travaille dans la même clinique, elle et moi.

— Non, c'est vrai ? Vous deux, ensemble ? Bonjour le grabuge. Dans le temps, elle passait son temps à faire la fête. Comment elle a réussi à décrocher son diplôme ? Mystère.

— ça, c'était avant. À présent, elle est mariée et elle a deux filles.

— Ah bon ? Pourtant, je ne pensais pas qu'elle se caserait un jour. Comme quoi...

Clark eut une hésitation durant laquelle il joua distraitement avec le pied de son verre.

— Et toi ? Tu sortais peu dans le temps. Ça a changé ?

La mâchoire d'Eva se crispa. On y était... Allait-il évoquer leur amitié ? Ou, plus exactement, la façon dont elle s'était terminée ?

— Oui, j'ai eu deux relations sérieuses, mais...

Elle plongea le nez dans son verre et avala une gorgée d'alcool.

— Cela ne s'est pas fait, voilà.

Clark plissa le front d'un air confus.

— Je croyais que tu étais fiancée...

Sa voix demeura en suspens.

— Pardon ? dit-elle en se penchant par-dessus la table. Tu croyais quoi ?

— Rien, ce n'est pas grave. Quoi qu'il en soit, c'est fou comme une ou deux décisions peuvent déterminer le cours de toute une vie, non ?

Eva scruta son visage. Son regard d'acier exprimait une assurance qu'il n'avait pas dans le temps. Il y avait dans toute sa posture un air de confiance, une force qui la décontenança. Ce nouveau Clark l'intriguait, et cela la mettait mal à l'aise.

Ne le laisse pas t'entraîner dans une conversation que tu ne souhaites pas avoir.

— Et toi ? ça ne doit pas être facile de concilier une vie sentimentale avec un métier comme le tien.

— ça dépend. L'essentiel, c'est de savoir gérer son agenda. Au travail, je me donne à 100 %, mais en dehors de l'hôpital, je ne pense à rien d'autre qu'à ma vie personnelle. Toujours, je m'arrange pour accorder du temps au deux. ça doit être difficile à comprendre pour toi, j'imagine.

Cette pique, lancée sans prévenir, la laissa sans voix.

— Tu faisais déjà cela, avant, dit-il encore.

— Quoi donc ?

— Te mordiller l'intérieur de la joue. C'était une habitude que tu avais quand tu réfléchissais ou quand tu cherchais à éluder une question. À ce propos, tu n'as pas répondu à celle de tout à l'heure.

Les poings d'Eva se crispèrent sur la table.

— Eh, détends-toi, dit-il en effleurant le dos de sa main d'une caresse. Ce n'est pas un interrogatoire de police. Juste une conversation tranquille entre deux amis qui ne se sont pas vus depuis longtemps.

Eva le dévisagea sans rien dire. Il avait une façon de souffler le chaud et le froid qui la déstabilisait complètement. À certains instants, il semblait attiré par elle, mais alors, il lui lançait une remarque acérée au sujet de leur passé. Une fois de plus, elle se demanda si elle avait sa place à Las Vegas. Elle leva son verre et but une gorgée qu'elle fit rouler dans sa bouche avant de l'avaler.

— Pour répondre à ta question, je dirais oui. Je sais qu'il est important d'équilibrer travail et vie personnelle. Est-ce que je l'ai toujours fait ? Non, bien sûr. Mais avec le temps, je m'améliore.

Clark émit un léger reniflement dédaigneux.

— Il y en a un qui a de la chance, à Black Willow.

La remarque ressemblait davantage à un constat qu'à une interrogation. Eva résolut donc de ne pas la relever et glissa un glaçon dans sa bouche.

— OK, OK, susurra le DJ dans le micro. Vous allez tous reconnaître ce classique, j'en suis sûr. Et si vous êtes en bonne compagnie, c'est le moment de vous laisser tenter par une danse, car cette chanson vous est destinée.

You're Still the One de Shania Twain résonna dans les haut-parleurs. Dans un élan irréfléchi, Eva saisit le bras de Clark.

— Tu te souviens ? C'était ma chanson préférée au karaoké !

— Bien sûr que je me souviens. À chaque fois, je te filmais. J'ai dû garder toutes les vidéos. Allez, viens, dit-il en lui prenant la main.

Alors qu'ils se dirigeaient vers la piste, ils croisèrent Brandi et Leo, qui revenaient à la table.

— On a besoin d'une pause, dit celle-ci en épongeant son front humide de sueur. Et d'un verre, aussi.

— Vous allez danser ? demanda Leo.

— Oui. C'était la chanson préférée d'Eva dans le temps.

— *You're Still the One* ? Elle pourrait s'appliquer à vous deux, non ? D'autant plus que vous...

Clark réduisit Leo au silence d'un regard et, reprenant sa marche, il entraîna Eva avec lui.

— Il est toujours comme ça ? demanda-t-elle.

— Non, heureusement. Il lui arrive d'en faire des tonnes, mais au fond, c'est un brave gars. Il veut bien faire.

Clark la guida jusqu'à un espace libre sur la piste, puis il noua les bras autour de sa taille. Timidement, Eva se pencha contre lui, les mains sur son cou, et elle s'efforça de ne pas savourer les notes de bois de cèdre de son eau de toilette. Tandis que leurs corps se balançaient au rythme de la musique, il resserra son étreinte. Parcourue d'un frisson, Eva sentit la pointe de ses seins se durcir.

— ça va ? murmura-t-il contre son oreille.

Elle ne put que marmonner une réponse monosyllabique. C'était grisant de se retrouver nichée entre ses bras. Non sans mauvaise conscience, elle songea qu'elle n'avait pas éprouvé une sensation aussi électrique avec Kyle depuis longtemps, si ce n'était jamais. Ils tournèrent la tête au même instant et leurs lèvres se frôlèrent. Eva fut tentée de s'écarter avec un mot d'excuse, mais les bras de Clark l'étreignaient comme un étau. Elle sentit ses mains glisser le long de son corps et se poser sur ses hanches.

Un portable vibra soudain contre sa cuisse.

— Désolé, dit-il en plongeant la main dans sa poche.

L'euphorie qu'elle venait d'éprouver entre ses bras retomba comme un soufflé. À nouveau, elle pensa à Kyle. Comment avait-elle pu succomber aussi facilement au charme de Clark alors qu'elle était censée se remettre de sa rupture ? Alors qu'il lisait le texto, le regard d'Eva s'égara vers l'écran. Malgré le film teinté censé garantir le portable des yeux indiscrets, elle lut le message sans problème. Il émanait d'un site de rencontre, Deux de Cœur.

Salut docteur BG. Ma répétition s'est terminée plus tôt que prévu. Direction le bar. J'ai hâte de vous rencontrer ! Kelsie

Clark redressa la tête vers Eva, qui se détourna brusquement.

— Je regrette d'écourter cette soirée, mais j'ai un rendez-vous.

— Pas de soucis, dit-elle, la gorge serrée. Moi aussi, il faut que j'y aille, de toute façon. Je n'ai pas fini de déballer mes valises.

À l'idée de se retrouver seule dans un logement anonyme, ses épaules s'affaissèrent et un frisson glacé la parcourut. Clark, en revanche, ne semblait pas plus déçu que cela tandis qu'il prenait congé. Et c'était pour une autre femme qu'il la plantait de la sorte. Alors qu'il s'en allait, une jalousie inexplicable lui transperça le ventre.

— Un autre verre, Eva ? lui demanda Brandi.

— Non, merci, je vais en rester là. La journée a été longue et je suis encore un peu fatiguée du déménagement. Et puis, demain, je commence tôt. Mais merci pour l'invitation.

— De rien, répondit Leo avec un sourire fin. Il faudra remettre ça bientôt. En tout cas, je suis sûr que ta présence aura un grand impact sur l'équipe, à plusieurs égards.

Ses yeux brillaient d'une lueur qui éveilla la curiosité d'Eva. Elle attendit qu'il en dise plus, mais il se tourna vers Brandi.

— Un autre verre, ma chère ?

— Avec plaisir.

Alors qu'ils échangeaient des plaisanteries, Eva eut la désagréable impression d'être la cinquième roue du carrosse.

— Profitez bien de la soirée. À demain.

— Oui, à demain, Eva !

Eva se dirigea vers la sortie en proie à un cocktail toxique de tristesse, de déception et de mauvaise conscience. Elle était venue à Las Vegas pour travailler et pour se remettre d'une peine de cœur, pas pour s'embringuer dans une situation délicate avec un ex. Surtout si cet ex était Clark, un homme qui lui inspirait des sentiments toujours aussi intenses. Amanda pouvait-elle avoir raison d'évoquer le destin ? Était-elle le jouet de forces supérieures qui l'avaient conduite à Las Vegas pour qu'elle se remette avec Clark ? Pff, quelle idée ridicule. Ne venait-il pas de la planter là pour passer la soirée avec une autre ?

Lorsque le voiturier se gara devant elle, elle lui tendit un pourboire et se laissa tomber sur le siège. Tout à coup, elle se sentait vidée, épuisée. Et elle n'en était qu'à son premier jour à Las Vegas.

4

Clark traversa le casino du Bellagio, prit à gauche et passa devant le Lily Bar and Lounge. Enfin, le Bar Baccarat apparut dans l'allée centrale. L'impatience fit battre son cœur plus vite. C'était bien la première fois qu'un premier rendez-vous le mettait dans un tel état... Il était vrai que ce soir n'était pas comme les autres. Ce soir, il ne savait plus trop où il en était.

Qu'est-ce qui ne va pas, bon sang ?

Il épongea son front mouillé de sueur et respira un bon coup. Ce qui n'allait pas ? Le Dr Eva Gordon, bien sûr. Il ne s'était toujours pas remis du choc qu'il avait éprouvé en la voyant devant la cafétéria de l'hôpital. Certes, il avait ensuite réussi à travailler à ses côtés, mais ces quelques instants avec elle à l'Oasis l'avaient passablement ébranlé, surtout après cette danse. Il ne pouvait pas se mentir : il avait adoré la tenir dans ses bras. De vieilles sensations, émotions familières étaient alors revenues en force. Il aurait dû annuler ce rendez-vous et rester à l'Oasis avec... *Non* !

Il ne devait surtout pas oublier les torts qu'elle lui avait causés par le passé. Eva l'avait laissé tomber sans ménagement. Ses sentiments, leur amitié, même, elle n'en avait rien eu à faire. Tout ce qui avait compté pour elle, c'était de réussir ses études haut la main pour faire honneur à son père. Clark n'avait aucune raison de penser qu'elle avait changé. En tout cas, il refusait de sombrer dans les mêmes erreurs. De toute façon, Eva venait de rompre avec son fiancé et n'avait sûrement pas envie de relancer sa vie sentimentale dans l'immédiat.

Clark inspira profondément pour se calmer et promena le regard sur les chaises de velours bleu vif disposées autour du bar circulaire. Une femme était assise seule, ses longues jambes rejetées sur le côté du siège. Sa main frêle tenait un verre à martini qui semblait contenir du lemon drop. Alors qu'elle rejetait en arrière ses longs cheveux d'un noir de jais, elle l'aperçut et lui décocha un sourire aguicheur. Kelsie était même encore plus belle en vrai qu'en photo. Normalement, il se serait réjoui de passer un moment en compagnie d'une femme aussi sublime, mais au lieu de cela, il fut surpris d'éprouver une profonde lassitude.

Kelsie sauta de son siège et se dirigea vers lui d'un pas léger. Ce faisant, elle tira sur ses cuisses une robe blanc crème dont l'étoffe chatoyante moulait sa poitrine refaite, sa taille fine et ses hanches généreuses. Quasiment tous les hommes dans les parages tournèrent la tête vers elle, et quelques femmes aussi, mais Clark la regardait sans la voir. C'était à Eva qu'il pensait, et à son corps pressé tout contre le sien.

— Bonjour docteur Malone, ronronna Kelsie.

Elle fit glisser ses mains sur le torse de Clark avant de les poser sur ses biceps.

— C'est un plaisir de vous rencontrer enfin et de vous voir en chair et en os.

— Le plaisir est pour moi, dit-il dans un filet de voix rocailleux.

Il s'éclaircit la gorge avant de reprendre :

— Je vous en prie, appelez-moi Clark.

— Très bien, *Clark*.

Elle lui saisit la main et l'entraîna vers une chaise.

— Je me suis permis de commander un lemon drop. C'est mon cocktail préféré. Vous aimez, j'espère.

Non, il détestait cela, mais il n'eut pas le cœur de le dire. Au fond, il s'en fichait.

— Pas de problème, merci. J'espère que je ne vous ai pas fait attendre trop longtemps.

— Pas du tout ! J'ai passé le temps avec deux autres danseuses, mais je leur ai dit de filer quand je vous ai vu arriver. Je voulais limiter la concurrence, si vous voyez ce que je veux dire.

Elle rejeta la tête en arrière dans un éclat de rire sonore qui attira plusieurs regards. Clark prit place avec un rire forcé.

— Donc, vous jouez dans quel spectacle ?

Mais Kelsie semblait davantage occupée à vider son verre.

— Pfiou ! Je n'aurais sans doute pas dû demander un quatrième martini. Pardon, vous disiez ?

— Je vous demandais dans quel spectacle vous jouez.

— Oh ! Je danse dans le spectacle du Mayfair Supper Club : quelque chose d'incroyable, Doc. Le meilleur de la ville. Nos chorégraphes ont travaillé pour Janet Jackson, Nicole Scherzinger, *Danse avec les stars*... Passez donc nous voir demain soir ! Ou *me* voir, plutôt : toujours, c'est moi qu'on regarde, pas les autres filles. Compris ?

— Euh... Il faut d'abord que je consulte mon agenda.

Il eut un soubresaut lorsque la main de Kelsie remonta sur sa jambe, jusqu'en haut de sa cuisse.

— Mais assez parlé de moi, docteur Matlock, susurra-t-elle. À votre tour. Vous vous souvenez que je m'intéresse à la médecine ?

— Oui, oui, marmonna-t-il en reculant sur son siège. Et c'est Malone, en fait.

— Ma... quoi ?

— Malone. C'est mon nom de famille. Pas Matlock.

— Oh ! Mille excuses, Doc. Bref, j'aimerais savoir à quoi ressemble la journée typique d'un médecin.

— Oh ! elle est assez remplie. Je me lève vers 5 heures du matin pour avoir le temps de faire un peu de sport, puis...

Il s'interrompit lorsque Kelsie lui palpa le bras d'un air approbateur.

— ça se voit...

Normalement, la caresse d'une belle femme aurait eu sur lui

un effet immédiat. Or, ce soir, il ne ressentait rien. Il aurait aimé se dire que c'était à cause de ce verre qu'il venait de prendre à l'Oasis, mais la véritable raison était ailleurs...

— Eh oh ! dit Kelsie en agitant une main devant lui. Vous m'écoutez ?

— Je... Pardon. Vous disiez ?

— Je disais juste que je comprends : vous courez toute la journée, en salle de sport et à l'hôpital. Bon dites-moi, j'envisage de me reconvertir dans la médecine, mais je ne voudrais pas sacrifier mon train de vie actuel, vous comprenez ? Autrement dit, mon salaire serait de quel ordre de grandeur ?

Clark se détourna pour faire signe au barman.

— Un verre d'eau pétillante, s'il vous plaît.

— Votre lemon drop n'est pas bon ? demanda-t-elle.

— Si, si. Simplement, j'ai déjà bu quelques verres avec des collègues avant de venir, donc je préfère en rester là.

— Ah, vous n'êtes pas marrant, vous !

Clark sentit son téléphone vibrer et il s'en empara, ravi de l'interruption. Leo venait de lui envoyer un texto.

> Alors, ce RDV ? Il faut qu'on se parle de ce qui se passe entre toi et Eva. Elle est partie tout de suite après toi. Elle avait l'air triste.

— Qui donc nous écrit ? demanda Kelsie d'un air léger.

Comme elle tentait de lire le message par-dessus son épaule, Clark glissa l'appareil dans sa poche d'un geste vif.

— Juste mon chef.

Il se sentit soudain très las. Eva avait été déçue de le voir partir, et savoir cela lui importait bien plus qu'un rendez-vous minable avec une bimbo.

— Je me trompe ou vous ne suivez pas ce que je dis ? demanda encore Kelsie.

Clark avala une longue gorgée d'eau.

— Désolé, ce n'est pas vous... La journée a été longue et il me reste encore à voir quelques dossiers. C'est une chose que je ne vous ai pas dite au sujet de ce métier : on est toujours sur le pied de guerre.

— Intéressant..., dit-elle, dubitative.

Kelsie se renversa sur son siège et termina son cocktail. Clark aurait voulu s'excuser. Il était imbuvable, ce soir. Mais s'il n'arrivait pas à jouer le jeu, c'était parce qu'il avait l'esprit accaparé par Eva. Kelsie leva son verre vide vers le barman, qui prépara aussitôt un autre lemon drop.

— Dans vos messages, vous aviez l'air tellement enthousiaste. Mais à présent que vous êtes là, vous êtes juste... pas dans le coup. Vous êtes plus à l'aise à distance que dans la vraie vie, c'est ça ? Il vous faut un peu de temps pour sympathiser avec des inconnus ?

Clark haussa les épaules d'un air évasif.

— Peut-être, oui.

Son téléphone vibra à nouveau.

Eh, ça va ? Rassure-moi, au moins. Kelsie ne t'a pas kidnappé, j'espère ?

— Vous permettez ? Il faut que je réponde. C'est mon chef, encore.

— Pas de problème, allez-y.

Kelsie eut un geste dédaigneux de la main et fit pivoter son siège pour observer le spectacle du casino tandis que Clark tapait sa réponse.

C'est un fiasco. On n'a rien en commun, elle et moi.

Tu sors avec une femme canon et tu n'arrives pas à sympathiser ? Dis plutôt que tu n'as pas la tête à ce RDV… À cause d'une certaine Eva, par hasard ?

Clark rangea son téléphone et reporta son attention sur Kelsie. Elle était en pleine discussion avec un mec costaud en chemise de cow-boy sans manches et coiffé d'un stetson.

— Oui, allons-y ! dit-elle en sautant de son siège. Mais je vous préviens, je suis la reine du black-jack.

Elle décocha alors un regard acéré à Clark.

— Je fais un tour au casino. On se retrouve dans un quart d'heure ?

— Vous pouvez aussi venir avec nous, proposa le cow-boy.

— Merci, mais je dois y aller. J'ai du travail.

— Comme vous voudrez.

Alors qu'elle s'éloignait, sa main dans celle du cow-boy, Kelsie se tourna vers Clark.

— N'oubliez pas l'addition avant de partir !

Clark ouvrit la bouche pour répondre, mais le barman glissa la note devant lui. Il y en avait pour quasiment trois cents dollars.

— Excusez-moi, mais vous devez faire erreur.

— Non. Kelsie et ses copines ont bu quelques verres avant votre arrivée. Elle m'a dit que son ami se chargerait de payer. C'est bien vous, son ami ? Le docteur, pas le cow-boy ?

Clark laissa tomber sa carte de crédit sur le plateau argenté sans même répondre. Sitôt l'addition réglée, il s'en alla à grands pas. *Tu aurais dû rester à l'Oasis*, songea-t-il avant d'appeler Leo.

5

Sur le chemin de la cafétéria de l'hôpital, Eva salua de la main un groupe d'infirmières des soins intensifs. Elle avait besoin d'un espresso glacé pour commencer sa journée.

Elle avait passé l'essentiel de sa nuit à se tourner et à se retourner dans son lit, l'esprit rempli de pensées qui, toutes, la ramenaient à Clark. Oui, il pouvait bien passer la soirée avec une autre, là n'était pas le problème. Mais la planter au beau milieu d'un moment aussi intime… Pendant qu'il était avec cette autre, avait-il eu une pensée pour elle, Eva ? Avait-il, lui aussi, songé à ces moments de sensualité, à la façon dont elle s'était lovée contre lui, les mains sur sa nuque ? S'était-il souvenu de cette seconde où il lui avait effleuré l'oreille de ses lèvres ? Et cette seconde pendant laquelle leurs bouches s'étaient frôlées…

Submergée par une brusque sensation de chaleur, elle s'éventa le visage de la main. Elle se rappela soudain avoir entendu dire que Clark avait l'habitude de s'arrêter chaque matin à la cafétéria pour prendre un thé vert. À l'idée de tomber sur lui, Eva sentit son ventre se lester de plomb. Elle scruta les clients qui faisaient la queue au comptoir, le cœur battant. Par chance, Clark n'était pas là. Tant mieux, parce qu'elle ne se sentait pas prête à l'affronter. Du moins, pas avant sa première tasse de café.

— Eva !

Elle sursauta, surprise par l'exclamation haut perchée.

— Oh ! désolée, dit Brandi. Je t'ai fait peur ?

— Oui, mais ce n'est pas ta faute. J'ai mal dormi et je suis un peu sur les nerfs. Mais bon, avec une dose de caféine, ça devrait aller mieux. Ou pas. Quoi qu'il en soit, j'en ai besoin.

— C'est pareil pour moi, mais parce que je me suis couchée beaucoup trop tard. Avec Leo, on s'amusait tellement qu'on n'a pas vu l'heure tourner. Toi, en revanche, tu es à peine restée. Tu t'es arrêtée quelque part avant de rentrer chez toi ?

— Oh ! non. Il me faut un peu de temps pour trouver mes marques dans une nouvelle vie, une nouvelle ville, un nouvel hôpital... Tu comprends, quoi.

Un éclat s'alluma dans le regard de Brandi, visiblement peu convaincue.

— Oui, je crois que je comprends.

Elle se doute de quelque chose, songea Eva. Impression aussitôt confirmée par une remarque de Brandi :

— Tu as passé un bon moment avec Clark hier soir, on dirait.

Eva avança d'un pas dans la file d'attente en tripotant nerveusement un bouton de sa blouse médicale.

— C'était le cas pour nous tous, non ? Comme tu l'as dit toi-même, l'Oasis est l'endroit idéal pour décompresser. Et les boissons valaient le détour.

— N'est-ce pas ? On devrait y retourner tous les quatre une fois par semaine, qu'en dis-tu ? Mes amis ne comprennent rien à mes problèmes professionnels. Vous, au moins, vous savez de quoi je parle.

— Oui, pourquoi pas ? Bonne idée.

Malgré sa réponse nonchalante, Eva avait l'impression d'avoir des papillons dans le ventre à l'idée de passer du temps avec Clark en dehors de l'hôpital. Alors qu'elles approchaient du comptoir, le portable de Brandi vibra.

— C'est Clark. Il voudrait savoir si je peux lui ramener un thé vert bien chaud. Il est au beau milieu d'une revue de dossiers avec le Dr Abrams et il ne peut pas se permettre de tout laisser en plan pour se chercher une tasse. Pour ta gouverne, Clark ne vaut rien sans sa dose de théine chaque matin.

— Il paraît, oui. Quoi qu'il en soit, aujourd'hui, c'est moi qui invite.

— Merci, Eva !

Leur consommation à la main, alors qu'elles se dirigeaient vers les urgences, Brandi se tourna vers Eva.

— Je peux te poser une question ? Mais tu m'arrêtes si je suis indiscrète, d'accord ?

— Vas-y.

— Qu'est-ce qui se passe entre toi et Clark ? Leo et moi, on a bien vu qu'il y avait quelque chose de spécial entre vous deux, une sorte d'alchimie qui allait au-delà d'une simple complicité entre deux vieux copains de fac. Une fois de plus, n'hésite pas à m'envoyer sur les roses si tu me trouves indiscrète.

— Non, pas du tout.

Eva lui jeta un coup d'œil circonspect, mais Brandi la considérait avec un air de douceur qui la mit en confiance.

— C'est normal que vous ayez remarqué quelque chose. À l'université, Clark et moi étions des amis très proches. Et puis, on a franchi la ligne jaune et nous sommes devenus bien plus que de simples amis. Clark aurait voulu poursuivre cette relation, mais j'ai préféré qu'on en reste là pour me concentrer sur mes études.

— Oh là là... Mais vous êtes restés en bons termes ?

— Non, malheureusement. On s'est éloignés l'un de l'autre et on a fini par perdre le contact. Ça m'a fait un choc de le revoir hier.

Brandi sirota son thé en hochant la tête lentement.

— Intéressant. Je comprends beaucoup mieux certaines choses.

— Ah bon ? Quoi donc, par exemple ?

— Eh bien, cette manie qu'il a d'enchaîner les conquêtes. Je me suis toujours demandé pourquoi il n'avait jamais trouvé chaussure à son pied alors qu'il a tout pour plaire. D'après Leo, Clark n'a jamais réussi à oublier une fille qu'il a beaucoup aimée et qui l'aurait quitté. Ce serait elle qui l'aurait rendu allergique aux relations amoureuses. J'ai bien l'impression que cette fille, c'est toi.

Un cliquetis de glaçons attira l'attention d'Eva. Elle baissa les yeux et se rendit compte que sa main tremblait. Clark aurait-il encore des sentiments pour elle ? Mais non, Leo devait se tromper. Clark n'avait cessé de se montrer distant et froid avec elle. Et il l'avait quittée pour terminer sa soirée avec une autre.

Alors qu'elles arrivaient aux urgences, les portes s'ouvrirent à la volée et le Dr Abrams sortit en trombe.

— Passez une bonne journée, mesdames ! leur lança-t-il par-dessus son épaule. Je file à l'école. Je suis en retard pour l'exposé de mon fils à la fête de la science. Docteur Gordon, le Dr Malone vous fera un point sur les transferts de patients.

— OK, merci !

Eva chercha Clark du regard dans le hall du service. *Respire*, s'ordonna-t-elle pour déloger la boule qui lui bloquait la poitrine. Alors qu'elle relâchait son souffle, Clark apparut près du poste d'accueil des patients. Comme s'il avait deviné sa présence, il leva les yeux vers elle et son visage s'adoucit. D'un geste de sa main qui portait des dossiers, il lui fit signe de le rejoindre.

— Clark veut sans doute commencer les visites avec toi, dit Brandi. Je fais le tour de mes patients pour vérifier les stocks médicaux dans les chambres. Je te retrouve dans un moment, OK ?

— OK. Merci.

Alors qu'Eva se dirigeait vers Clark, du thé brûlant lui éclaboussa les doigts. Elle s'aperçut qu'elle serrait la tasse si fort que du liquide débordait par le couvercle.

— Et mince, marmonna-t-elle entre les dents.

Clark se précipita vers elle avec des mouchoirs en papier et il lui prit la tasse avant de lui tapoter les doigts. Ce geste lui rappela ces menues attentions qu'il avait toujours eues pour elle jadis. Décidément, il était resté aussi attentionné que dans ses souvenirs. Tout le contraire de Kyle, en somme. Dans la même situation, celui-ci n'aurait même pas daigné lever les yeux.

— Ce thé est brûlant ! Tu veux un glaçon ? Un peu de pommade antibactérienne ?

— Non, non, ça ira. En fait, c'était ton thé. Enfin, ce qu'il en reste.

— Ne t'inquiète pas pour ça. On voit ces dossiers ensemble avant de commencer les visites ?

— Pas de problème.

Dans le couloir qui menait aux soins intensifs, Clark s'arrêta à un poste de travail mobile et ouvrit le dossier du haut de la pile.

— Bradley Turner, admis hier soir pour AVC hémorragique.

— Intracérébral ou sous-arachnoïdien ?

— Intracérébral.

Il se pencha à côté d'elle pour lui montrer l'information sur la feuille.

— Il a été victime d'un AVC ischémique léger il y a deux ans. Depuis, il prend des anti-hypertenseurs de manière irrégulière. Il a un diabète non contrôlé et les analyses révèlent une hypercholestérolémie non traitée. Il va falloir réévaluer son plan de traitement. Pour le moment, il est sous losartan, furosemide, rosuvastatine et sous insuline à action rapide. On va voir comment son corps réagit à ces médicaments et procéder à des ajustements si nécessaire.

Concentre-toi sur le dossier, pas sur les lèvres de Clark…

— Les reins sont touchés ?

Alors qu'il tournait la page, sa main frôla par mégarde la poitrine d'Eva. Une décharge de frissons lui coupa le souffle. Clark, quant à lui, demeurait imperturbable.

— Oui. Depuis la nuit dernière, ils fonctionnent à 45 %. C'est un point à surveiller.

— Il faudrait l'informer qu'à défaut de maîtriser sa tension, sa glycémie et son taux de cholestérol, sa fonction rénale va se dégrader encore plus. À terme, il risque de finir sous dialyse.

— Tout à fait. Nous lui en parlerons tout à l'heure. Quant aux autres patients…

Alors qu'ils se dirigeaient vers les soins intensifs, Clark passa en revue le reste des dossiers : une femme avait accouché d'un bébé prématuré de sept mois, un adolescent avait fait une overdose de fentanyl et d'alcool, un piéton renversé par une voiture souffrait d'une commotion cérébrale, d'une fracture du bassin et d'une luxation de l'épaule.

— Ce sont les cas les plus graves pour l'instant. Les autres sont stabilisés. Commençons par M. Turner. Attends, je vais imprimer ses résultats les plus récents.

Eva le suivit jusqu'au poste de travail le plus proche. Alors qu'il saisissait le numéro du patient dans l'ordinateur, elle eut envie de lui demander comment s'était passée sa soirée.

Ne fais surtout pas ça. Tu es au travail. En plus, tu seras dépitée si jamais il te dit qu'il s'est bien amusé.

— Au fait, ta soirée ? balbutia-t-elle. Elle s'est bien passée ?

Sitôt qu'elles se furent échappées de sa bouche, Eva regretta ces paroles et son ventre se noua dans l'attente de sa réaction. Mais Clark se contenta de hausser les épaules avec nonchalance, les yeux fixés sur l'écran de l'ordinateur.

— Pas mal.

Elle attendit des détails, mais il cliqua sur la souris sans rien dire.

— C'est tout ? finit-elle par insister. Je pensais qu'elle t'aurait laissé un souvenir plus mémorable. Tu nous as quittés avec un tel empressement...

— J'aurais mieux fait de rester avec vous, si tu veux tout savoir.

Il scruta son visage d'un air inquisiteur.

— Et toi ? Comment s'est passé le reste de ta soirée ?

J'avais le moral dans les chaussettes, eut-elle envie de répondre. Mais elle n'allait tout de même pas lui raconter qu'elle n'avait pour ainsi dire pas fermé l'œil de la nuit à cause de lui.

— Bof, je ne suis pas restée longtemps. J'étais fatiguée.

— Ah bon ?

Il reporta son attention sur les analyses de M. Turner. Pourtant, à la façon dont sa bouche se plissait, Eva devina qu'il se retenait de dire quelque chose. Qu'elle était loin, l'époque où ils n'avaient aucun secret l'un pour l'autre…

— Ah, voilà les analyses de M. Turner, dit-il en saisissant une feuille. Commençons par lui avant d'attaquer la tournée proprement dite. Après, on passera en revue les dossiers des patients restants.

Au fil des visites, Eva se remémora avec nostalgie les tournées qu'elle avait effectuées avec Clark lors de leurs stages. À cette époque, déjà, il avait un contact facile avec les patients, mais cette bienveillance se parait à présent d'une assurance qui ajoutait à son charisme. C'était simple : les malades et leurs proches tombaient sous le charme dès qu'il passait la porte de la chambre. En matière d'empathie, bien des médecins auraient pu s'inspirer de lui.

Et à bien d'autres égards aussi… Eva se targuait d'être attentionnée avec ses patients, mais après avoir vu Clark à l'œuvre, elle se rendait compte qu'il lui restait beaucoup à apprendre. Il prenait son temps pour passer en revue les dossiers et les détails de médication, pour discuter avec les patients et leur expliquer les stratégies de soins post-hospitalisation.

Une fois les visites terminées, il était déjà midi. Eva s'attendait à ce qu'ils prennent leur pause chacun de leur côté avant de se retrouver plus tard, mais lorsqu'il lui proposa de prendre un en-cas rapide à la cafétéria, elle fut agréablement surprise.

— J'aime beaucoup leurs sandwichs au pain de seigle et à la dinde, sans oublier leurs roulés de poulet grillé ou leurs tartines d'avocat, dit-il. Mais si tu as d'autres projets, bien sûr, je comprends. Simplement, je me disais qu'on pouvait… eh bien… discuter de ce qui s'est passé ce matin et préparer le travail de cet après-midi, et…

Eva posa la main sur son bras pour le faire taire.

— Avec plaisir.

Sous sa paume, elle sentit que son biceps tendu se relâchait. Cette réaction apaisa quelque peu son appréhension, mais alors qu'ils se dirigeaient vers la cafétéria, elle ne put s'empêcher de se demander quelle direction allait prendre leur conversation.

Certes, ils allaient surtout parler boulot, mais Eva redoutait que la discussion ne prenne un tour personnel, et donc, dangereux.

À côté d'elle, Clark marchait d'un pas léger. Manifestement, il jouissait d'une grande popularité dans le service. Des médecins aux infirmiers en passant par les agents d'entretien, pratiquement tous ceux et celles qu'ils croisaient le saluaient avec chaleur.

— Tu es la star des urgences, dis donc.

— Moi ? Non, je ne dirais pas ça. Je suis quelqu'un de sympa, voilà tout.

Alors qu'Eva baissait les yeux pour ajuster son badge, un brancard déboula dans le couloir. Clark n'eut que le temps de la prendre par la taille et de l'entraîner sur le côté. L'agitation passée, il ne retira pas sa main.

— ça va ?

— Oui, oui. Merci ! Un peu plus et je m'affalais sur ce patient.

Avec un petit rire, Clark reprit sa marche, une main sur le dos d'Eva. Sa peau la picota là où il l'avait touchée, sur sa hanche. Peu à peu, leur ancienne complicité refaisait surface, et avec elle surgissait un sentiment chaleureux de réconfort. Clark ne soufflait plus sans cesse le chaud et le froid, il n'était plus aussi méfiant vis-à-vis d'elle. Eva n'avait aucune idée des raisons de ce changement de comportement, mais elle s'en réjouissait.

Dans la cafétéria, Clark régla la note du traiteur et ils s'installèrent à une table isolée.

— Merci pour le sandwich, dit-elle. C'est gentil, mais tu n'étais pas obligé de m'inviter.

— Il n'y a pas de quoi. Appelons cela un retour de bons procédés. Je suis sûr que je te suis redevable d'un service que tu m'as rendu dans le temps.

Alors qu'elle déballait lentement son sandwich, elle lui jeta un coup d'œil curieux.

— Qu'est-ce qui t'arrive ?

— Comment cela ?

— Eh bien, pourquoi es-tu aussi gentil avec moi ?

Clark se renversa sur son siège, les bras croisés, en affectant un air outré.

— Moi, je n'ai pas toujours été gentil avec toi ?

— Tu plaisantes ? On peut commencer du moment où tu as posé les yeux sur moi, hier, et dérouler ensuite la liste.

— Oui, bon… Mets-toi à ma place, aussi. Même dans mes rêves les plus fous, je n'aurais jamais imaginé te revoir, et surtout ici, en terrain familier. À vrai dire, j'ai encore du mal à me faire à l'idée qu'on va travailler ensemble.

Il se tut tandis que sa main jouait distraitement avec le couvercle de son thé vert glacé.

— Oui, j'ai bien vu ça, dit-elle. Moi aussi, ça m'a fait un choc. Ceci dit, malgré tous les moments de gêne, ces retrouvailles m'ont fait plaisir.

— À moi aussi. Je te dois des excuses. J'avoue, hier, je n'ai pas été d'une gentillesse démesurée avec toi à deux ou trois occasions.

— Seulement deux ou trois ? Mettons cela sur le compte de l'alcool.

— J'aimerais bien, mais c'est mon amour-propre qui est en cause. Je n'aurais pas dû être aussi distant, ni te casser les pieds au sujet de notre passé. Et encore moins partir comme un voleur lors de notre première soirée en ville. Un ami ne se comporte pas comme ça.

— Ah bon ? Nous sommes à nouveau amis ?

— Disons qu'on s'y efforce, murmura-t-il avec un demi-sourire.

— Bon, je te remercie et j'accepte tes excuses. Écoute, le mieux, c'est de repartir de zéro. Le passé est ce qu'il est, mais on pourrait l'oublier le temps de mon contrat, OK ? C'est dans notre intérêt à tous les deux, dans celui des patients et des collègues. Qu'en dis-tu ?

— ça marche pour moi.

— Parfait, dit-elle en mordant dans son sandwich.

Consciente d'être la cible du regard de Clark, Eva s'efforça de prendre une bouchée délicate, mais un morceau de dinde tomba par terre et de la mayonnaise lui coula sur le menton.

— Oh ! non !

Sa main jaillit vers une serviette, mais Clark la devança et lui tapota doucement la bouche.

— On ne se refait pas, hein ? marmonna-t-elle.

Du coin de l'œil, Eva remarqua Leo qui faisait la queue devant un stand de fruits de mer et de viandes. Il ne manquait plus que lui ! Et pile à un moment où leur conversation prenait enfin un tour intéressant... Clark suivit son regard et il s'empara de son téléphone. Après avoir tapé un texto, il reporta son attention sur son repas.

— Bon, puisqu'on parle de tourner la page, autant tout reprendre depuis le début. Que deviens-tu depuis la fac ?

— Eh bien, j'ai une vie bien remplie et intéressante, pour ne pas dire plus. Je passe beaucoup de temps à la clinique, mais je participe aussi à plusieurs associations caritatives et je... euh...

Allez, dis-le-lui !

— J'ai été en couple pendant plusieurs années. Nous nous sommes fiancés l'an dernier, mais ça n'a pas marché. Et donc, me voici... À Las Vegas.

Eva se blinda mentalement contre sa réaction. À coup sûr, il allait la persifler et lui mettre cet échec sur le dos, ou l'accuser d'avoir fui devant les difficultés. Or, à sa grande surprise, Clark la dévisagea avec compassion.

— Je suis navré pour toi. Et puisqu'on est francs l'un avec l'autre, moi aussi, j'ai un aveu à te faire.

Il jeta un coup d'œil vers la sortie de la cafétéria, puis il hocha la tête. Eva se tourna dans la direction de son regard au moment où Leo s'en allait en leur adressant un signe du bras.

— Je rêve ou Leo vient de laisser passer une occasion de discuter avec nous ?

— Tu ne rêves pas. Si tu veux tout savoir, je viens de lui envoyer un texto pour lui dire de ne pas nous déranger.

— Autrement dit, prends ton repas et va-t'en...

— Tout à fait, dit-il en riant avec elle. Mais pour en revenir à ce que je disais : je dois t'avouer que j'ai suivi ta vie à distance ces dernières années.

— Non, c'est vrai ? Je pensais que tu m'avais oubliée. Lorsqu'on a terminé nos études, j'avais l'impression que tu avais hâte de ne plus me voir.

— Oui, mais pas pour les raisons que tu croyais. J'ai souffert de la façon dont on s'est quittés. C'est même pour cela que j'ai accepté un poste à l'autre bout du pays. Mais t'oublier ? Jamais. Nous étions trop proches l'un de l'autre. Donc, j'ai pris de tes nouvelles régulièrement, par des camarades de promotion et par les réseaux sociaux. C'est comme cela que j'ai appris que tu t'étais fiancée.

De surprise, Eva faillit tomber de son siège.

— Quoi, tu savais ? Pendant tout ce temps ?

— Oui. Enfin, presque : j'ignorais que vous aviez rompu. Tu comprendras pourquoi je ne m'attendais pas à te revoir, surtout ici.

Une émotion sourde remua dans la poitrine d'Eva. Clark ne l'avait pas oubliée ! Amanda avait peut-être vu juste, après tout. Ces retrouvailles n'étaient sans doute pas le fruit du hasard... Mais inutile de s'emballer. Selon toute probabilité, Clark désirait seulement raviver leur amitié.

— Que fais-tu après le travail ? demanda-t-il.

— Je n'ai pas fini de déballer mes valises. Pourquoi ?

— ça ne t'embête pas de remettre ton rangement à plus tard ? J'aimerais t'emmener faire un tour de la ville, te la faire connaître comme il se doit.

Eva inclina la tête de côté, un sourire aux lèvres.

— Tu n'auras pas de mal à me convaincre de différer une corvée. Oui, c'est d'accord.

— Super ! Si tu as fini ton repas, on pourrait peut-être retourner aux urgences. Nous reprendrons cette conversation plus tard, en dehors de l'hôpital. J'ai l'impression qu'on n'a fait qu'effleurer le sujet.

— Même pas, puisqu'on n'a parlé que de moi. Moi aussi, j'ai

des questions à te poser. J'ai hâte de savoir tout ce que tu as fait depuis qu'on s'est perdus de vue.

— Mon Dieu, j'ai du souci à me faire, dit-il en se levant. On y va ?

Alors qu'ils quittaient la cafétéria, Eva se sentait beaucoup plus légère. Était-ce parce qu'ils avaient mis les pendules à l'heure ? Parce qu'ils avaient des projets pour ce soir ? Peu importait, au fond. Elle était surtout heureuse d'avoir Clark à nouveau dans sa vie.

6

— Je n'apprécie absolument pas la manière dont tu m'as congédié tout à l'heure ! beugla Leo dès l'instant où Clark entra dans son bureau.

— Arrête, veux-tu ? Je viens justement te présenter mes excuses. J'avais une conversation cruciale avec Eva et je ne voulais pas être interrompu.

— Cruciale ? Oh oh... Assieds-toi donc, dit-il en lui présentant un fauteuil. Raconte-moi tout.

Clark se laissa tomber sur le siège et posa les coudes sur le bureau.

— En quelques mots, Eva et moi avons déclaré une trêve.

— À l'initiative de qui ? Elle ou toi ?

— Elle.

Leo se balança dans son fauteuil, l'air dubitatif.

— Et qu'est-ce qui t'a poussé à dire oui ? Ton rendez-vous calamiteux d'hier soir ? Tu as enfin compris qu'il te faut tourner la page et...

— Tu permets ? J'emmène Eva faire un tour en ville ce soir.

Leo lança un poing victorieux en l'air.

— *Yes* ! Voilà où je veux en venir. Renoue avec elle ! Cesse de perdre ton temps et concentre-toi sur la seule femme que tu aies jamais aimée.

— Eh, oh... Ne t'emballe pas. On ne se remet pas ensemble, elle et moi.

— Ah bon ? Pourquoi l'avoir invitée, dans ce cas ?

— Pour renouer avec une vieille amie, voilà tout. Eva ne connaît pas la ville, je vais la lui faire découvrir. Inutile de chercher midi à 14 heures.

— Eh bien, moi, je parie que vous serez à nouveau ensemble avant la fin de son contrat.

— Comment ça, *à nouveau* ? On a été en couple, elle et moi ?

— Tu vois très bien de quoi je parle. Du coup, quand vas-tu supprimer toutes ces applications de rencontres en ligne ?

Au même instant, le téléphone de Clark bipa avec la sonnerie de Deux de cœur. Leo partit d'un grand éclat de rire.

— Vraiment, c'est formidable. Je me demande si c'est Kelsie à propos d'hier soir. Ou alors un nouveau rencard ? Tu ne veux pas voir qui c'est ?

— Je ne répondrai pas à la provocation, dit Clark en se levant. De toute façon, j'ai terminé ma journée. Je passe chez moi pour me changer.

— Pour ton rendez-vous ?

— Non, pour ma balade. Bonne soirée, monsieur le directeur.

Alors qu'il passait la porte, l'Interphone des urgences se déclencha.

— Alerte médicale… Code bleu… Premier étage, salle des urgences.

Le portable de Clark vibra : Eva venait de lui envoyer un texto.

Un blessé grave par morsures de serpent arrive aux urgences. On a besoin de toi tout de suite !

— Je file ! cria-t-il à Leo avant de partir en courant.

Aux urgences, Clark se dirigea tout droit vers l'unité de soins intensifs.

— Quelle chambre ? demanda-t-il à l'agent d'accueil.

— La 10 !

Près de l'entrée, Clark aperçut un homme en costume de Tarzan et une femme déguisée en Jane. Il passa devant eux sans s'arrêter et plongea dans une scène de chaos. Les secouristes avaient déjà transféré le patient sur un lit et débranché le moniteur d'urgence. Assistée de Brandi, Eva lui ôtait sa cape violette et découpait sa tenue de Lycra. Plusieurs marques de crocs apparurent alors sur son cou, ses avant-bras, son ventre et ses cuisses. Elles étaient rouges et gonflées, certaines formaient des cloques.

— Rian ! cria Eva. Où est l'antivenin ?

— Timothy est allé le chercher à la pharmacie. On le stocke au frigo.

Après s'être lavé les mains, Clark enfila une blouse et s'approcha du lit.

— Que s'est-il passé ?

— Il s'appelle Dexter, répondit Eva. Il s'autoproclame dompteur de serpents à sonnette. D'après son assistant, il a été mordu par au moins trois crotales qui lui appartiennent alors qu'il répétait son prochain spectacle.

— On connaît les espèces ?

— Oui : un crotale tacheté, un crotale cornu et un crotale diamantin.

— OK. Rian, Timothy sait qu'il nous faut l'antivenin polyvalent contre le genre *crotalus* ?

— Normalement, oui, mais je vais vérifier.

Alors que Rian partait en courant, Clark examina les blessures.

— Les morsures datent de quand ?

— De moins d'une heure, répondit Brandi.

— Bien. On reste dans les trois premières heures de l'envenimation, ce qui augmente grandement nos chances de réussite.

Le patient émit un long gémissement. Il semblait avoir du mal à respirer. Pour ne rien arranger, son corps se mit à convulser.

— Brandi, tu pourrais appliquer des poches de glace sur ses membres ? Pendant ce temps, je vais désinfecter ses blessures et appliquer des bandages de pression pour immobiliser les membres mordus. Dexter, vous m'entendez ? Comment vous sentez-vous ?

— Tout engourdi... Et j'ai chaud, très chaud. Je ne sens plus mes jambes.

L'homme pressa ses lèvres minces l'une contre l'autre.

— J'ai comme un goût de caoutchouc dans la bouche… Berk…

— Restez calme, dit Clark alors que Rian revenait avec Timothy. L'antivenin arrive et il est efficace. Pendant que je prépare la perfusion, le Dr Gordon va continuer de nettoyer vos plaies. Vous êtes entre de bonnes mains, croyez-moi.

— J'ai la tête qui tourne… Je ne vois plus rien… Je… je crois que je vais m'évanouir.

— ça ira, vous verrez, dit Brandi. Les poches de glace devraient soulager la désorientation.

Alors qu'Eva changeait de position pour traiter une morsure sur la cuisse de Dexter, elle frôla Clark par inadvertance, ce qui fit naître en lui un sentiment de calme. La présence d'Eva comblait un vide dont il n'avait jamais pris conscience jusqu'alors.

— Quelle était sa température la dernière fois que tu l'as mesurée ?

— 39,5. Je lui ai donné du paracétamol pour faire baisser la fièvre.

— Bien. Rian, elle en est où, cette perf d'antivenin ?

— La ligne et la poche sont prêtes, dit ce dernier en poussant vers Clark le chariot de soins. Vous désirez quel calibre ?

— Un 16G. Pour un cas critique comme celui-ci, ce ne sera pas de trop pour diffuser l'antivenin le plus rapidement possible.

Clark posa un garrot autour de l'avant-bras droit de Dexter puis, après avoir repéré une veine adéquate, il désinfecta le point de ponction et il le laissa sécher. Il piqua ensuite l'aiguille selon un angle de 20 °. Lorsqu'il vit le retour de sang dans la chambre du cathéter, il diminua l'angle d'approche, puis il inséra la canule dans la veine et retira l'aiguille.

— Tu as besoin d'aide ? demanda Eva.

— Non, ça ira. Je vois que tu avances bien avec ses blessures.

— Oui, j'ai presque terminé. La perf est posée ?

— C'est fait. Elle est prévue pour durer soixante minutes. Après cela, Dexter devra rester sous observation pendant au moins deux heures. Il y a de l'épinéphrine à portée de main ?

— Oui, sur le chariot de soin, répondit Brandi.

— Tu crains une réaction allergique pendant la perfusion ? demanda Eva.

— Tout juste. Dans certains cas, l'antivenin peut induire une réaction d'hypersensibilité : un choc anaphylactique, par exemple.

— OK... Donc, il faut se tenir prêt à réagir en cas de chute de tension, ou si l'on constate un œdème des tissus respiratoires qui pourrait provoquer une dyspnée et une perte de conscience.

— Tu as tout compris.

Clark ne cessait d'admirer la rapidité avec laquelle Eva s'était adaptée à un cadre de travail aussi exigeant. La brillante étudiante était devenue un médecin remarquable.

— Sa tension est stable, à 13/9.

— Je vois...

Clark jeta un coup d'œil à l'oxymètre, fixé au majeur de la main droite du patient.

— Par contre, son pouls augmente rapidement.

— Tu préconises une injection d'adénosine, un diurétique ?

— Non, pas encore. Pour le moment, laissons l'antivenin faire effet. Normalement, le rythme cardiaque devrait ralentir.

— Tenez, buvez ça.

Brandi approcha une paille des lèvres de Dexter. Celui-ci vida le verre d'eau glacée en quelques secondes.

— Je vais vivre, dites ? J'ai un spectacle prévu pour demain et on n'a pas fini les répétitions. Où est Chuck ? Et Angel ? Mes serpents ? Ils sont où, mes serpents ?

Eva posa une main sur son bras pour l'apaiser.

— Calmez-vous, Dexter. Chuck et Angel vous attendent dans le couloir. Nous allons leur donner de vos nouvelles dès que possible. Pour répondre à vos questions, oui, vous allez vous en tirer. Quant à vos serpents, j'ignore où ils se trouvent, mais je suppose que vos amis le savent, eux. Je vais me renseigner auprès d'eux et je vous tiens au courant. En attendant, il faut que vous restiez bien calme pour permettre à l'antivenin d'agir. C'est possible ?

— Je vais faire de mon mieux, mais j'aimerais savoir si mes serpents ont été confisqués.

Alors que Brandi prenait la température de Dexter, Eva rejoignit Clark à l'écart. Il la gratifia d'un clin d'œil approbateur, un pouce en l'air.

— Excellent travail, docteur. Félicitations. Tu as su trouver les mots justes pour le calmer.

Elle se massa l'épaule en secouant la tête.

— Tu crois ? Franchement, je n'ai jamais rien vu de tel.

— Dans une ville comme Las Vegas, plus rien ne m'étonne. C'est la capitale des artistes de rue. Ils se livrent tous une concurrence acharnée sur le Strip. Dexter n'est pas mon premier cas de morsure de serpent. J'en ai vu d'autres.

— Ils s'en sont sortis ?

— Heureusement, oui. On veille à ne jamais tomber en panne d'antivenin. Ce que ces artistes oublient, c'est que leurs petits compagnons ne sont pas leurs amis, surtout les serpents venimeux. Pour ces bêtes-là, les dompteurs ne sont rien de plus que leur prochain repas. Leur venin sert à paralyser leur proie et à préparer la digestion.

— Quelle horreur. Pour tout l'or du monde, je ne voudrais jamais m'approcher de ces sales bestioles.

— Je suis bien d'accord avec toi, dit-il avant de revenir vers Brandi. Quelle est sa température ?

— 38,3. Elle baisse.

— Bien. Pourrais-tu garder un œil sur lui pendant qu'on discute avec ses partenaires, Eva et moi ?

— Bien sûr.

Dans l'espace d'attente, Chuck était en pleine conversation avec Angel.

— Puisque je te dis que ces serpents adorent Dexter !

— Mais alors, pourquoi l'ont-ils attaqué ?

Clark interrompit la discussion pour se présenter et présenter Eva.

— Comment va-t-il ? s'écria Chuck. Il est vivant ? Il va s'en tirer, dites ?

— Oui, il est vivant. On lui a administré un antivenin polyvalent qui devrait faire l'affaire.

— Il va pouvoir sortir ce soir ?

— Non, pas ce soir. Comme il a été victime d'un cocktail de venins, nous souhaitons le garder en observation. Nous en saurons plus demain matin.

— On peut le voir, au moins ? demanda Angel.

— Dès que son état sera stabilisé. Ma collègue et moi vous tiendrons au courant.

Angel et Chuck s'inclinèrent à l'unisson.

— Nous vous remercions du fond du cœur, dit ce dernier.

Alors qu'elle retournait en unité de traumatologie avec Clark, Eva laissa échapper un long bâillement.

— Fatiguée ?

— Un peu, oui. J'allais partir quand Dexter est arrivé aux urgences.

— ça tient toujours pour ce soir ? On pourrait dîner dans un endroit calme, si tu préfères.

La mâchoire crispée, il attendit sa réponse. *Ne dis pas non, s'il te plaît...*

— Après ce qui s'est passé, je ne sais pas si j'ai encore l'énergie d'explorer la ville.

À ces mots, Clark eut l'impression que son cœur lui tombait dans les chaussures.

— Mais l'idée d'un repas tranquille n'est pas pour me déplaire, poursuivit-elle. Ça te dit de venir chez moi ? On se ferait livrer quelque chose de simple. Des plats mexicains, par exemple, ou alors des sushis.

Aussitôt, Clark se ragaillardit.

— Va pour des sushis.

— Parfait, dit-elle en consultant sa montre. Le temps de régler les formalités de prise en charge, de rentrer chez soi pour se rafraîchir un peu… 8 heures, ça te va ?

— C'est parfait.

— OK. Finissons-en avec cette journée. Ensuite, nous aurons la nuit pour nous.

7

— Alors, ces premiers jours à Fremont ? ça se passe comment par rapport à notre petit hôpital de province ?

Au téléphone avec Amanda, Eva fit claquer sa langue tout en fouillant dans sa trousse de maquillage.

— Voyons, comment définir cette expérience en quelques mots ? Je dirais chaotique. Imprévisible. Choquante, stimulante… Mais surtout, inestimable. Oh ! et extrême, aussi. À Black Willow, je soignais essentiellement des fractures ou des dyspnées, quelquefois des infarctus. Mais à Las Vegas ? J'ai affaire tous les jours à des accidents de la route, des blessures au couteau ou à l'arme à feu, des traumatismes crâniens, et j'en passe… Parfois, j'ai du mal à suivre.

— Tu m'étonnes. Heureusement, tu peux compter sur Clark. D'ailleurs, c'est comment de travailler à nouveau avec lui ?

— Jusqu'à présent, ça se passe très bien. À l'hôpital, il m'aide et m'encourage beaucoup. En dehors, par contre, c'est une autre histoire. Lors de notre première sortie entre collègues, il a été distant et froid, à des années-lumière du garçon que j'ai connu. Le Clark de la fac était gentil, charmant, toujours débordant d'énergie positive. Rien à voir avec celui que j'ai retrouvé. À mon avis, il m'en veut toujours.

— C'est compréhensible, non ? Tu lui as brisé le cœur, Eva.

— Je sais bien, répondit-elle en appliquant une couche de

mascara. Quoi qu'il en soit, il a été beaucoup plus aimable avec moi aujourd'hui. C'est peut-être un signe que nos rapports s'améliorent.

— A-t-il dit quelque chose au sujet de son rendez-vous d'hier ?

— Non, pas vraiment. J'ai essayé de lui tirer les vers du nez, mais il est resté très évasif.

— Autrement dit, c'était un fiasco.

Amanda approcha l'écran de son visage avec un sourire malicieux.

— Mais parlons de toi. Tu es nerveuse pour ce soir ?

— Moi ? Et pourquoi donc ?

— Tu vas passer la soirée en compagnie du terrible Clark Malone ! L'homme que tu aurais dû épouser. Donc oui, c'est un grand soir. D'ailleurs, si tu veux bien me permettre, tu as l'air un peu stressée. Respire, ma belle, respire !

Eva leva les yeux au ciel, puis elle lui montra deux tubes de gloss.

— Tu préfères quelle couleur ? Rose ou rouge orangé ?

— Rouge orangé. C'est plus sexy, et en accord avec les ondes que tu cherches à envoyer.

— Ah bon ? Quelles ondes, au juste ?

— Celles qui crient que tu souhaites poursuivre cette histoire avec Clark entre les draps.

— Dois-je te rappeler que je viens de me faire plaquer par Kyle ?

— Kyle ? Tu veux dire ce pauvre type qui ne t'a jamais méritée ? Cette espèce de...

— Si tu continues, je raccroche. Et cesse de te monter la tête au sujet de cette soirée. Clark est un homme à femmes. Il ne veut rien entamer de sérieux avec personne, et surtout pas avec moi.

— Balivernes.

— Non, c'est la réalité. Au mieux, il cherche à ressusciter notre amitié, sans plus. Il sait que je suis à Las Vegas pour quelques mois seulement. Je doute fort qu'il ait envie de s'engager avec une personne qui vit à l'autre bout du pays. De toute façon, en matière d'amour, il ne me fera plus jamais confiance.

Amanda se massa les tempes avec un soupir de dépit.

— Eva, vous êtes majeurs et vaccinés. Moi, j'ai l'impression qu'il essaye de tourner la page et d'explorer les potentialités de la situation présente. Auquel cas, j'espère que tu seras ouverte à cette idée.

Eva se posta devant le miroir et lissa le tissu de sa robe dos nu noire.

— Tu es sûre que je suis bien habillée ?

— Mais oui ! Tu es parfaite de la tête aux pieds. Rappelle-moi, quel est le programme pour ce soir ?

— Oh ! rien de compliqué. Nous sommes trop fatigués pour sortir, donc je l'ai invité pour des sushis à la maison.

— En toute intimité, bien sûr.

— Pas du tout. C'est juste une soirée entre amis, pour se détendre et bavarder.

Une sonnerie l'avertit de l'arrivée d'un texto : Clark venait de lui écrire.

Je viens de partir, mais d'abord, je passe acheter un petit quelque chose. À tout de suite.

Eva sursauta lorsque Amanda tapota bruyamment sur l'écran.

— Tu souris jusqu'aux oreilles. C'est un message de ton homme ?

— Pas « *mon* homme » : Clark. Il est en chemin.

— OK ! Avant qu'on se quitte, je suis ravie que vous ayez enfin enterré la hache de guerre et tourné la page. Puisque vous travaillez bien ensemble, j'espère que vous allez bien vous amuser aussi.

— Merci ! Sur ce, je raccroche. Je vous souhaite une bonne soirée, docteur Reinhart.

— Appelle-moi dès que possible ! Je tiens à connaître tous les détails croustillants de la partie de jambes en l'...

Eva coupa la connexion sans attendre la fin de la phrase. Dans son état de nerfs, elle n'était pas d'humeur à la plaisanterie, sans parler de songer à coucher avec Clark. Elle s'affaira dans l'appartement pour faire passer l'attente. Enfin l'Interphone retentit. Eva appuya sur le bouton d'accès, jeta un dernier regard dans la glace et se posta près de la porte, le cœur battant. L'ascenseur sonna et elle colla son œil contre le judas, la main crispée sur la poignée. Clark avait à peine frappé qu'elle ouvrait la porte à la volée.

— Salut ! lança-t-elle d'une voix plus forte qu'elle ne l'aurait souhaité.

— Salut, murmura-t-il avec un sourire amusé.

Tout à coup, Eva eut très envie d'un grand verre de vin. Elle s'effaça pour le laisser entrer et referma derrière lui, humant au passage un délicieux parfum de bergamote et de bois de santal. À en juger par son bouc impeccable et ses cheveux coupés de frais, il s'était arrêté chez le barbier avant de venir.

— C'est joli, chez toi.

— Merci. J'ai essayé de personnaliser un peu la décoration.

Il fit le tour du salon d'un pas nonchalant avant de se poster devant de vieilles photos d'Eva entourée de sa famille et d'amis.

— Je reconnais plusieurs visages. Tu n'avais pas déjà ces photos quand nous étions à la fac ?

— Si. Tu as une bonne mémoire.

— Difficile d'oublier cette époque.

Que sous-entend-il par là ? se demanda-t-elle avec un pincement au cœur. Elle s'éclaircit la gorge.

— Tu nous as apporté quelque chose ?

— Oui, une petite douceur pour le dessert. Elle devrait te plaire.

Eva le suivit dans la cuisine, non sans éprouver un léger frisson à le voir prendre ainsi ses aises chez elle. Il posa son paquet sur le plan de travail et souleva le couvercle.

— Sens-moi ça. Alors ?

Une odeur de vanille et de noix de coco s'échappa de la boîte.

— Un *crunch cake* !

Dans le temps, Eva raffolait de ce gros gâteau moelleux typique de la Louisiane. Elle lui pressa le bras avec émotion.

— C'est fou ! Tu te souviens vraiment de tout.

— S'agissant de toi, oui.

Ces paroles tombèrent dans un silence chargé d'émotion. Clark fit un pas vers elle et tendit le bras pour saisir un verre. Ce faisant, il lui effleura la main.

— Je peux ?

Elle fit glisser vers lui une bouteille de sauvignon blanc.

— Oui, s'il te plaît. Merci.

Alors qu'il remplissait leurs verres, Eva disposa les sushis sur un plat en s'efforçant de contrôler le tremblement de ses mains.

— Ils viennent de chez Kaiseki Yuzu ? C'est un bon choix.

— Brandi m'a renseignée. Tu aurais dû voir sa tête quand je lui ai dit qu'on passait la soirée ensemble.

— Et toi, celle de Leo quand je lui en ai parlé.

— Ces deux-là… Ils passent leur temps à insinuer des choses qui n'existent pas. Amanda, c'est pareil, si ce n'est pire.

— Ah bon ? Je suis curieux de savoir ce qu'elle raconte à propos de nos retrouvailles.

— Oh ! tu la connais. Elle parle d'alignement des planètes, de forces mystiques qui seraient à l'œuvre…

— Bref, elle s'imagine que le destin nous a réunis.

— Exactement.

Clark lui tendit un verre de vin.

— Et toi, qu'en penses-tu ?

Eva prit une longue gorgée avant de répondre.

— Moi ? Je pense que c'est toujours sympa de renouer avec de vieux amis.

Il la cloua d'un regard pénétrant. Le rouge aux joues, elle s'affaira à disposer des sashimis sur une assiette.

— Qu'avons-nous d'autre ici ? demanda-t-il en inspectant les boîtes en carton. Je vois un peu de tout.

— J'ai commandé toute la carte. Il y a du tofu, des *kuromame*, un assortiment de tempura, des anguilles grillées, des *nigiri*…

— Mmmh… ça a l'air délici…

Il s'interrompit en entendant son téléphone émettre un *ping*.

— Tu veux bien m'excuser une seconde ?

Malgré elle, Eva ne put s'empêcher de laisser son regard errer vers l'écran du portable : il affichait un logo à deux cœurs. Celui qu'elle avait vu l'autre soir, à l'Oasis, quand il avait reçu un texto de son rencard. À ce souvenir, elle eut l'impression qu'un étau douloureux lui comprimait la poitrine. Elle vida son verre autant pour se donner une contenance que pour ravaler la jalousie qui lui brûlait la gorge. Clark, toutefois, eut un froncement de sourcils irrité et rangea son portable sans ouvrir le message.

— On y va ?

Joignant le geste à la parole, il porta les assiettes au salon. Elle le suivit, leurs verres à la main et un grand sourire aux lèvres.

— Ça va *nous* faire du bien, une bonne petite soirée de détente après une journée de fous, dit-il. C'est vraiment ce dont j'avais besoin.

— Et moi donc. Travailler aux urgences de Fremont, ce n'est pas de tout repos.

— Et pourtant, tu t'es adaptée remarquablement bien.

— Merci. Heureusement, j'ai pu compter sur toi. J'ai encore un peu de mal à suivre le rythme, mais je finirai par m'y habituer.

— À mon avis, c'est déjà le cas. Tu étais une professionnelle aguerrie à ton arrivée, mais chaque situation de soin t'a permis de prouver tes compétences.

— J'en dirais autant pour toi. Tu as vraiment développé ton potentiel, Clark. Tu es devenu un excellent médecin.

— Merci, Eva. Venant de toi, ce compliment n'est pas à prendre à la légère.

Il s'interrompit et la détailla d'un regard appréciateur.

— Je t'ai dit que tu es magnifique ce soir ?

Prise de court, elle dissimula ses joues rouges derrière sa serviette.

— Merci, c'est gentil.

— Je t'en prie.

Sous le feu de son regard, Eva se hâta de trouver un nouveau sujet de conversation.

— Dis-moi, comment se passe ta vie depuis que tu t'es installé sur la côte Ouest ?

— Très bien. Déjà, j'adore le climat. Moi qui ai grandi à Chicago et suivi mes études dans le Michigan et dans l'Iowa, j'étais habitué à des hivers polaires avec des tonnes de neige. Ici, il fait quasiment toujours beau. Et je ne te parle même pas de la région : les montagnes, les palmiers... C'est le paradis.

— Et les femmes ? Elles sont différentes, ici ?

Clark eut une petite moue.

— Essaierais-tu de te renseigner sur ma vie privée, par hasard ?

— Tout à fait.

— Oh oh... Dans ce cas, j'ai le droit de te poser des questions indiscrètes, moi aussi ?

— Bien sûr, dit-elle en haussant les épaules. Mais puisque la conversation prend cette tournure, j'aimerais te demander pourquoi tu es resté célibataire.

— Ouille ! Tu sors la grosse artillerie, je vois.

Il s'interrompit pour avaler une longue gorgée de vin.

— Sérieusement, la réponse à ta question est simple. Je n'ai pas encore trouvé celle qu'il me faut. Et puis, ma vie professionnelle est ma priorité. Tu sais comme ce travail est prenant. Avec des relations superficielles, je profite de la vie sans que cela nuise à mon métier.

Eva retint son souffle. À coup sûr, il allait se permettre une remarque acerbe, dire qu'avec elle, il avait été à bonne école. Or, non. À sa grande surprise, il en resta là. En revanche, sa déclaration avait quelque chose de froid, de détaché. Une fois de plus, elle fut frappée des changements qui s'étaient opérés en lui ces dernières années. Dans le temps, Clark n'avait jamais été du genre à se méfier de l'amour. Au contraire, il avait toujours adoré se lier aux autres et nouer des relations constructives. Oui, il avait changé. Et le pire, c'était qu'elle avait une lourde part de responsabilité dans cette transformation.

— Et toi ? demanda-t-il en remplissant à nouveau leurs verres. Que s'est-il passé entre toi et ton ex, si je peux me permettre ?

Eva se crispa. Mais puisqu'il lui avait répondu sans ambages, elle lui devait la même franchise.

— Ouh là... Je commence par où ?

— Par ce qui te semble le plus facile.

— Eh bien pour te donner un peu de contexte, j'ai rencontré Kyle lors d'une soirée caritative. On est sortis ensemble pendant cinq ans.

— Cinq ans ? C'est long.

— Oui. Avec le recul, c'est drôle qu'on ait autant donné pour une histoire qui s'est achevée de manière aussi abrupte. Quoi qu'il en soit, il m'a demandée en mariage il y a un peu plus d'un an. J'avais à peine dit oui que sa mère et la mienne se sont aussitôt mises à organiser nos noces. Toute la ville ne parlait que de cela. Kyle et moi étions stressés, sous pression. Pour ne rien arranger, il fait campagne pour devenir sénateur. Au bout du compte, il a craqué et on a rompu.

— Juste comme ça ?

— Juste comme ça.

— Oh là là... Je suis navré pour toi.

Il se pencha par-dessus la table pour lui prendre la main.

— ça n'a pas dû être facile, surtout si vous étiez amoureux.

Cette dernière phrase ressemblait davantage à une question qu'à une simple remarque. Eva redressa le menton.

— Justement, cette rupture m'a amenée à me poser des questions sur notre couple et à me demander si nous avons jamais été amoureux. Notre histoire était-elle réelle ou simplement jolie sur le papier ? Tu comprends ce que je veux dire ?

— Tout à fait. Avoir l'air bien assortis ne veut pas dire qu'on le soit vraiment. Certes, sur le papier, vous étiez un couple parfait : toi, médecin, et lui, jeune loup de la politique.

— Exactement, mais dans la réalité ? Je ne pense pas. J'ai fini par me rendre compte qu'il n'y avait pas de passion entre nous. Certes, nous étions contents de notre sort, mais heureux ? Je croyais que oui, mais en fait, c'était juste le confort de la routine. Et peu importait si notre flamme s'était éteinte. À vrai dire, il n'y avait entre nous aucune véritable affection, pas comme entre...

Toi et moi, faillit-elle dire avant de se ressaisir à temps. Un silence tomba.

— Autrement dit, vous étiez associés plutôt que fiancés.

— En d'autres termes, oui.

Après avoir engouffré un dernier *hosomaki*, Clark rassembla leurs assiettes et leurs couverts avant de se lever.

— Eh bien, bon débarras. Quel que soit notre passé, j'ai toujours su que tu es une femme incroyable, Eva. Tu mérites beaucoup mieux qu'un homme parfait sur le papier. Tu mérites tout le bonheur possible.

— Merci, Clark. C'est gentil.

Elle le suivit dans la cuisine, en proie à une pléthore d'émotions. Ce moment lui faisait penser au soir où ils avaient couché ensemble. Comme à présent, la conversation, l'alcool et l'attirance lui étaient montés à la tête. Jamais sa résolution de rester professionnelle ne lui avait semblé plus lointaine.

— Que dirais-tu de terminer la bouteille sur le canapé ?

— Tu lis dans mes pensées, répondit-il en souriant. Tu es prête pour une part de gâteau ?

— Et comment !

Elle sortit deux assiettes et lui présenta un couteau, mais au lieu de couper deux parts, il lui tendit une petite tranche.

— Mmmh... Délicieux.

— Je savais qu'il te plairait. Il fond dans la bouche, n'est-ce pas ?

— Tout à fait.

Il lui tendit un autre morceau, et cette fois-ci, ses doigts s'attardèrent sur ses lèvres. Eva s'approcha à quelques centimètres de lui. Il lui souleva le menton et quêta du regard son approbation. Elle hocha la tête et l'inclina vers lui. La langue de Clark s'insinua entre ses lèvres entrouvertes, s'enroula doucement autour de la sienne avant de se retirer, puis de revenir à la charge. Il la saisit alors par les hanches pour la hisser sur le plan de travail avant de lui écarter les genoux. Leurs bouches s'unirent avec frénésie jusqu'à ce que, gémissante, elle rejette la tête en arrière, le cou offert à ses baisers. Tandis qu'il lui mordillait les seins, les doigts de Clark se refermèrent sur sa culotte. D'un geste vif, elle baissa la fermeture Éclair de son pantalon, mais avant qu'elle n'ait pu le prendre dans sa main, Clark s'agenouilla et il enfouit le visage entre ses cuisses. Eva sentit son corps tout entier se raidir, puis trembler alors que ses hanches ondulaient sous les assauts de sa langue, puis de ses doigts, puis de sa langue à nouveau. Un grand frisson la parcourut et elle poussa un cri à réveiller tout le quartier.

— J'ai l'impression que tu l'as retrouvée, ta flamme, murmura-t-il avec un petit rire.

Sans lui laisser le temps de répondre, il la souleva dans ses bras et la porta jusqu'à la chambre. Ils se débarrassèrent de leurs vêtements en quelques secondes et s'effondrèrent sur le lit. Eva noua les jambes autour de lui, avide des caresses avec lesquelles il explorait chaque centimètre de sa peau. Ils n'avaient fait l'amour qu'une fois, mais cette étreinte avait pour elle un parfum de familiarité. Comme jadis, il la touchait avec la même ferveur insatiable. Elle adorait toujours autant son odeur, un mélange piquant de sueur et d'après-rasage musqué. Et comme avant, ses caresses audacieuses avaient le pouvoir de la réduire en miettes.

Mais cette étreinte ne se résumait pas à un simple accord physique. Entre ses bras, des souvenirs chargés d'émotions surgissaient de sa mémoire. Elle se rappelait leurs longues discussions, ces secrets partagés qui les avaient unis dans un lien très fort, si fort qu'elle l'avait cru éternel. Lorsqu'ils s'étaient perdus de vue, Eva s'était résignée à faire une croix sur cette complicité. Or, non, elle était encore là, et bien là, et c'était tellement grisant ! Mais terrifiant, aussi. Dans son état de vulnérabilité, elle avait sans doute tort de s'aventurer ainsi en terrain dangereux. D'autant plus que leur passé tumultueux n'arrangeait rien.

Mais alors, Clark lui mordilla le cou et elle étouffa ses regrets de l'avoir laissé partir. À tant d'égards, il était l'homme qu'elle avait toujours désiré : tous les signes étaient là, aussi manifestes qu'avant. Et lorsqu'il plongea en elle, Eva se demanda si elle pourrait se passer de lui au terme de ses trois mois à Las Vegas. Aurait-elle la force de lui dire adieu ? À supposer, toutefois, qu'il ait envie de la voir rester...

Clark fut tiré du sommeil par la sonnerie d'un réveil qui n'était pas le sien. Il ouvrit brusquement les yeux et promena un regard désorienté autour de lui. Au bout d'un moment, tout lui revint : il était encore chez Eva, dans sa chambre. Il souleva tout doucement sa tête de l'oreiller et vit qu'elle dormait encore. Lovée contre sa poitrine, elle était si belle, avec ses cheveux qui tombaient en cascade le long de son visage. Clark tendit le bras vers le portable d'Eva pour désactiver la sonnerie. Il était seulement six heures moins le quart. Quinze minutes de sommeil supplémentaires ne leur feraient pas de mal, d'autant plus qu'on ne les attendait pas à l'hôpital avant 8 heures.

Eva bougea légèrement et ses lèvres s'incurvèrent en un doux sourire. Sans qu'elle ouvre les yeux, sa main erra jusqu'à son érection. Clark poussa un gémissement. Incapable du moindre geste, il la regardait promener ses lèvres sur son torse, son ventre. Puis elle disparut sous le drap et il sentit qu'elle le prenait dans sa bouche, en entier. Chaque muscle de son corps se raidit et il agrippa le rebord du matelas.

— Eva, je t'en prie... Tu vas trop vite.

Malgré le désir qui le tenaillait, il rejeta le drap en arrière et la souleva par les épaules, mais elle s'abattit sur lui et le chevaucha avec aisance. Sa bouche avide plaquée sur la sienne, elle avalait ses gémissements de plaisir tandis qu'elle glissait une main entre eux pour le guider en elle. Leurs corps bougeaient en cadence, emportés par un rythme irrésistible, et en quelques minutes, ils atteignirent la jouissance ensemble. Eva s'effondra sur son torse, le souffle court. Clark, quant à lui, contemplait le plafond avec incrédulité.

— ça, c'était complètement inattendu, finit-il par dire, haletant.

— On peut le dire, pour ce matin et pour cette nuit.

— Tout de même, c'est fou qu'on démarre au quart de tour aussi facilement, non ? Nous étions en train de partager un dessert et boum ! C'était parti.

— Je n'ai pas d'explication, murmura-t-elle en effleurant son avant-bras du bout des doigts. Mais franchement ? J'ai adoré.

— Moi aussi.

Un silence tomba, mais les émotions de Clark étaient loin d'être calmées. Ses sentiments pour Eva n'avaient jamais disparu. Au fil des années, il avait réussi à les enfouir, mais cette nuit, ils avaient resurgi, plus forts que jamais.

Va-t'en. N'oublie pas qu'elle sort d'une déception amoureuse et qu'elle n'a pas l'intention de rester ici. Dans trois mois, elle repartira à Black Willow pour réparer la vie qu'elle a abandonnée. Ne t'expose pas à un autre échec.

Cette pensée eut sur lui l'effet d'un coup de semonce. Il roula dans le lit pour attraper son portable sur la table de chevet, puis il s'assit sur le rebord.

— ça te dit, du café ? Si tu veux, je peux préparer des œufs brouillés, faire griller des bagels et...

— En fait, il faut que je parte, l'interrompit-il. J'ai deux ou trois choses à faire avant le travail.

Le mensonge lui était sorti de la bouche avant même qu'il ne s'en rende compte. Pourtant, ce n'était pas sa faute. Il fallait qu'il se protège. S'il partait maintenant, il ne l'entendrait sans doute pas lui dire qu'ils ne devaient pas mélanger le travail et le plaisir, que cette soirée ne devait surtout pas se répéter. C'était sa manière de se mettre à l'abri avant que la situation ne lui explose à la figure.

Mais Eva lui attrapa la main.

— Attends. Avant que tu partes, est-ce qu'on pourrait... euh... discuter un peu de tout ça ?

— C'est-à-dire ?

Alors qu'il se dégageait pour enfiler son boxer, Eva se redressa dans le lit.

— Eh bien, de ce qui se passe entre nous. Ce qui est arrivé hier soir et ce matin.

Ne mords pas à l'hameçon. Laisse la balle dans son camp et attends de voir comment elle réagit.

— C'était super, dit-il se glissant dans son pantalon. Et toi, ça t'a plu ?

— Bien sûr. Mais toi, comment envisages-tu la suite ?

— Et toi ?

Eva se tourna vers la fenêtre et contempla les palmiers qui se balançaient sous la brise.

— C'est une question compliquée...

Elle fit tomber le drap, exposant son corps nu et ferme à son regard. En proie à une poussée de désir, Clark détourna les yeux. Il se revoyait allongé à côté d'elle, son corps mêlé au sien tandis qu'il embrassait ses lèvres si douces et ses seins lourds. Eva se leva et enfila une robe de chambre de satin crème avant de rassembler ses cheveux en un chignon bas.

— Je sais que tu as une vie sexuelle active. Et moi, je viens de rompre mes fiançailles et je ne compte pas rester longtemps à Las Vegas...

Et voilà... Elle va dire qu'elle a passé un très bon moment, mais qu'il faut en rester là.

— Mais franchement ? Veux-tu que je te dise ?

Elle s'approcha de lui d'un pas léger et glissa les mains le long de son dos.

— J'ai encore des sentiments pour toi, Clark.

Hein ?

Dressée sur la pointe des pieds, elle lui titilla les lèvres du bout de la langue.

— Et donc ? demanda-t-il entre deux baisers. Où veux-tu en venir ?

— Je souhaiterais poursuivre ce qu'on a commencé. J'ignore où cela va nous mener, mais j'aime l'idée de renouer avec toi, d'une manière ou d'une autre.

Pris au dépourvu, Clark ne sut que dire. Il continua de l'embrasser pour se donner le temps de réfléchir. Passer du temps avec Eva ? Il en avait toujours eu envie. Seulement, la blessure qu'elle lui avait infligée ne demandait qu'à se rouvrir. Certes, il avait avancé dans sa vie. Il était même heureux de son sort. Mais justement, était-il bien sage d'exposer son cœur au risque de souffrir à nouveau ? Aurait-il le courage de perdre Eva une seconde fois ?

— Alors ? demanda-t-elle en lui encadrant le visage de ses mains. Qu'en penses-tu ?

Il baissa la tête et fut happé par son regard plein d'espoir.

— C'est d'accord, balbutia-t-il.

Elle ouvrit des yeux ronds.

— C'est vrai ?

— Oui. Mais avant, je souhaiterais établir quelques règles.

Eva laissa retomber les bras le long de son corps.

— Des règles ? Lesquelles ?

— Eh bien, je suis d'accord, mais seulement pour une relation libre. Sortir ensemble, oui, mais sans rien attendre l'un de l'autre ni essayer de raviver la flamme. Surtout, notre travail ne doit pas s'en ressentir.

La lumière dans les yeux d'Eva pâlit et il redouta de lui avoir fait de la peine. Mais si c'était le cas, eh bien, tant pis. S'agissant d'Eva, il n'avait pas droit à l'erreur, et cette fois-ci, il comptait bien prioriser ses besoins. Renouer avec elle, d'accord, mais pas à n'importe quel prix. Car au bout du compte, il n'avait pas lieu de penser qu'Eva se comporterait autrement que la première fois.

— Si je te comprends bien, tu veux qu'on continue de se voir, mais sans aucune forme d'engagement. C'est bien cela ?

— Tout à fait. Tu vis ta vie et moi, la mienne. On se retrouve quand le cœur nous en dit, et si l'envie nous prend d'aller voir ailleurs, rien ne l'interdit. Par contre, il vaut mieux ne pas ébruiter cette histoire. Je ne veux surtout pas qu'elle ait des répercussions négatives sur mon travail. Alors ? Que penses-tu de ma proposition ?

— Ce que j'en pense ? Eh bien, c'est d'accord.

— Parfait.

Il la suivit vers le lit en lui ôtant sa robe de chambre en chemin.

8

Eva entra dans la salle de repos des médecins avec un sourire jusqu'aux oreilles.

— Salut, tout le monde ! claironna-t-elle à plusieurs collègues qu'elle n'avait encore jamais vus.

Ces derniers hochèrent la tête en marmonnant un bonjour inaudible avant de revenir à leurs conversations.

Du calme. Tout le monde ici n'est pas aligné sur ton niveau d'énergie.

Et pour cause ! Eva avait l'impression que chaque cellule de son corps vibrait. Elle n'avait rien éprouvé de tel depuis longtemps, si ce n'était jamais. Jusqu'alors, elle était arrivée au travail la boule au ventre dans l'attente de ce que chaque journée allait lui réserver. Aujourd'hui, toutefois, les pincements d'appréhension avaient disparu, remplacés par un sentiment de sérénité et d'impatience. De là à penser que cette aventure avec Clark était pile ce dont elle avait besoin pour s'adapter à sa nouvelle vie, il n'y avait qu'un pas.

Oui, mais il subsistait une ombre au tableau. Clark l'avait prise de court en lui proposant une relation non exclusive. C'était sans doute présomptueux de sa part, mais elle avait vraiment cru qu'il voudrait plus, bien plus. Mais à la réflexion, c'était sans doute un mal pour un bien. Eva venait de consacrer cinq années de sa vie à un homme qui n'en valait pas la peine. Une aventure sans conséquence lui permettrait de préserver ses émotions tout en pimentant son séjour à Las Vegas. En fait, peu importait la catégorie dans laquelle Clark avait rangé leur relation : Eva se contenterait de ce qu'il voudrait bien lui offrir tout en étoffant son expérience professionnelle. Ensuite, elle repartirait à Black Willow avec l'espoir qu'ils resteraient amis.

Black Willow… À l'idée du retour, Eva se sentait gagnée par une tension désagréable. Elle habitait à Las Vegas depuis peu, mais elle s'était déjà prise d'affection pour cette ville. Lui serait-il si facile de partir ? Bah, il était encore trop tôt pour y songer.

Une tasse de café à la main, elle sortit de la salle de repos et tomba sur Brandi au détour d'un couloir.

— Tiens, Eva. Bonjour !

— Bonjour. Comment vas-tu ?

— Je suis épuisée. Je suis restée tard pour surveiller l'état du charmeur de serpents. Bien sûr, avec le Dr Abrams, il était entre de bonnes mains, mais je n'arrivais pas à quitter son chevet. Tu te rends compte ? Toutes ces morsures, et par trois types de serpents ! Je n'ai jamais rien vu de tel.

— Comment va-t-il ?

— Beaucoup mieux. Il a quitté l'hôpital tôt ce matin, mais le Dr Abrams lui a dit de revenir aux urgences en cas de douleur, d'œdème ou d'essoufflement.

— Parfait ! J'espère qu'il tiendra compte de ces recommandations. Que lui a-t-on prescrit ?

Brandi leva la main, paume ouverte, et baissa les doigts à mesure qu'elle énumérait les médicaments :

— De l'ibuprofen et de l'ampicilline, un antiseptique topique, une pommade à la nitroglycérine. Ses assistants ont passé la nuit en salle d'attente. J'ai pu leur parler : ils vont s'assurer qu'il suit son traitement. Je suis plutôt confiante pour sa convalescence, mais quoi qu'il en soit, il vous doit une fière chandelle, à toi et à Clark. Le Dr Abrams s'attendait à le trouver en bien pire état.

— Merci, mais toi aussi, tu as fait du beau travail. Et puis, le mérite revient surtout à Clark. C'est lui qui a piloté la prise en charge. Moi, je n'avais jamais été confrontée à ce type de situation.

— Ta modestie t'honore, Eva, mais c'était 50/50. D'ailleurs, en parlant de Clark, vous avez passé une bonne soirée ?

— Très bonne. Au début, nous avions l'intention de faire un tour en ville, mais après avoir soigné Dexter, nous étions trop fatigués pour sortir. Du coup, il est venu dîner chez moi.

Une foule de souvenirs se pressa dans sa tête. Elle repensa aux doigts de Clark sur ses lèvres lorsqu'il lui avait fait goûter le gâteau... À sa langue sur ses seins... À leurs corps tremblants l'un contre l'autre alors qu'il...

— Eva ?

— Oh ! désolée. Tu disais ?

Le petit sourire amusé de Brandi montrait bien qu'elle n'était pas dupe. Eva brûlait de lui raconter sa soirée, mais elle devait honorer sa promesse à Clark.

— Je disais juste que je suis contente que tu aies une vie sociale en dehors de l'hôpital. Ce n'est pas toujours facile de se faire des amis dans une ville comme Las Vegas. Même si tu ne restes ici que trois mois, c'est sympa que tu aies déjà noué quelques amitiés.

— Merci. À vrai dire, sans toi, Leo et Clark, j'aurais eu du mal à prendre mes marques ici.

Des voix résonnèrent alors que les portes des urgences s'ouvraient à la volée.

— On dirait qu'on a fait le plein de patients ce matin, remarqua Eva.

— Et pourtant, non. Plusieurs ont été déjà transférés dans d'autres services pendant la nuit et tôt ce matin. Mais qui sait ce que nous réserve cette journée. Le passage de relais entre le Dr Abrams et Clark a déjà eu lieu. Il te mettra au courant des différents cas.

— Ah bon ? Clark est déjà là ?

— Oui, depuis trois quarts d'heure.

Le ventre d'Eva se noua alors qu'elles entraient aux urgences.

— Oui, c'était un cas compliqué, entendit-elle non loin. Mais Dieu merci, il s'en est tiré.

Eva jeta un coup d'œil par-dessus son épaule et vit Clark en compagnie d'une jeune assistante médicale.

— Grâce à *vous*, docteur Malone, ajouta la jolie blonde avec un sourire enjôleur. Le pauvre homme... Avec une telle dose de venin, il aurait pu y rester.

— C'est vrai, mais par chance, je pouvais compter sur une équipe de choc, en premier lieu le Dr Gordon. D'ailleurs, quand on parle du loup...

Lorsqu'elle l'entendit mentionner son nom, Eva se sentit pousser des ailes. Elle lui adressa un petit geste de la main et le suivit des yeux tandis qu'il prenait congé de la jeune femme. Il les rejoignit d'un pas souple. Le coin de ses lèvres se dressa comme s'il essayait de réprimer un sourire, et son regard brillait d'un éclat particulier, celui de leur petit secret...

— Bonjour, docteur Gordon. Infirmière Bennett...

— Bonjour, Doc, dit gaiement Brandi. Le Dr Abrams vous a mis au courant des dossiers ?

— Oui, c'est fait.

Son regard se posa sur Eva et son sourire éclata, révélant des dents blanches et parfaites. Le hall des urgences en était tout illuminé.

— Je suis fin prêt pour informer le Dr Gordon sur les patients de ce matin.

Un silence tomba. Eva savait que c'était son tour de répondre, mais plongée dans une sorte de transe, elle regardait fixement le beau visage de Clark comme s'ils étaient seuls. Elle ne pouvait s'empêcher de penser que ces mêmes mains qui feuilletaient à présent des dossiers l'avaient caressée quelques heures plus tôt, que ses lèvres avaient été enfouies entre ses cuisses, et sa langue...

— Dr Gordon ? Dr Gordon !

Eva tourna brusquement la tête vers Brandi.

— Mmh, oui ? Plaît-il ?

— Je voulais savoir si je devais vérifier les stocks de linge dans les chambres des patients.

Clark lui donna une légère chiquenaude sur l'épaule.

— Eh bien, docteur ? La nuit a été longue ?

Eva ravala un ricanement nerveux.

— J'ai très bien dormi, merci beaucoup.

— Ce n'était pas le sens de ma question.

Eva ouvrit de grands yeux, d'un air qui voulait dire : « Vas-tu arrêter, oui ? » Puis elle se tourna vers Brandi.

— Oui, vas-y. Pendant ce temps, je passe en revue les dossiers des patients avec le Dr Malone. Je te retrouve plus tard.

Brandi hocha lentement la tête avant de s'éloigner, les sourcils froncés. Clark se pencha vers Eva pour murmurer à son oreille :

— En voilà une qui a deviné à quoi on a occupé la nuit dernière...

— Clark, ça suffit ! C'était pourtant toi qui insistais pour que cette petite... *chose*, pour ne pas la nommer, n'empiète pas sur le travail.

— C'est vrai, et jusqu'à présent, je n'ai pas enfreint cette règle. De quoi parles-tu, je te prie ?

— Ah, ça, c'est formidable. Maintenant, tu joues les innocents et...

Elle fut interrompue par un bruit de pas précipités.

— Ah, vous voilà ! s'écria Leo. C'est justement vous que je cherchais. Brandi, viens donc par-là. Il m'arrive un gros pépin et j'aurais besoin de vous. Vous trois.

— Allons bon, dit Clark en souriant. Quel est le problème ?

— C'est Rita. Elle organise un gala caritatif au Foyer d'Yvonne dans un peu plus de trois semaines et vous êtes tous les trois obligés d'y assister.

— Qui est Rita ? demanda Eva.

— C'est l'ex-femme de Leo.

Eva émit un « oh » de surprise. L'éventualité que Leo ait pu être marié ne l'avait jamais effleurée.

— Encore une question, désolée : qu'est-ce que le Foyer d'Yvonne ?

— C'est une association à but non lucratif qui vient en aide aux personnes sans domicile à Las Vegas, répondit Brandi. Rita est à la tête du comité directeur.

Leo se prit la tête dans les mains et la secoua d'un air catastrophé. L'émotion le mettait en sueur et faisait luire son crâne glabre.

— Idiot que je suis, je lui ai promis que je viendrais. Bien sûr, je soutiens cette cause, alors quand elle m'a posé la question, j'ai dit oui, forcément !

— Forcément, dit Clark. Et tu as bien fait. Mais il y a un truc que je ne comprends pas. Pourquoi tu ne veux plus y aller ?

— Et surtout, pourquoi tiens-tu à ce qu'on t'accompagne ? ajouta Brandi. Moi aussi, je veux bien soutenir cette association, mais j'ai l'impression qu'il y a anguille sous roche.

— Tu vas comprendre. Tout d'abord, pour te répondre, Clark : je ne veux plus y aller parce que je viens d'apprendre que Rita s'est remise avec quelqu'un, et il assistera à la soirée. En ce qui concerne ta question, Brandi, j'ai besoin de soutien moral. Je ne suis absolument pas prêt à voir mon ex au bras d'un autre.

Clark fronça des sourcils interloqués.

— Je croyais qu'il n'y avait plus de sentiments entre vous et que tu ne voulais pas te remettre avec elle.

— C'est vrai.

— Dans ce cas, quelle importance, avec qui elle vient ?

— Je ne veux plus vivre avec elle, mais de là à la voir avec un autre... Ce qui m'amène à ma question suivante, ajouta-t-il en se tournant vers Brandi.

— Oh là là... Je crains le pire.

— Écoute, Bran...

Leo mit un genou à terre avant de se raviser et de se lever.

— S'il te plaît... Je t'en prie... Accepterais-tu de m'accompagner à ce gala ? Mais uniquement pour qu'on ne me voie pas tout seul, tu comprends... Parce qu'il est hors de question que je débarque au banquet Château le Jardin sans personne avec moi.

Un silence gêné tomba. Tous les regards se braquèrent sur Brandi, qui regardait Leo d'un air pensif, une joue dans la main.

— Si je comprends bien, tu me demandes de faire semblant de sortir avec toi ?

— Exactement.

Eva la gratifia d'une tape sur le bras.

— Allons, Brandi. C'est mignon, comme idée. Et puis, vous vous entendez bien, Leo et toi. Faites comme s'il s'agissait d'une soirée sympa. De toute façon, nous serons là, Clark et moi. N'est-ce pas, Clark ?

— Tout à fait.

— Tu vois ? Allez, on va bien s'amuser. Et puis, tu rendras un gros service à Leo.

Celui-ci présenta ses mains jointes à Eva.

— Merci pour ton soutien, Eva. Alors ? demanda-t-il à l'adresse de Brandi. Qu'en dis-tu ?

Celle-ci renversa la tête en arrière et regarda fixement le plafond.

— On doit s'habiller comment ?

— Tenue de soirée exigée. Dois-je entendre que tu n'écartes pas l'idée ?

— Peut-être...

Alors que le visage de Leo s'illuminait, Eva se tourna vers Brandi.

— Une petite séance de shopping s'impose, dans ce cas. Je n'ai apporté aucune robe pour ce genre d'occasions. Qu'en penses-tu, Brandi ? Ce serait sympa, non ?

— Je suppose, oui.

— Allez, Brandi, s'il te plaît, dit Leo en se balançant d'un pied sur l'autre.

Elle émit un profond soupir.

— C'est bon, je viens. Mais tu me revaudras ça. Vraiment.

Il l'attrapa par la taille et la fit virevolter.

— Tout ce que tu voudras. Tout !

— Pour commencer, calme-toi.

Clark les laissa à leur badinage et s'approcha d'Eva.

— Et toi, quel type de robes envisages-tu de porter ?

— Je ne sais pas. Tu penses à quoi ?

— Quelque chose de sexy, bien sûr.

Un raclement de gorge exagéré interrompit leur conversation.

Ils firent volte-face et se rendirent compte que Brandi et Leo les regardaient avec curiosité.

— Que signifient ces messes basses ? demanda ce dernier. Que se passe-t-il ?

— Rien du tout ! lancèrent-ils à l'unisson.

— En fait, euh… Nous discutions justement du gala.

— Oui, voilà. Et de ce qu'Eva comptait mettre pour l'occasion.

— Qu'est-ce que ça peut te faire, ce qu'elle va…

— Leo, l'interrompit Brandi. Tu voudrais bien faire la tournée des chambres avec moi ?

Sans lui laisser le temps de répondre, elle l'entraîna en gratifiant Eva d'un clin d'œil complice. Eva s'éloigna dans la direction opposée et Clark lui emboîta le pas.

— Nous devrions être plus discrets au travail, remarqua celle-ci.

— Tu as raison. Mais après la nuit qu'on vient de passer, ça va être dur.

Alors qu'Eva tendait la main vers les dossiers qu'il tenait, il la saisit par la taille et l'attira dans un placard de fournitures.

— Eh ! Mais qu'est-ce qui te prend ?

En guise de réponse, il unit ses lèvres aux siennes et pressa son entrejambe contre sa cuisse.

— Clark, qu'est-ce que je viens de dire ? soupira-t-elle entre deux baisers lents et avides.

— Aucune idée…

— Arrête ! Tu vas finir par arracher un bouton de ma blouse.

— Désolé. J'ai besoin de te revoir. Hors de ces murs.

— Moi aussi, mais en attendant, il faut retourner au travail avant de se faire renvoyer tous les deux.

— Oui, tu as raison.

Haletant, il lui ouvrit la porte et Eva jeta un coup d'œil dans le couloir pour s'assurer que la voie était libre. Alors qu'ils sortaient, il la caressa à la dérobée et elle gémit. À présent, l'attente jusqu'à leur prochain moment d'intimité lui semblait désespérément longue.

9

Eva grimpa d'un pas vif les marches jusque chez Clark, ravie de la soirée qui s'annonçait. Depuis le matin, ils avaient arpenté la ville et ses environs, du musée de la Pègre au pont mémorial de Tillman en passant par l'aquarium Shark Reef. Après une pause chacun chez soi, ils devaient passer la soirée au restaurant Guy Savoy. Eva avait déjà étudié le menu, sans parvenir à se décider. Tout lui faisait envie, du crabe de Dungeness aux huîtres Kushi, sans oublier les magrets de canard à la moscovite ou les filets de bœuf Wagyu sur un coussin de pommes de terre fumées. En définitive, elle avait résolu de s'en remettre au choix de Clark.

Comme il avait conduit toute la journée, Eva s'était portée volontaire pour prendre le volant ce soir-là. Après avoir sonné, elle redescendait les marches pour l'attendre à la voiture quand le bourdonnement de l'ouverture lui fit faire volte-face et pousser la poignée juste avant que la porte ne se bloque.

— Tu n'aurais pas pu me retrouver en bas ? marmonna-t-elle en montant chez lui.

Eva frappa à la porte, qui s'entrebâilla.

— Clark ?

En proie à un étonnement grandissant, elle passa la tête à l'intérieur. L'appartement était plongé dans la pénombre, mais lorsque ses yeux s'accommodèrent à l'obscurité, elle remarqua les bougies qui scintillaient dans le salon. Des vases remplis de roses rouges ornaient chaque recoin de la pièce et une bouteille de vin reposait dans un seau à glace sur le plan de travail de la cuisine. Perplexe, elle referma derrière elle. Un corps tiède se pressa alors contre ses fesses et deux bras l'enveloppèrent avec tendresse.

— Tu as mis un temps fou pour venir.

Elle pivota pour lui faire face.

— Peux-tu m'expliquer ce qu'il se passe ?

— Je t'ai dit que tu étais très belle ce soir ? remarqua-t-il sans tenir compte de sa question. As-tu faim ?

Eva tira sur le bord de sa mini-robe asymétrique de satin.

— Merci. Et oui, je meurs de faim. On sort toujours au restaurant ou...

Elle s'interrompit pour humer une odeur délicieuse.

— Tu nous as préparé quelque chose ?

— Oui. La journée a été longue et je me suis dit qu'on aurait meilleur compte à dîner tranquillement chez moi plutôt que de batailler avec des hordes de touristes sur le Strip. Qu'en penses-tu ?

Eva hocha lentement la tête tout en promenant les yeux autour d'elle.

— Tu as improvisé ?

— Plus ou moins. Je me suis organisé à la dernière minute, mais le résultat n'est pas mal, non ?

— J'adore.

Il lui prit la main pour la conduire vers le salon.

— Parfait. Et ne t'inquiète pas, je t'emmènerai chez Guy Savoy une autre fois. Ce soir, je te veux pour moi tout seul. Installe-toi, j'arrive tout de suite.

Saisie d'un frisson, elle prit place à une table en verre ovale sur laquelle étaient disposés des couverts en porcelaine bleue, des verres en cristal et de longues bougies effilées. La mise en scène était romantique à souhait et soignée dans les moindres détails. C'était bien la preuve qu'elle comptait pour lui, non ? Il ne se serait pas mis en quatre pour une rencontre d'un soir... Cette pensée la gonfla d'espoir.

Quelques secondes plus tard, Clark était de retour avec une

bouteille de pinot noir et un grand saladier en mélamine rempli de salade.

— Je peux t'aider ? demanda-t-elle en esquissant le geste de se lever.

— Pas question. Je gère la situation. Toi, détends-toi.

Eva le suivit des yeux alors qu'il quittait la pièce de sa démarche souple. Cette fois-ci, Clark revint avec une corbeille de pain à l'ail et un grand plat fumant.

— ça sent bon, dis donc. Qu'est-ce que c'est ?

— Des linguine au saumon fumé et à la sauce tomate.

— On va se régaler !

— Je l'espère.

Après avoir rempli leurs assiettes, Clark servit le vin et leva son verre.

— Je porte un toast à ton excellent travail à Fremont ainsi qu'à nos retrouvailles. J'espère qu'on continuera à prendre plaisir à nous fréquenter et à explorer ce que l'avenir nous réserve.

Ils trinquèrent et il lui caressa le dos de la main. Parcourue de picotements sensuels, Eva baissa lentement son verre en s'efforçant de maîtriser le tremblement de ses doigts.

— Alors, qu'en penses-tu ? demanda-t-il avant de mordre dans une tranche de pain à l'ail.

— C'est délicieux. Le saumon fond pratiquement dans ma bouche.

Il haussa un sourcil enjôleur.

— Comme toi dans la mienne bientôt, j'espère.

Eva avala de travers et but une gorgée de vin pour faire passer sa toux.

— J'ai une question, dit-elle pour changer de sujet. Tu sais ce qu'il se passe entre Brandi et Leo ? Ils ont l'air très proches l'un de l'autre.

— Leo a un faible pour elle, c'est évident. Et même s'il lui arrive d'être un peu zinzin, au fond, c'est quelqu'un de bien.

— Ils feraient un couple intéressant, elle avec son sens de $1a repartie et lui, avec ses bizarreries. On n'aurait pas fini de rire.

— Un peu comme pour nous, à une certaine époque.

Eva leva les yeux de sa fourchette de linguine. Il avait dit cette phrase d'un ton léger, mais l'intensité de son regard laissait entendre une autre histoire... Une histoire compliquée, entremêlée de bons et de mauvais moments.

— Puisqu'on parle du passé, poursuivit-il. De toutes nos années d'internat, y a-t-il un souvenir que tu affectionnes particulièrement ?

— Mmm, laisse-moi réfléchir...

Les yeux plissés, Eva renversa la tête en arrière.

— Ce serait ce jour où une femme a débarqué aux urgences avec son mari. Elle pensait avoir une tumeur à l'estomac. Tu te souviens ?

— Oui ! Elle se plaignait de douleurs dorsales, elle avait pris beaucoup de poids et elle urinait fréquemment.

— Tout à fait. La pauvre, elle était convaincue d'avoir un cancer. En fait, elle était enceinte de trois mois.

— Alors qu'on lui avait dit qu'elle était stérile. À l'annonce du diagnostic, son mari pleurait de joie. Ils venaient d'entamer des démarches d'adoption. Il était tellement heureux d'accueillir deux enfants au lieu d'un.

— C'est pour des histoires comme celles-ci que l'on fait ce métier, n'est-ce pas ? Et toi ? Y a-t-il des moments qui t'ont marqué ?

— Avec toi ? Il y en a un, bien sûr, dit-il avec un clin d'œil. Mais à part cela, je me rappelle cette dame victime d'un AVC. Lors de l'accident, elle gardait son petit-fils et c'est lui qui a téléphoné aux pompiers. Il n'avait que trois ans.

— Oui, je me souviens d'elle. Sans la présence d'esprit de ce petit garçon, elle n'aurait pas survécu.

Un *ping* du portable de Clark fit soudain irruption dans la conversation. Lorsqu'il jeta un coup d'œil à l'appareil, Eva ne put réprimer un pincement d'envie. Mais voilà que Clark se mit à rire en lisant le texto.

— Qu'est-ce qui t'amuse ?

— C'est Leo. Il dit que pendant que je passe un bon moment avec toi, il perd tout son argent au poker.

— Ouille. Mais attends... Tu lui as parlé de nous deux ?

— Pas en détail, non. Mais il n'est pas bête et il se doute de quelque chose.

— ça, c'est ta faute. Tu n'es pas assez discret à l'hôpital. Mais puisqu'il a plus ou moins deviné notre secret, que pense-t-il de nous deux ?

Clark posa sa fourchette et se frotta les mains.

— Disons qu'il a une théorie intéressante à notre sujet.

— C'est-à-dire ?

— Eh bien, il est au courant de notre passé et de ce qui t'a amenée ici, à Las Vegas. À mon avis, il pense que la situation va dépasser nos attentes. Il n'a pas l'air de comprendre qu'on ne souhaite pas aller plus loin l'un avec l'autre.

Ou plutôt que tu ne souhaites pas aller plus loin avec moi, eut-elle envie de dire.

— Tu lui as rappelé que je ne suis ici que pour trois mois ? Et aussi, que tu mènes un certain... style de vie, disons, qui semble te convenir mieux qu'une vie de couple... Eh, ça va ?

Clark était saisi d'une quinte de toux si violente qu'Eva, alarmée, se précipita vers lui. Lorsqu'il récupéra son souffle, elle courut à la cuisine pour lui rapporter une carafe d'eau. Alors qu'il buvait à longues gorgées, elle lui massa le dos et le torse simultanément.

— Merci, dit-il, essoufflé. Je ne sais pas ce qui m'a pris.

— Un moment, j'ai craint de devoir t'emmener à l'hôpital.

— Ne dis pas de bêtise. En cas de problème, avec un médecin de ta trempe, je n'aurais pas besoin d'aller à l'hôpital.

— C'est gentil... Tu dis ça pour que je continue de te masser ?

— Aussi, oui.

Il glissa une main sous sa robe et elle s'affaissa contre lui, les yeux clos. Lorsque ses doigts s'insinuèrent sous la dentelle de son string noir et effleurèrent le cœur de sa féminité, Eva crispa la main sur le dos de Clark, le souffle court.

— Tu ne voudrais pas laisser le dessert pour plus tard et me faire visiter ton appartement ? À commencer par la chambre...

— Excellente idée. Après tout, ce tiramisu ne va pas s'envoler.

Ensemble, ils s'effondrèrent sur le lit de cuir noir, leurs vêtements en tas sur le sol. Eva lui mordilla le cou et savoura ses lèvres sur lesquelles le vin avait laissé des notes fruitées. Leurs langues se livraient à une danse ensorcelante et leurs mains semblaient avides de connaître chaque parcelle du corps de l'autre. Alors qu'elle tendait la main vers son entrejambe, Clark la repoussa avec un petit rire.

— Pas encore, murmura-t-il en lui emprisonnant les poignets derrière le dos.

Il fit courir ses lèvres le long de son cou et de sa clavicule, effleura sa peau de ses dents et laissa sur l'intérieur de ses cuisses des suçons qui lui arrachèrent des tremblements. Puis il porta son pied à sa bouche et embrassa ses orteils un à un. Impatiente d'être satisfaite, Eva lui saisit les épaules pour l'attirer à elle, mais il se refusa. Il prenait un plaisir diabolique à la faire languir. En vrai maître du jeu, c'était lui qui déciderait du moment où elle s'abandonnerait à la volupté, lui qui contrôlerait l'intensité des sensations qu'il lui prodiguerait.

Lorsqu'il enfouit son visage entre ses cuisses, Eva se tordit de plaisir. Sa langue l'effleurait à peine, dans un soupçon de caresse qui fit monter en elle une impatience insupportable. Un cri lui échappa quand, du bout des doigts, il titilla le cœur de sa féminité, et elle lui griffa le dos afin qu'il ait pitié d'elle.

— Je t'en prie, arrête... Je n'en peux plus.

Sans doute avait-il perçu la frustration dans sa voix, car il se redressa pour la pénétrer. Leurs corps se mirent alors à bouger en cadence, dans une harmonie parfaite. Et lorsqu'elle atteignit enfin la jouissance, tous les nerfs de son corps vibrèrent, électrisés.

Eva se lova contre lui, la tête sur son torse, et elle s'efforça de récupérer son souffle. Cette soirée avait répondu exactement à ses attentes. Il n'avait été question ni de leur passé, ni de leur travail et de ses difficultés. Bien au contraire, ils s'étaient octroyé quelques moments de légèreté sans songer à rien d'autre qu'à se donner du plaisir l'un à l'autre. Un plaisir sans complication.

Le problème, c'était qu'Eva n'arrivait pas à envisager leur situation avec le détachement nécessaire. De plus en plus, elle regrettait d'avoir accepté sans réfléchir les conditions de Clark.

10

Deuxième mois

Le gala de charité du Foyer d'Yvonne battait son plein au sein du Château le Jardin. Le comité d'organisation avait créé une ambiance magique au sein de la salle de bal dite « La Parisienne ». D'élégants lustres en cristal déversaient une lumière douce qui sublimait les nombreux arrangements floraux. Le tapis rouge avait été déroulé dans le hall et un professionnel prenait des photos de chaque invité en guise de bienvenue. Du beau monde en tenue de soirée sur mesure se pressait autour des tables.

Mais pour Clark, la plus belle des belles était sans conteste Eva. Dans cette longue robe bustier émeraude, elle était tout simplement renversante. Une encolure en cœur révélait ce qu'il fallait de poitrine et, sur le côté droit, une fente se terminait en haut de la cuisse. Un chignon sophistiqué exposait son cou délicat et de fins pendants d'oreille en forme de goutte. Alors que l'orchestre jouait *Just the Two of Us* de Bill Withers, ils dansaient étroitement enlacés.

— Au fait, dit-il en lui caressant le menton. Comment Amanda a-t-elle réagi quand tu lui as parlé de nous deux ?

— À vrai dire, je n'ai pas encore trouvé l'occasion d'évoquer le sujet avec elle. J'ai été très occupée ces derniers temps.

— Ah bon ? Je pensais que tu l'aurais appelée dès le premier matin, à la minute où je suis parti de chez toi.

— Si tu te souviens bien, ce matin-là, il me restait à peine trente minutes pour aller au travail.

— Et tes parents ? La nouvelle a dû les surprendre. Dans le temps, je n'étais pas dans leurs petits papiers. Ils pensaient que je t'éloignais de tes études. Que pensent-ils du fait qu'on a réussi tous les deux dans la médecine ?

— Je ne leur ai rien dit à eux non plus. D'une manière générale, j'évite de leur parler de Las Vegas. Ils auraient préféré que je reste à Black Willow pour essayer d'arrondir les angles avec Kyle.

Clark se crispa, en proie à une désagréable sensation de déjà-vu. Comme avant, il avait l'impression de ne pas être assez bien pour elle, et pour cause : contrairement à Kyle, il ne venait pas d'une bonne famille. Raison de plus pour protéger son cœur et ne pas s'investir outre mesure dans cette relation.

Il fut distrait de ces pensées par Leo, qui fit irruption auprès d'eux.

— ça va, vous deux ? Vous passez un bon moment ?

— Très bon, répondit Eva. Cet endroit est magnifique, le filet mignon était excellent et je ne parle même pas de l'orchestre. Il est bien meilleur que celui que j'aurais engagé pour mon mariage.

En l'entendant évoquer à nouveau ses fiançailles, Clark relâcha son étreinte, mais Eva ne parut pas s'en formaliser.

— Et toi, alors ? demanda-t-elle à Leo. Comment ça va entre toi, Rita et Brandi ?

— Fort bien ! Encore mieux que je ne pensais. Depuis que Rita m'a vu arriver au bras d'une autre, elle ne me quitte plus des yeux. Donc merci d'être venus et d'avoir convaincu Brandi de jouer le jeu.

— Pas de problème. Tu penses te remettre avec Rita ?

— Moi ? Jamais de la vie ! Je tenais juste à m'assurer que je peux la reconquérir si l'envie m'en prend.

— Tu es ridicule, décréta Clark avant de se tourner vers Eva. Je vais me commander un verre. Tu veux quelque chose ?

— ça ira, merci. D'ailleurs, Brandi me fait signe pour que je la rejoigne sur le tapis rouge, sans doute pour une petite séance photo. Je vous retrouve tout à l'heure.

Clark se figea lorsqu'elle planta un baiser rapide sur sa joue avant de s'éloigner d'un pas vif. Leo les regarda alternativement l'un et l'autre.

— ça va ?

— Très bien, merci, marmonna Clark en se dirigeant vers le bar.

— On ne le dirait pas.

Sans lui répondre, Clark commanda deux manhattans, puis ils s'installèrent à une table haute.

— Il faut que je t'avoue quelque chose, dit Leo.

— Quoi donc ?

— J'ai un faible pour Brandi. Un gros faible, même.

— Oui, je le savais déjà.

— Ah ? Comment ça ? Moi-même, je l'ignorais jusqu'à ce soir.

— Tu plaisantes ? Et tous ces rires, ces plaisanteries que vous échangez non-stop, à l'hôpital et ailleurs ? Si ce n'est pas un signe d'attirance mutuelle… Mais bref, maintenant que tu en es conscient, comment vois-tu la situation ?

Leo se tourna vers Brandi d'un air pensif.

— Bonne question. C'est moi qui devrais te demander des conseils. Tu t'es remis très vite avec Eva, malgré votre passé compliqué. Quel est ton secret ?

— Je n'en ai pas. Si tu veux tout savoir, moi aussi, j'ignore dans quoi je me suis embringué.

— Ah bon ? Vous semblez bien ensemble, pourtant.

Clark lui jeta un long regard de biais avant d'avaler une gorgée de son cocktail.

— Oh ! oh… Ne me dis pas qu'il y a déjà de l'eau dans le gaz entre vous deux ?

— Ses parents insistent pour qu'elle se remette avec son ex. J'ai bien peur de ne pas faire le poids devant eux.

— Désolé, Clark, mais c'est toi qui désirais une relation libre, non ?

Les yeux de Clark errèrent vers Eva, qui prenait une pose aguicheuse avec Brandi.

— Oui, c'était ce que je croyais au début.

— Mais tu l'aimes encore, n'est-ce pas ?

Clark ne répondit pas.

— Tu vois, j'étais sûr que tu en arriverais là, poursuivit Leo. Vas-y, bon sang ! Eva est une femme formidable. Parle-lui de ce que tu ressens pour elle. Qu'est-ce que tu risques ?

— Ce que je risque ? Je ne sais pas, moi... Mon cœur, par exemple ? Mon amour-propre ? Tout, en fait. J'ai déjà joué cartes sur table avec elle et je m'en suis mordu les doigts.

— C'est de la vieille histoire, tout ça. Vous avez tourné la page, non ? Vous méritez une seconde chance, tous les deux.

— Je n'ai jamais été assez bien pour elle. Ni par le passé, ni maintenant.

— Comment peux-tu en être si sûr ?

— Parce qu'elle n'a parlé de notre relation à aucun de ses proches. Ses parents ne savent même pas qu'on travaille ensemble.

— C'est normal, non ? Tu ne voulais pas t'engager avec elle. Eva respecte ton choix, voilà tout. Par contre, si tu veux revenir sur votre arrangement, il faut que tu le lui dises.

Clark vida son verre avec un haussement d'épaules.

— Je devrais surtout m'en tenir à mes règles.

— C'est-à-dire ? Renouer avec tes vieilles habitudes et les rencontres d'un soir ?

— Exactement.

11

Clark accourut alors qu'un brancard déboulait aux urgences avec une patiente inerte.

— Emmenez-la en chambre 8, vite ! Où est le Dr Gordon ?

— Je suis là, dit celle-ci. Que s'est-il passé ?

— L'accident s'est produit dans un parc d'attractions. La victime est tombée d'un balcon et a fait une chute de dix mètres pour atterrir dans un aquarium géant d'eau salée. D'après le personnel du parc, elle semblait incohérente et ivre avant les faits. On soupçonne une intoxication alcoolique et plusieurs blessures.

Brandi les rejoignit en courant et leur tendit des équipements de protection.

— Placez-la en PLS ! dit Eva alors que la patiente était transférée sur le lit et branchée aux moniteurs de l'hôpital. Il ne faut surtout pas qu'elle s'étouffe si jamais elle vomit. Elle est consciente ?

— À peine, répondit un ambulancier. Le pouls et la tension sont faibles.

Lorsque Eva et Brandi eurent terminé de découper les vêtements mouillés de la femme, les électrodes précordiales furent installées et un oxymètre de pouls fut placé au bout d'un doigt. Clark observa le moniteur d'un air soucieux.

— Sa tension est à 9/6. Il faudrait qu'elle remonte, et vite.

— On lui administre de l'épinéphrine ? demanda Eva.

— Je me posais justement la question. Timothy ?

— Je m'en occupe.

Sur ces mots, l'assistant sortit en courant.

— On sait combien de temps elle est restée sous l'eau ?

— Une dizaine de minutes, répondit Rian. Elle était consciente avant sa chute mais sans réaction lorsqu'on l'a tirée de l'eau. Un témoin a tenté de la réanimer jusqu'à l'arrivée des secours.

Avisant la peau froide et cyanosée de la patiente, Eva se tourna vers Brandi.

— Il faut l'envelopper dans une couverture chauffante et lui administrer une perf de liquide réchauffé. Qui dit « intoxication alcoolique » dit « risque d'hypothermie et de déshydratation ».

— Oui, docteur.

Clark alluma un ophthalmoscope dont il régla la molette de dioptrie, puis il réalisa un fond d'œil.

— Les pupilles sont égales, mais elles réagissent lentement. Point positif, les membres ne sont pas rigides. On en saura plus après un examen neurologique et neurophysiologique.

— Il faudrait aussi préserver la colonne vertébrale en cas d'atteinte spinale, dit Eva. On connaît son nom ?

— Oui, Melissa Sullivan.

— Mme Sullivan ? Je suis le Dr Gordon. Vous êtes à l'hôpital Fremont. Tout va bien se passer.

La patiente hocha la tête. Elle avait une respiration légèrement sifflante, entrecoupée d'une faible toux. Soudain, un haut-le-cœur la souleva. Eva n'eut que le temps de lui ôter son masque à oxygène et de lui tourner la tête de côté.

— Un haricot, vite !

Rian plaça juste à temps une cuvette médicale sous le menton de la patiente, qui rendit alors un mélange d'eau, d'algues rouges et sable de corail. Clark se tourna vers Brandi.

— Il faudrait remplacer le masque à oxygène par une canule nasale à haut débit de manière à découvrir sa bouche.

— Oui, docteur.

Eva, cependant, auscultait la patiente.

— J'entends des crépitements caractéristiques d'un œdème pulmonaire aigu. Il faudrait le confirmer au plus vite par des radios.

— Le scanner mobile est là, répondit Clark. On prendra des clichés lorsqu'elle sera stabilisée. Sa tension est à combien ?

— Toujours à 9/6. Elle arrive, cette épinéphrine ?

— C'est bon, elle est là !

Tout essoufflé, Timothy tendit le stylo injecteur à Clark.

— Attends ! dit Eva. Tu ne lui administres pas la dose normale de un milligramme, j'espère ?

— Non, bien sûr. Je suis conscient des risques d'hypertension maligne et d'arrêt cardiaque. Donc je diminue la dose de moitié.

— Très bien. Simple vérification.

Ils échangèrent un bref regard et, derrière le masque chirurgical, les yeux d'Eva brillèrent lorsque Clark la gratifia d'un clin d'œil appréciateur. Il retira le capuchon de sécurité du stylo et piqua l'aiguille dans la cuisse de la patiente, puis il pressa le bouton. Lorsqu'un clic retentit, Clark leva le pouce à l'adresse d'Eva pour lui confirmer que l'injection avait bien commencé.

— Je garde l'auto-injecteur en place pendant dix secondes... Puis je le retire. Brandi, où en est la saturation en oxygène ?

— Elle reste basse, à 70 %.

— Le flux nasal est bien réglé à 100 % avec un débit de soixante litres par minute ?

— Tout à fait.

— Bien, on continue comme ça. L'épinéphrine combinée à l'administration d'oxygène devrait augmenter la saturation en oxygène.

— Et, espérons-le, éviter une hypoxémie prolongée, ajouta Eva. Il faut prendre toutes les précautions contre un arrêt cardiaque.

Clark hocha la tête.

— Rian, tu peux apporter le scanner ? Il nous faut ces clichés pour évaluer les atteintes pulmonaires et neurologiques.

— ça marche.

— Je prépare une injection iodée pour commencer le scan...

Des bips stridents retentirent et Eva leva brusquement les yeux vers le moniteur. La tension de la patiente avait chuté à 8/4. Elle se mit alors à convulser, le souffle court. Eva lui arracha les couvertures chauffantes et commença aussitôt un massage thoracique.

— Elle fait un arrêt cardiaque. Le défibrillateur, vite !

Clark saisit l'appareil que Brandi lui tendait et déchira l'étui des électrodes, puis il en plaça une sous la clavicule droite de la patiente et une autre sous l'aisselle gauche.

— Bon travail, docteur Gordon, dit-il. Continue comme ça pendant que le défibrillateur analyse son rythme cardiaque.

Le niveau d'énergie réglé à 200 joules, il appuya sur le bouton de charge.

— OK, tout le monde s'écarte !

Le choc fit tressauter les épaules de la patiente. Sans perdre une seconde, Eva reprit son massage.

— Allez... Allez, murmura-t-elle, le front en sueur.

Deux longues minutes s'écoulèrent. Eva interrompit son massage pour regarder l'écran du moniteur avec le reste de l'équipe, mais le tracé de l'ECG demeurait désespérément plat avec, de temps en temps, quelques ondes positives ou négatives. Lorsque le rythme cardiaque s'afficha sur l'écran, il était à 32.

— C'est encore bien trop bas, déclara Clark. Allez, on remet ça. Tout le monde s'écarte !

Mais le deuxième choc électrique eut aussi peu d'effet. Eva continua les compressions cardiaques avec l'énergie du désespoir.

— Allez, s'il te plaît...

Au bout de deux minutes, elle s'interrompit à nouveau. Tout le monde retint son souffle... Enfin, le miracle se produisit. La patiente fut saisie d'une violente quinte de toux et ouvrit les yeux. La machine émit des bips tandis que les constantes vitales étaient actualisées sur l'écran.

— Oui ! s'écria Eva, à bout de souffle.

— La tension et le pouls se stabilisent, déclara Clark. Mais il vaut mieux lui laisser les électrodes, au cas où. L'oxygénation continue à plein débit ?

— Oui, docteur.

Eva repoussa les couvertures au pied du lit.

— La température corporelle est à 36,1°C. Il faudrait l'abaisser autour de 35 pour protéger le cerveau.

— Rian ! appela Clark. Tu aurais des compresses de refroidissement ?

Puis il se tourna vers Eva.

— Beau travail, docteur Gordon.

— Vous de même, docteur Malone.

Les larmes aux yeux, elle dut se retenir de le prendre dans ses bras.

— Lorsqu'elle sera en soins intensifs, il faudrait la plonger dans un coma artificiel pour permettre à son corps de récupérer.

— C'est bien mon avis. J'aimerais aussi avoir ces clichés le plus vite possible pour déterminer l'étendue des lésions.

— Docteurs ? les interrompit Brandi. Les constantes vitales retournent à la normale. Je prépare son transfert en soins intensifs ?

Clark émit un long soupir de fatigue avant de hocher la tête.

— Oui, s'il te plaît. Merci, Brandi. Tu parles d'une journée, ajouta-t-il à l'attention d'Eva. Heureusement, tu étais là.

— Tu t'en serais très bien sorti sans moi.

Il lui pressa la main affectueusement.

— Peut-être. Mais Dieu merci, je n'ai pas eu l'occasion de m'en rendre compte.

Une fois la patiente transférée en soins intensifs, Eva rejoignit Clark auprès du lavabo chirurgical.

— Je suis épuisée, dit-elle avant de se pencher vers lui pour murmurer : Tu viens dîner à la maison ?

— Mmm, intéressant...

— Je me disais qu'on pouvait préparer en vitesse un sauté de poulet à la sauce *teriyaki* avec des haricots…

— Mais je ne peux pas, l'interrompit-il.

Les mains d'Eva se figèrent sous le jet d'eau.

— Pardon ?

— Je ne peux pas passer la soirée avec toi. J'ai d'autres projets.

— Ah. D'accord.

Elle attendit qu'il lui donne des détails, mais au lieu de cela, il se sécha les mains comme si de rien n'était.

— Merci encore pour aujourd'hui. Tu as fait un boulot incroyable. On se voit demain ?

— Oui. À demain.

Clark se tourna vers le reste de l'équipe pour lancer à la cantonade :

— À tous, un grand merci pour votre travail aujourd'hui. Votre sérieux et votre rapidité d'action ont été déterminants.

Sur ces mots, il s'en alla. Eva le suivit des yeux, figée par la stupéfaction.

— ça va, Eva ? lui demanda Brandi.

— Oui, oui. C'est juste que… Enfin, la journée a été longue. Je pensais passer la soirée avec Clark, mais il a d'autres projets.

— Je vais à l'Oasis avec Leo. Tu serais des nôtres ?

— Merci, mais je préfère vous laisser tranquilles. Amusez-vous bien. Ça ira.

— Tu es sûre ?

— Absolument, mentit Eva.

12

— Au fait, tu connais la nouvelle ? Ton ex a gagné les élections, dit Amanda d'un ton plat.

— Oui, je sais.

Au même instant, un *ping* ! résonna à son oreille. Depuis que Kyle avait remporté les sénatoriales en Iowa, le téléphone d'Eva était en surchauffe.

— Je ne cesse de recevoir des messages de félicitations. Je pensais pourtant que les gens étaient au courant de notre rupture.

— C'est peut-être une tactique pour vous remettre ensemble.

— Oui, à l'initiative de ma mère et de la sienne. À en croire ma cousine, elles piaffent à l'idée de reprendre les préparatifs du mariage.

— Elles risquent de piaffer longtemps, alors.

Eva se laissa tomber sur le canapé. Elle était en congé aujourd'hui, et bien décidée à prendre un peu de bon temps. Depuis son arrivée à Las Vegas, elle avait passé l'essentiel de ses journées à l'hôpital et ses nuits avec Clark. Elle avait envie de profiter du reste de son séjour, d'autant plus que Clark prenait ses distances avec elle depuis quelque temps.

— Assez parlé de Kyle. Comment ça se passe entre toi et Clark ?

— Pas mal, je dirais.

— C'est tout ? Tu me laisses sur ma faim.

— Bon, il faut que je te dise une chose. Je ne t'en ai pas parlé avant parce que tu risques d'en faire toute une histoire.

— Je t'écoute.

Eva se renversa sur le dossier du canapé et ferma les yeux.

— On a couché ensemble.

Un cri perçant l'obligea à éloigner le combiné de son oreille.

— Je le savais ! Pourquoi ne m'as-tu rien dit, petite cachottière ?

— Parce que je ne voulais pas te donner de faux espoirs ! Il n'y a rien entre nous. Une amitié avec affinités qui s'arrêtera à la fin de mon contrat.

— Penses-tu ! Tu es retombée amoureuse, n'est-ce pas ?

— On ne peut rien te cacher.

Eva se leva et se mit à faire les cent pas dans le salon.

— Pour ne rien gâcher, au lit, il est incroyable. J'aurais vraiment aimé explorer cette relation, voir où elle nous mènerait, mais il est opposé à toute forme d'engagement. Il veut en rester à une liaison purement physique. Résultat, au fil des jours, au lieu de nous rapprocher l'un de l'autre, c'est l'inverse qui se produit : il me tient à distance. J'ignore pourquoi, mais chaque fois que j'essaie d'avoir une conversation sérieuse avec lui, il fait la sourde oreille.

— Tu ne lui demandes pas pourquoi ?

Postée devant un miroir, Eva noua ses cheveux haut sur la tête et appliqua du gloss sur ses lèvres.

— Non. Au début, je me figurais qu'on redeviendrait intimes comme avant. Il faut croire que je me suis trompée... Enfin, tant pis. Après tout, je ne vais pas passer ma vie à Las Vegas.

Amanda souffla dans le combiné.

— Moi, je crois que vous avez les mêmes sentiments l'un pour l'autre, mais vous n'osez pas les avouer. Tu sais bien comme sont les hommes. Lorsqu'ils ont été blessés, ils ont du mal à faire à nouveau confiance. À toi de le convaincre que, cette fois-ci, tu ne vas pas le laisser tomber. Ne laisse pas filer cette seconde chance, Eva. Tu le regretteras, sinon.

Ses clés en main, Eva se dirigea vers la porte.

— Je l'ai blessé, c'est vrai. D'ailleurs, il n'est pas près de me pardonner. Me tenir à distance, c'est peut-être une façon de prendre sa revanche sur moi. Quoi qu'il en soit, je ne vais sûrement pas forcer ses sentiments. Sur ce, ma chérie, je t'adore, mais j'ai besoin de courir pour m'éclaircir les idées.

— Moi aussi, je t'adore. Et je te comprends, crois-moi. Simplement, souviens-toi de ce que je t'ai dit avant de faire une croix sur lui.

— Entendu. À plus, ma belle.

Elle raccrocha et s'engouffra dans l'ascenseur. Lorsqu'elle en sortit, son attention fut attirée par un énorme bouquet de pivoines roses devant le guichet du concierge. Elle entendit alors une voix masculine étrangement familière.

— Je ne suis pas sûr du numéro de l'appartement, mais le nom est Eva Gordon. *Dr* Eva Gordon.

Elle se figea si abruptement qu'elle faillit tomber.

— Mon nom ? dit l'homme. Kyle Benson. *Sénateur* Kyle Benson.

Le cœur au bord des lèvres, Eva fit volte-face et courut vers l'ascenseur, mais elle glissa sur le carrelage de marbre et se rattrapa en catastrophe à l'accoudoir d'un banc. Des pas se précipitèrent dans sa direction.

— Dr Gordon ? ça va ?

Eva se retourna. Le concierge accourait, talonné par Kyle.

— La voilà, ma dulcinée !

Elle se redressa et ajusta son débardeur rose.

— Je vais bien, monsieur Jackson, merci. Kyle, peux-tu me dire ce que tu fiches ici ?

— Comment ça ? Je suis venu célébrer ma victoire avec ma future femme, bien sûr.

M. Jackson plissa le front d'un air perplexe.

— Je vous laisse discuter tranquillement, marmonna-t-il en retournant à son guichet.

Eva se doutait bien de ce qu'il pouvait penser. Les fréquentes visites de Clark à la résidence n'avaient pu passer inaperçues du concierge. Mais en cet instant, l'opinion de ce dernier était le cadet des soucis d'Eva.

Tandis que Kyle s'approchait d'elle les bras ouverts, Eva le trouva changé depuis la dernière fois qu'elle l'avait vu. Disparus, les cernes sombres sous les yeux, les marques de stress, les épaules courbées sous le poids de la campagne. Le pas léger, il s'avançait avec un sourire sincère et insouciant. Ses lèvres se posèrent quelque part entre la bouche d'Eva et sa joue, puis il s'écarta. Avec un air d'assurance suprême, il rectifia sa veste, un blazer gris à la coupe impeccable.

— Avant que tu ne commences tes questions, j'en aurais une pour toi. Qu'est-ce que, *toi*, tu fabriques ici ? Oh ! et au passage, je n'aurais pas dû apprendre par ta mère que tu as déménagé à l'autre bout du pays.

— Primo, je n'ai pas déménagé. J'ai simplement accepté un contrat de trois mois à l'hôpital Fremont. Deuxio, je n'ai aucun compte à te rendre. Tu as rompu nos fiançailles pour te concentrer sur ta campagne, rappelle-toi. Je me suis dit que tu étais trop occupé pour te soucier de ce que je devenais.

— Oh ! allez, Eva. On n'a pas rompu, on s'est juste donné un peu d'air. Tu savais bien qu'on se remettrait ensemble une fois mon élection en poche.

— Ah bon ? Première nouvelle.

— Quoi qu'il en soit, cette petite pause en valait la peine. Sachez, ma chère, que vous avez devant vous le nouveau sénateur de l'Iowa ! Et où suis-je au lieu de célébrer cette victoire chez moi, avec mes proches, mmm ? Je suis ici. Avec toi. Parce que c'est seulement avec toi que je veux vivre cet instant.

Comme un automate, Eva se laissa guider vers le guichet du concierge. Elle avait l'impression que l'air s'était épaissi autour d'elle, et quand Kyle se pencha pour prendre le bouquet, elle se précipita vers la porte.

— Eva, qu'est-ce qui ne va pas ?

— J'ai besoin d'air.

Elle s'engouffra dans les portes tournantes et se dirigea vers un café à deux pas de la résidence.

— Monsieur ! l'entendit-elle crier au concierge. Vous pouvez garder un œil sur ces fleurs ?

Les semelles de ses chaussures Oxford claquèrent sur le trottoir alors qu'il courait pour la rattraper. Le souffle court, il lui saisit le bras.

— Ma chérie, dis-moi quelque chose. Je comprends que ça te fiche un coup de me voir débarquer à l'improviste.

— Tu parles ! On ne s'est pas parlé depuis cette soirée minable au Château Eilean. Donc oui, tu m'excuseras, mais j'ai besoin d'une minute.

Kyle leva les mains, les paumes en l'air, dans un geste de conciliation.

— Pas de problème. Je comprends.

Arrivée au café, Eva le laissa lui tenir la porte. À l'intérieur, l'air frais qui caressa sa peau moite charriait de délicieux arômes de café torréfié, mais dans son état de nerfs, elle y fit à peine attention. Au comptoir, elle commanda un espresso glacé. Kyle fit de même et s'empressa de régler leurs consommations, puis il la rejoignit à l'autre bout du bar.

— Ma chérie, écoute-moi, s'il te plaît. Je suis plus que navré de la façon dont je me suis comporté avec toi. Tu n'as pas idée des nuits que j'ai passées à regretter de ne pas pouvoir revenir en arrière et changer le cours du temps. Je n'aurais jamais dû faire passer cette campagne avant notre couple. Certes, j'ai remporté l'élection, mais c'est sans importance, puisque tu n'es pas à mes côtés.

Eva le dévisagea fixement, comme s'il s'exprimait dans une langue étrangère. Jamais Kyle ne lui avait parlé avec autant de ferveur. À vrai dire, au cours de leurs cinq années de vie commune, elle ne se rappelait pas l'avoir jamais vu s'excuser de quoi que ce soit.

— Je ne t'ai pas pardonné, mais ça me fait plaisir de t'entendre dire ça. Merci.

Alors que le barman leur apportait leurs consommations, Kyle pointa le doigt vers la terrasse.

— Il fait un temps magnifique. On pourrait s'asseoir dehors pour discuter, non ?

Ils s'installèrent à une table juste en face de chez elle. Kyle scruta le hall de la résidence et adressa un signe au concierge.

— C'est juste pour vérifier qu'il garde un œil sur tes fleurs. Elles ne te rappellent rien ?

— Si. Elles ressemblent beaucoup à un arrangement que j'avais sélectionné pour notre mariage.

Kyle se renversa sur son siège en souriant de toutes ses dents.

— Oui, je sais.

— Comment ça ? Si je ne m'abuse, tu t'en fichais royalement.

— Absolument pas. J'ai bien fait attention aux photos que tu me montrais. La preuve, je m'en suis souvenu pour ce bouquet.

Eva le dévisagea, en proie à une confusion grandissante. Qui donc était cet homme au sourire assuré et enjôleur ? En fin politicien, Kyle avait un don hors pair pour mettre les gens dans sa poche. Il pouvait être la jovialité incarnée, débordant de charme et d'esprit. En cet instant, on aurait dit qu'il exsudait l'amour et le remords par tous les pores de sa peau. Quel contraste avec les derniers temps de leur relation…

— Tu dois avoir hâte de revenir à Black Willow, non ? demanda-t-il en approchant son siège du sien.

— Pas vraiment, non. Je me plais beaucoup ici. Il fait toujours beau, je ne m'ennuie jamais et j'adore mon travail à l'hôpital Fremont. J'ai énormément appris en quelques semaines. J'ai dû faire face à des situations de soin incroyables.

Ces paroles lui firent penser à Clark. Où se trouvait-il en ce moment ? Et avec qui ? Occupé à quoi ? Elle l'imagina au lit avec une autre femme et ferma les yeux pour faire disparaître cette vision.

— Je comprends, dit-il. Moi aussi, j'aime le challenge. Mais tu n'as rien à voir avec un endroit comme celui-ci, Eva. Cette ville pue l'alcool et la marijuana à tous les coins de rue. C'est le paradis des machines à sous et du sexe bon marché. Une femme intelligente et distinguée comme toi n'a rien à faire ici.

— Tu dis n'importe quoi. Las Vegas ne se résume pas aux jeux d'argent et aux boîtes de nuit. Au contraire, c'est une métropole en pleine croissance. Le marché du travail se porte à merveille, les services sociaux se développent…

Kyle l'interrompit en posant doucement sa main sur la sienne.

— J'entends bien, ma chérie. Je veux simplement dire que cet endroit n'a rien à voir avec Black Willow. Là-bas, tu es un pilier de notre communauté. Tu manques à tes patients, à ta famille et, surtout, à moi. À présent que la pression est retombée, tout ira bien entre nous, tu verras.

— ça, c'est toi qui le dis, répondit-elle en retirant sa main. Maintenant que les élections sont passées, le vrai travail commence. Qui me dit que tu ne vas pas me laisser tomber une fois de plus au moindre problème ? Et des problèmes, il y en aura, ne te fais pas d'illusions.

Kyle se détourna avec un soupir exaspéré, mais elle poursuivit :

— Que se passera-t-il si un de tes projets se fait retoquer ? Ou si le juge fédéral que tu soutiens n'est pas nommé ? Entre les séances au Sénat, les rendez-vous avec tes administrés, les audiences au comité, et j'en passe, ta charge de travail risque d'être difficile à gérer.

— Je sais, je sais, mais ne t'inquiète pas pour ça, Eva. J'ai les épaules larges. Bref, il se termine quand, ton petit break à Sin City ? Parce qu'un rôle de première dame t'attend à Black Willow.

Eva le dévisagea, consternée.

— Tu crois vraiment qu'on peut se remettre ensemble comme cela, sur un claquement de doigts ?

— Et pourquoi pas ?

Elle leva les yeux au ciel et tourna la tête. Imperturbable, Kyle se leva et plongea la main dans sa poche.

— Et comme un petit geste vaut mieux qu'un long discours, je vais te montrer à quel point c'est facile.

Tandis qu'il parlait, une voiture attira l'attention d'Eva : une

Mercedes bleu nuit qui sortait de l'allée de sa résidence. C'était celle de Clark !

— Oh ! non !

Elle s'accroupit sous la table en catastrophe. Tout à son rôle, Kyle posa un genou à terre et lui présenta un petit écrin de velours noir. Elle écarquilla les yeux, stupéfaite.

— Mais qu'est-ce que tu fais ?

Il ouvrit la boîte et révéla un diamant solitaire plus brillant que le soleil de Las Vegas.

— Voici notre nouvelle bague de fiançailles, en gage de nouveau départ. Allons, ma chérie, ajouta-t-il en lui prenant la main. Toi et moi, nous sommes unis envers et contre tous. Dr Eva Gordon, acceptez-vous de devenir ma femme ?

Un crissement de pneus résonna dans la rue. Eva se tourna vers la chaussée et vit Clark qui la dévisageait fixement à travers le pare-brise. Les genoux tremblants, elle tenta de se relever. Kyle, pour sa part, était trop occupé à lui glisser la bague au doigt pour remarquer quoi que ce soit.

Ce n'est pas ce que tu crois ! aurait-elle voulu crier. Mais ses cordes vocales étaient bloquées.

— Aide-moi donc à me relever ! finit-elle par dire en saisissant Kyle par les épaules.

Au lieu de cela, il l'attira contre lui. Elle perdit l'équilibre et noua involontairement les bras autour de son cou pour ne pas tomber.

— Je savais que tu finirais par changer d'avis, ma chérie. J'en étais sûr !

Il l'aida à se remettre debout et leva leurs mains mêlées.

— C'est officiel, nous allons nous marier ! *Yes* !

Des applaudissements éclatèrent au sein du petit attroupement qui s'était formé autour d'eux.

— Vas-tu me lâcher, à la fin !

Elle se dégagea des bras de Kyle pour se précipiter vers la route. Trop tard : Clark avait redémarré et repartait déjà. Kyle s'approcha et la photographia avec son téléphone.

— Si tu savais comme j'ai hâte d'envoyer ces photos à ta mère et à la mienne. Elles vont être folles de joie. Oh ! il faut aussi que j'appelle le *Black Willow Herald* pour les prévenir que le mariage est à nouveau à l'ordre du jour. L'histoire va faire les gros titres demain. Tourne-toi et regarde-moi, Eva. Souris un peu !

Eva fit quelques pas dans la rue sans entendre ce qu'il racontait. Elle se souciait seulement de Clark, dont la voiture disparaissait au loin.

13

Devant un miroir mural du club de sport, Clark souleva des haltères de vingt kilos au-dessus de la tête, puis relâcha longuement son souffle. La colère qui pulsait dans ses veines décuplait ses forces. Il ferma les yeux en s'efforçant de faire abstraction de la sensation de brûlure musculaire. Il en était à sa sixième série de mouvements, mais la douleur physique n'émoussait toujours pas ses émotions.

Étalé sur un tapis de sol, Leo étirait ses mollets depuis une vingtaine de minutes. Il roula sur le côté, à bout de souffle, et se redressa sur un coude.

— Donc, si j'ai bien compris, vous n'avez pas une relation exclusive, mais tu n'es pas encore sorti avec une autre, même si Eva est convaincue du contraire ?

— C'est ça. Je n'ai encore rencontré personne qui m'intéresse.

— Dis plutôt que tu n'arrives pas à oublier Eva. C'est la seule qui ait jamais compté pour toi. Plus tôt tu t'en apercevras, mieux ce sera.

Clark augmenta le rythme de ses flexions de bras.

— Je le répète : je n'ai encore rencontré personne qui m'intéresse.

— Tu crois vraiment ça ?

— Oui, parce que c'est la vérité. À ce propos, moi aussi, j'ai des questions. Quand vas-tu finir par admettre qu'il y a quelque chose entre toi et Brandi ?

Leo se remit sur le dos, les genoux sur le torse.

— On s'entend bien, elle et moi. On passe de bons moments ensemble, tu vois ce que je veux dire ?

— En d'autres termes, vous sortez ensemble.

— Pas du tout. On prend les choses comme elles viennent. Et pour la petite histoire, on s'est embrassés. Là, tu es content ?

Clark lui tapa dans la main en souriant.

— Vous allez bien ensemble. C'est...

— Ne t'emballe pas. On n'est pas ensemble, justement. Pas officiellement, du moins. D'ailleurs, oublie cette conversation. Je lui ai promis de ne pas ébruiter notre histoire. Pour en revenir à toi, j'aimerais savoir pourquoi tu as rendu visite à Eva à l'improviste.

— Bon sang... Je t'ai dit qu'elle s'était remise avec son ex et c'est tout ce qui t'intéresse ?

— Écoute, quand on débarque à l'improviste, il faut s'attendre à l'inattendu. Et puis, tu te trompes peut-être sur ce que tu as vu.

— Quoi !

Clark regretta aussitôt cet éclat de voix et jeta un coup d'œil autour de lui. Par chance, personne à part Leo n'était assez près pour l'entendre perdre son calme.

— Il était à genoux devant elle et il lui glissait la bague au doigt. Ils se sont embrassés ! Qu'est-ce qu'il te faut de plus ?

— Désolé, mais j'ai du mal à y croire. Aux dernières nouvelles, Eva ne supportait pas son ex. C'est même à cause de lui qu'elle a quitté Black Willow. Et elle se remettrait avec lui aussi facilement ? Non, vraiment, ça ne colle pas.

Clark laissa tomber les haltères sur le sol et se lança dans une série de burpees.

— Je ne sais pas, moi... Peut-être qu'elle ne trouve rien à redire au fait de vivre avec ce robot guindé et uniquement soucieux de son image. Il est le nouveau sénateur de l'Iowa, après tout.

— Il faut dire que tu n'as rien de mieux à lui proposer.

Leo se renversa sur le ventre et s'efforça de soulever le haut de son corps du tapis de sol.

— Eh, regarde ! Je viens d'apprendre cette position de yoga :

la posture du chien tête en haut. Tu vois ? Au lieu de me tuer à l'effort, je pratique des exercices qui ne font pas de mal à mes articulations et...

Laissant sa phrase en suspens, il s'assit en tailleur et pointa un doigt accusateur vers Clark.

— Attends une minute... Comment sais-tu que son ex a remporté l'élection ?

Clark répondit par un grognement et enchaîna avec des sauts en étoile.

— Ne me dis pas que tu t'es remis à l'espionner sur Internet ?

Comme Clark ne daignait toujours pas lui répondre, Leo leva les yeux au ciel.

— Écoute. Je suis ton meilleur ami, donc je ne vais pas te mentir. Désolé, mais c'est ta faute.

— Comment ça, *ma* faute ?

— Exactement. Tu restes prisonnier de ton passé, de tes vieilles peurs et tu t'obstines à saboter tes chances de bonheur. Avoue-le, tu n'as jamais cessé d'aimer Eva. Avec le temps, tu avais peut-être refoulé tes sentiments, mais ils sont revenus en force dès qu'elle est arrivée à Fremont. Et toi, tout ce que tu trouves à lui proposer, c'est cet arrangement ridicule. Je ne suis même pas sûr que vous en vouliez vraiment, mais pour des raisons qui m'échappent, vous l'avez accepté. Et voilà le résultat : tu t'enfonces dans le déni et tu noies tes chagrins dans la sueur.

Épuisé mentalement et physiquement, Clark se laissa tomber sur un banc et s'épongea le visage avec une serviette.

— Eva est une femme intelligente et franche. Si elle avait voulu aller plus loin, elle me l'aurait dit. Je crois sincèrement qu'elle considère cette expérience à Las Vegas pour ce qu'elle est : une mission temporaire. Elle est ici pour parfaire ses connaissances et pour passer un bon moment. Au bout de ses trois mois, elle retournera à Black Willow pour se marier avec ce clown.

— Tu pourrais aussi lui demander sa version des faits.

— Certainement pas !

Clark se mit à plat ventre et commença une série de pompes.

— Au bout du compte, Eva ne me doit rien. Si elle a quelque chose à me dire, elle sait où me trouver.

Et pourtant, lorsqu'il l'imaginait au bras d'un autre, Clark se sentait gagné par la nausée. Leo saisit sa bouteille d'eau et en but de longues lampées.

— Encore une fois, pourquoi es-tu allé chez elle ?

Clark fit semblant de ne pas l'entendre. Une main dans le dos, il continuait ses exercices avec un seul bras.

— C'est ça, ne dis rien et fais le malin avec tes pompes à une main, dit Leo. Je connais la réponse, de toute façon. Tu es allé là-bas pour lui avouer tes sentiments. Et donc, que vas-tu faire maintenant ? La laisser partir sans rien faire pour la retenir ?

— Tout juste. Tu sais pourquoi ? Eva a toujours fui devant les problèmes. À la fac, elle a fui pour ne pas donner une chance à notre couple. Elle a quitté Black Willow parce qu'elle appréhendait les retombées de sa rupture. Et maintenant, elle va fuir chez elle et reprendre sa vie là où elle l'avait laissée. Pourquoi devrais-je l'arrêter alors qu'elle m'a prouvé une fois de plus que je ne suis pas celui qu'il lui faut ?

— Pour le moment, Eva est encore ici, alors cesse de laisser parler ta rancœur. Et par pitié, arrête avec cette histoire ridicule de relation libre. L'idée t'est venue simplement parce que tu avais peur de souffrir à nouveau. Résultat : tu souffres quand même.

Clark accusa le coup. Il chercha une repartie bien sentie qui ne vint pas, et pour cause : Leo avait raison sur toute la ligne.

Clark enfila à la va-vite sa blouse médicale tout en traversant à grands pas le couloir des urgences. Encore deux minutes et il serait carrément en retard pour sa prise de poste. Merci Leo ! C'était lui qui avait insisté pour commander un second petit déjeuner à emporter avant de quitter le restaurant. Clark consulta en vitesse le tableau de service et fut soulagé d'apprendre qu'il ne serait pas de garde avec Eva, mais avec le Dr Abrams. Il frappa à la porte de la salle de conférences et entra dans la foulée.

— Docteur Beal ! Je suis confus d'être…

Il ne termina pas sa phrase. Assise en face du Dr Beal se trouvait Eva. *Qu'est-ce que tu fiches ici ?* faillit-il dire. Il s'éclaircit la gorge avant de refermer doucement derrière lui.

— Docteur Gordon, bonjour, dit-il en affectant l'indifférence. Je ne m'attendais pas à vous voir ici aujourd'hui.

— Bonjour docteur Malone. Le Dr Abrams a dû s'absenter pour une obligation et j'ai été appelée à la dernière minute pour le remplacer.

La froideur de son ton avait quelque chose de déconcertant. Clark se dirigea d'un pas raide vers la chaise à côté du Dr Beal en s'efforçant de ne pas regarder Eva.

— Pas de souci, répondit le Dr Beal. J'informais juste le Dr Gordon d'un cas particulièrement délicat. Il concerne un patient admis depuis hier soir aux urgences. Il s'appelle Flex Coupton et il est culturiste professionnel.

— D'où le nom, je suppose, remarqua Clark.

Eva émit cet adorable petit rire qui ne manquait jamais de le faire craquer.

— J'ai dit exactement la même chose. Tiens, regarde.

Elle fit glisser son téléphone sur la table, vers lui. Il affichait la photo d'un homme très bronzé et aux muscles huilés qui faisait saillir ses biceps sur une scène.

— Bon sang… Ce type doit passer sa vie dans les salles de sport pour avoir un physique pareil.

— Malheureusement, non. Sa masse musculaire provient surtout d'androgènes et de stéroïdes anabolisants achetés sur le marché noir. Il se les injectait dans les deltoïdes, les biceps, les quadriceps et les fessiers.

— Du trenbolone, du Superdrol et du méthyltrienolone, précisa Eva.

— Autrement dit, trois des stéroïdes les plus dangereux, surtout s'ils sont mal administrés.

Clark rendit son téléphone à Eva. À sa grande honte, l'idée l'avait effleuré d'espionner ses textos et son historique d'appels afin de vérifier si elle avait communiqué avec son ex. Alors qu'elle reprenait son portable, leurs regards se croisèrent brièvement. Contre toute attente, ses beaux yeux noisette ne reflétaient nulle trace de défi, nulle trace qu'elle se réjouissait de l'avoir battu à son propre jeu. Bien au contraire, elle le dévisageait avec une douceur pleine de franchise et, même, de vulnérabilité. C'était à n'y rien comprendre.

— Donc, dit-il, reportant son attention sur le patient. Qu'est-ce qui l'amène aux urgences ?

— Il se prépare pour un tournoi de body-building, répondit le Dr Beal. Pour ce faire, il s'est procuré les trois stéroïdes mentionnés par le Dr Gordon.

— Vous voulez dire qu'il se les est injectés en cocktail ?

— Oui, et sans la moindre surveillance médicale. Certes, il avait quand même fait l'effort de se renseigner sur Internet à propos des posologies recommandées. Mais comme il voulait accroître rapidement sa masse musculaire, il a décidé de tripler les doses. Après deux crises de convulsions et une de tachycardie, sa femme a insisté pour qu'il se rende à l'hôpital.

— Il a de la chance d'être encore en vie, dit Clark tout en passant en revue le dossier du patient. Je vois quels bénéfices il espérait tirer de sa méthode. Il a pris du trenbolone pour gagner du muscle et brûler des graisses, du superdrol pour développer l'endurance et la masse musculaire maigre. Et le méthyltrienolone servait à stimuler la production de testostérone et obtenir des effets rapides.

Eva fit glisser vers lui une pile de photos et de clichés d'imagerie médicale.

— Oui, c'était son plan. Mais l'utilisation hasardeuse de ces produits s'est soldée par un certain nombre de blessures et de maladies.

En effet, les photos mettaient en évidence plusieurs plaies ouvertes sur les épaules, les biceps, les cuisses et les fesses. Certaines étaient jaunes et suintantes, d'autres avaient une apparence noirâtre et cartonnée.

— Donc, il s'injectait les stéroïdes directement dans les muscles qu'il voulait développer, remarqua Clark. D'où la nécrose cutanée.

— Exactement. Nous avons tout d'abord retiré les tissus nécrosés. Ensuite, on l'a soumis à un traitement hyperbare pour accélérer le processus de guérison et améliorer le fonctionnement des organes. Pour faire baisser sa tension et son rythme cardiaque, je l'ai mis sous metoprolol en intraveineuse.

— À quel dosage ?

Le Dr Beal ajusta sur son nez ses lunettes à monture invisible avant de feuilleter son carnet.

— Voyons voir... Je l'ai écrit quelque part...

— Attendez, je l'ai relevé alors qu'on passait en revue le plan thérapeutique, dit Eva.

Tandis qu'elle faisait défiler ses notes sur son portable, Clark jeta un coup d'œil à sa main gauche : elle ne portait pas de bague. Sans doute l'avait-elle laissée chez elle pour ne pas faire jaser.

— Ah, voilà, poursuivit-elle. Lorsque M. Coupton est arrivé aux urgences, le Dr Beal lui a administré une injection par bolus de cinq millilitres, trois fois pendant quinze minutes. Une fois la tension stabilisée, on a recommandé au patient de prendre un comprimé de cent milligrammes deux fois par jour.

— Merci, docteur Gordon, dit le Dr Beal. J'ai traité les convulsions avec du lévétiracétam en intraveineuse.

— À quel dosage ?

Le Dr Beal se replongea dans son carnet en toussotant.

— Dix millilitres, dit Eva. Dilués dans cent millilitres de solution de chlorure de sodium. On attend toujours les résultats du bilan endocrinien. À mon avis, la prise de stéroïdes a complètement déréglé ses hormones. Oh ! j'y pense : après la perf. de lévétiracétam, le patient s'est vu prescrire le même médicament en comprimé de mille milligrammes, deux fois par jour.

Le Dr Beal la remercia d'un hochement de tête avant d'avaler une longue gorgée de café.

— Comme vous pouvez le constater, la nuit a été longue. Pour ne rien arranger, je termine une garde de vingt-quatre heures. Une fois de plus, merci beaucoup, docteur Gordon. C'est un plaisir de travailler avec vous.

— Merci, dit-elle avec un sourire lumineux.

Le Dr Beal avait raison. Eva était vraiment exceptionnelle, et même s'il lui en voulait, Clark était forcé d'admettre qu'il n'avait jamais cessé de l'aimer. Il avait eu tort de réduire leur relation à une amourette sans lendemain. Mal à l'aise, il s'agita sur sa chaise et remua nerveusement les papiers.

— Vous devez être épuisé, docteur Beal. Nous n'allons pas vous retenir plus longtemps. Une dernière chose, cependant : le bilan sanguin et les résultats de biopsie et d'imagerie suggèrent des atteintes aux reins et au foie. Vous avez établi un plan de traitement pour ces problèmes ?

— Oui. S'agissant des lésions rénales, M. Coupton présente une glomérulosclérose segmentaire et focale. Je lui ai expliqué que cette fibrose était une conséquence directe de son usage excessif de stéroïdes, mais qu'elle peut se résorber s'il cesse d'en prendre. Je lui ai prescrit du losartan pour diminuer la protéinurie.

— Parfait, dit Clark. Le losartan agira aussi contre l'hypertension avec le metoprolol.

— Exactement. Je lui ai aussi donné de l'atorvastatine pour faire baisser le cholestérol, qui était monté à 296 milligrammes. Et du furosémide pour éviter la rétention d'eau et les œdèmes.

Le Dr Beal se renversa sur son siège avec un long soupir.

— ça va, docteur ? demanda Clark.

— Oui, oui. C'est juste le contrecoup. Désolé.

Eva lui tapota le bras d'un geste affectueux, puis elle fit passer un graphique à Clark.

— M. Coupton présente une insuffisance hépatique au stade 2. Autrement dit, la fibrose est encore modérée. Le Dr Beal lui a expliqué qu'elle pouvait être soignée sous réserve, là aussi, qu'il arrête les stéroïdes. Le furosémide agira également sur le foie puisqu'il permettra d'éliminer les fluides en excès dans le corps. Enfin, on lui a recommandé de limiter les apports en sel et de privilégier un régime alimentaire riche en vitamines D, E, C et B.

Tandis qu'elle parlait, Clark prenait des notes d'une main ferme et rapide.

— Tout cela m'a l'air excellent.

Le Dr Beal renchérit en tapant dans ses mains.

— Vous m'impressionnez, docteur Gordon. Je suis content d'avoir eu affaire à vous et au Dr Malone pour expliquer un cas aussi complexe.

Il pressa l'épaule de Clark avant de se tourner vers Eva.

— Vous êtes vraiment sûre de ne pas pouvoir rester à Fremont au terme de votre mission ? Nous serions ravis de garder parmi nous un professionnel de votre envergure.

— Merci, docteur Beal, mais malheureusement, c'est impossible. On ne m'a pas demandé de rester et, par ailleurs, ma famille me réclame.

À ces paroles, Clark sentit s'écrouler le mur protecteur qu'il avait érigé autour de son cœur. Il avait fait de son mieux pour suivre ses règles : tenir ses émotions à distance, ne pas raviver la flamme, accepter la fin de leur relation lorsque Eva quitterait Las Vegas. Mais c'était l'inverse qui s'était produit. Il était retombé amoureux et il ne voulait pas la voir partir, surtout en si mauvais termes. Il avait l'impression de revivre leurs derniers mois en fac de médecine, en pire. Au lieu de rester à Las Vegas et de donner une chance à leur couple, Eva allait retourner auprès d'un abruti qui ne la méritait pas.

Il est temps de risquer le tout pour le tout. Bats-toi pour elle. C'est la seule femme que tu aies jamais aimée.

Clark se leva brusquement.

— Voyez-vous autre chose, docteur Beal ?

— Non, je ne crois pas. Le Dr Gordon vous renseignera sur les autres patients. Par bonheur, leur prise en charge est beaucoup moins compliquée.

— Parfait.

Clark pivota sur ses talons et se dirigea vers la porte.

— Dr Malone… Clark, s'écria Eva.

Il se figea sur le seuil, mais ne se retourna pas.

— Oui ?

— Tu aurais une minute ? Il faut que je te parle.

Les joues en feu, Clark s'éventa avec les feuilles de tests de M. Coupton.

— Je suis en retard pour une réunion. On trouvera bien le moyen de se croiser dans la journée.

Sans lui laisser le temps de répondre, il quitta la pièce et se dirigea droit vers le bureau de Leo.

14

Troisième mois

— Tu es sûre que Clark ne sera pas là ?

La question fit sourire Brandi, sans doute parce qu'Eva la posait pour la quatrième fois.

— Mais oui, Eva. Sûre et certaine. C'est une soirée strictement entre filles.

Dubitative, Eva entra à sa suite dans l'Oasis.

— Si tu le dis… J'insiste parce qu'il refuse de me voir. À l'hôpital, il est toujours professionnel avec moi, mais je vois bien qu'il préférerait manger des clous plutôt que de se trouver en ma compagnie.

— Allons bon. Qu'est-ce qui te fait croire ça ?

— Il m'évite et refuse de me parler en privé. Il ne répond jamais à mes appels ou à mes textos. À mon avis, je ne l'intéresse plus, si tant est que je l'aie jamais intéressé, d'ailleurs. Il avait peut-être besoin de cette relation pour tirer un trait sur notre passé. Quand je serai partie, il reprendra ses habitudes de coureur, j'en suis sûre.

— ça, ça m'étonnerait. Mais si cela peut te rassurer, je te confirme que Clark ne sera pas des nôtres ce soir.

Alors qu'elles se faufilaient parmi la foule, Eva repensa à sa première soirée à l'Oasis avec Brandi, Leo et Clark, et l'émotion lui serra la gorge. Deux mois plus tôt, elle se tracassait au sujet de son passé avec Clark. Là, c'était le présent qui lui donnait du souci. Comment avaient-ils fait pour en arriver à un tel fiasco ? Et pour la deuxième fois, par-dessus le marché !

Si elle voulait bien être franche avec elle-même, cette relation reposait depuis le début sur un malentendu. Eva aurait voulu davantage qu'une simple aventure, mais elle n'avait pas eu le courage de le lui dire lorsqu'il avait posé ses conditions. Pour ne rien arranger, Clark pensait qu'elle avait agi par dépit amoureux et qu'elle ne désirait que du sexe avec lui. Quelle différence avec le Clark de ses souvenirs… Dans le temps, il ne se serait jamais satisfait d'une vulgaire liaison sexuelle. Mais cela, c'était avant. À présent, Clark semblait content d'enchaîner les amours de passage. Eva était pourtant convaincue que ce style de vie ne le rendrait jamais vraiment heureux, mais qu'y pouvait-elle ? Elle était bien forcée d'accepter ses choix, de même qu'il s'était plié aux siens, bien des années plus tôt.

Certes, ces semaines avec lui avaient été magiques. Entre eux, il y avait un lien organique indéniable, une alchimie torride, et même s'il ne le lui avait jamais dit explicitement, elle s'était sentie aimée. Malgré tout, Clark avait refusé de s'exposer émotionnellement. Alors, elle avait fait comme lui. Et tout cela pour quoi ? Pour qu'ils se quittent dans le ressentiment et l'amertume une seconde fois.

Tout à coup, Eva eut envie de s'en aller, de retourner chez elle pour se plonger dans un bain bien chaud et réconfortant. Ou alors, de commencer dès maintenant à faire ses bagages afin de pouvoir partir sans délai dès que sa mission serait terminée.

— Elle te va, cette table ? lui demanda Brandi en pointant le doigt vers un emplacement libre.

— Oui, très bien.

Une fois qu'elles furent installées, leur commande passée, Brandi attaqua bille en tête le sujet qui fâchait.

— Donc, vous en êtes où, Clark et toi ?

— Nulle part. Entre lui et moi, il n'a jamais été question que d'une liaison sans conséquence. Bientôt, il va reprendre sa vie et moi, la mienne. Sur ce, restons-en là, si tu le veux bien.

— D'accord, dit Brandi en jetant un coup d'œil à la main gauche d'Eva. Je peux me permettre une dernière question ?

— Je t'écoute.

— Qu'y a-t-il entre toi et ton ex ? Je sais qu'il est venu ici pour te proposer le mariage, mais toi ? As-tu accepté ?

— Non, ça ne fait pas partie de mes projets.

— Tu ne vas pas lui laisser une seconde chance ?

— Franchement ? Non. J'ai essayé d'appeler Kyle pour le lui dire, mais à chaque fois, je tombe sur son répondeur. Il doit être accaparé par son travail. Ou alors, il m'évite parce qu'il devine ce qui l'attend. Mais entre lui et moi, c'est bel et bien fini.

Brandi se figea, le regard tourné vers l'entrée du bar.

— Oh ! non.

— Oh ! non quoi ?

Eva pivota sur son siège en haussant le cou et vit Leo qui se frayait un chemin parmi la foule.

— Qu'est-ce qu'il fait ici ?

— Aucune idée. Je lui ai dit que je passais la soirée à l'Oasis avec toi, mais seulement pour qu'il nous laisse tranquilles.

Eva se tourna vers son verre et y trempa ses lèvres.

— Ce n'est pas grave. Leo est quelqu'un de sympa. Avec lui, on ne s'embête jamais. Et puis, c'est mignon de voir qu'il n'arrive pas à se passer de...

— Bonsoir, mesdames.

En reconnaissant la voix de Clark, Eva sentit son ventre se nouer sous l'effet d'une brusque nausée.

— Je ne m'attendais pas à vous voir ici, ajouta-t-il. Je me demande qui a bien pu monter ce coup.

— Alors, quoi de neuf ? demanda Leo en se laissant tomber sur le siège voisin de celui de Brandi. Vous buvez quoi ?

— C'est plutôt à moi de poser les questions, répliqua Brandi. Que viens-tu faire ici, Leo ? Je croyais t'avoir dit que c'était une soirée entre filles et qu'on se verrait plus tard.

— Oui, mais mon copain Clark ici présent désirait boire une

bière après le travail. Alors, j'ai pensé : pourquoi ne pas nous arrêter à notre bar préféré ? Celui où tout le monde nous connaît par notre prénom...

Mais Clark secoua la tête.

— Ce n'est pas tout à fait ça. En fait, tu m'as dit que...

— Bah, bah, bah, quelle importance ? Qui s'intéresse à ces petits détails, hein ? Ce qui compte, c'est que le gang est réuni au complet. Clark, je vais nous commander deux vodkas martini au bar. Brandi, tu m'aides à les porter ?

— Tu as deux mains, non ? Tu ne peux pas les...

Sans la laisser terminer sa phrase, Leo la saisit par la taille et l'emmena avec lui. Eva se retrouva seule avec Clark. Du coin de l'œil, elle le voyait tapoter nerveusement le dossier de la chaise voisine comme s'il attendait sa permission pour s'asseoir.

— ça t'embête si je m'assieds ?

— Non, pas du tout, répondit-elle d'une voix glaciale.

— Il est bon, ton cocktail ?

— Pas mal, oui. Tu veux goûter ?

Eva crispa les doigts autour de son verre, furieuse contre elle-même. Au bout de trente secondes, elle laissait déjà tomber son masque de froideur. Elle lui jeta un coup d'œil et vit sur ses lèvres un petit sourire qui creusait une adorable fossette sur sa joue gauche.

— Non, merci. J'attends que Leo me rapporte mon verre.

Elle le vit baisser brièvement les yeux vers sa main gauche.

— Où est ta bague ?

— Quelle bague ?

— Eh bien, celle que t'a offerte le sénateur.

— Elle est... euh... chez moi.

— Le mariage est prévu quand ?

— Il n'y aura pas de mariage.

— Ah bon ? dit-il en approchant son siège du sien. Pourtant, quand je vous ai aperçus ensemble, tu semblais lui dire oui.

— Eh bien, les apparences sont trompeuses. Je ne lui ai rien dit du tout.

— Ah bon ? Tu lui as dit non ?

Elle se détourna, gênée par l'intensité avec laquelle il la dévisageait.

— Je ne lui ai pas dit oui.

Clark renversa la tête en arrière et ferma les yeux.

— Mais tu ne lui as pas dit non.

— Pas encore, répliqua-t-elle sèchement. Mais je compte bien le faire.

— Vraiment ? Tes parents rêvent pourtant de te voir avec un homme tel que lui, non ?

— Ils rêvent surtout de me voir heureuse.

— Parce que faire partie de la bonne société de Black Willow, au bras d'un sénateur, cela ne te rendrait pas heureuse ? Après tout, tu n'as pas refusé l'offre de Kyle explicitement. Il n'est pas reparti avec cette bague dans sa valise.

— Et alors ? Qu'est-ce que ça peut te faire, Clark ? Ces dernières semaines, tu n'as pas cessé de m'éviter. Puisque je ne t'intéressais que pour le sexe, pourquoi tiens-tu autant à savoir qui je vais épouser ?

— Eva ! Rien de tout ça n'est...

— Nous voilà de retour ! claironna Leo.

Il tendit un verre à Clark et reprit sa place à côté de Brandi.

— Alors ? On a loupé quelque chose ?

— Rien du tout ! déclarèrent à l'unisson Eva et Clark.

— Autrement dit, beaucoup, commenta Leo d'un ton pince-sans-rire.

Le DJ baissa alors le volume de la musique et bondit sur le micro.

— Bonjour à toutes et à tous !

Ravie de cette interruption, Eva but plusieurs gorgées de son verre. Sa conversation animée avec Clark l'avait mise en sueur et elle se tamponna le cou avec une serviette.

— Tu as oublié un endroit, là, dit Clark en soulignant du doigt la naissance de sa gorge.

Elle le dévisagea sans rien dire. À vrai dire, il semblait aussi surpris qu'elle de ce geste involontaire.

— Bienvenue à tous ! Ce soir, c'est retour aux années 1980 avec au programme, les plus grands tubes de la décennie. ça va chauffer sur le dancefloor ! De nombreux cocktails et amuse-gueule sont à votre disposition. Ne soyez pas radins avec vos pourboires, mais surtout, amusez-vous. Allez, c'est parti !

The Pleasure rinciple de Janet Jackson fit trembler les haut-parleurs et un rugissement parcourut la foule. Sans dire un mot, Leo se leva et tendit la main à Brandi.

— ça t'embête si j'y vais ? dit-elle à Eva. Janet est ma chanteuse préférée.

— Pas de problème. Vas-y.

Mais l'idée de se trouver à nouveau seule avec Clark ne l'enchantait guère. Dès qu'ils furent à nouveau seuls, il remonta au créneau :

— Ton séjour à Las Vegas arrive bientôt à son terme.

— En effet.

— Qu'est-ce que ça t'inspire comme sentiments ?

Eva voyait clair dans son petit jeu. Il essayait de sonder ses pensées, d'analyser son état d'esprit. Bon sang, elle en avait assez de ce bras de fer continuel. Ni lui, ni elle n'osait être le premier à afficher sa vulnérabilité et ses émotions.

— Ce que ça m'inspire ? Un sentiment doux-amer. Et toi ?

— Pareil. Quelque chose de doux-amer.

Eva le regarda avaler une gorgée de son cocktail. Comme tant de fois, déjà, elle détailla ses lèvres pleines sur le rebord du verre, ses doigts longs et puissants autour d'un pic à cocktail qu'il porta à sa bouche. Lentement, il mâcha l'olive. À coup sûr, il le faisait exprès. Il savait qu'elle l'observait et il se mettait en scène.

— Il est bon, ton cocktail ? demanda-t-elle.

— Oui. Tu veux goûter ?

— Pourquoi pas ?

Mais plutôt que de lui tendre le verre, Clark le leva à la hauteur de la bouche d'Eva. Elle en but une gorgée, et lorsqu'il s'éloigna, quelques gouttes de vodka coulèrent sur l'index de Clark. Il passa son doigt le long de la lèvre inférieure d'Eva et elle se la lécha avant que l'alcool ne lui coule sur le menton. Clark reposa le verre et prit une longue inspiration.

— Eva, je peux être franc avec toi ?

— Bien sûr.

— Je déteste cette tension entre nous. Elle me rend malheureux et j'en ai assez. Puisque tu vas bientôt partir, autant faire une trêve et nous quitter sur une note positive. Essayons de profiter du reste de ton séjour et de maintenir un semblant d'amitié pour la suite, quand tu seras de retour à Black Willow.

Eva avait espéré un autre discours. Elle aurait voulu qu'il cherche à la conquérir… Qu'il lui dise qu'il en avait fini avec les aventures d'un soir et qu'il était prêt à s'engager avec elle. Mais cela, il ne le ferait jamais, bien sûr. Il n'en avait pas le cran. Et donc, elle n'avait d'autre choix que d'accepter le peu qu'il lui offrait.

— Moi non plus, je ne veux plus qu'on se fasse la guerre. On s'est tous les deux mis d'accord pour passer du bon temps ensemble sans rien attendre l'un de l'autre, mais nos émotions s'en sont mêlées et tout est devenu beaucoup plus… compliqué. Je reconnais ma part de responsabilité et je te demande pardon.

Clark l'embrassa tendrement sur les lèvres.

— Merci. Moi aussi, je te demande pardon.

C'est le début de la fin, songea-t-elle avec un pincement au cœur. Mais aussi peinée fut-elle, Eva était heureuse d'avoir fait la paix avec lui.

— Donc, on est amis ?

— On est amis.

Il prit la main qu'elle lui tendait et la prit dans ses bras, puis il lui caressa les cheveux. Eva entrouvrit la bouche, surprise d'une telle démonstration publique d'affection. Mais alors, il l'embrassa et insinua la langue entre ses lèvres. Ce faisant, il lui massait doucement le crâne. Une délicieuse sensation d'euphorie se répandit en elle.

— On s'en va ? murmura-t-il en lui mordillant le lobe de l'oreille.

— Avec plaisir.

À peine avait-elle répondu qu'Eva sentit le portable de Clark vibrer contre sa cuisse. Elle repensa à leur première nuit à l'Oasis, lorsqu'il était parti plus tôt pour rencontrer une autre femme. Le cœur serré, elle se dégagea lentement et vida son verre tandis qu'il sortait son téléphone de sa poche. Malgré elle, son regard erra vers l'écran et elle crispa les mains sur le rebord de la table alors qu'il ouvrait une page. S'agissait-il d'un texto, d'un appel manqué ? Ou alors, d'une alerte de l'une de ses applications de rencontres ? Une liste de notifications apparut : c'était juste un fil d'actualités. Clark rangea son téléphone, puis il se leva et lui tendit la main.

— On y va ?

— Oui.

Ils se dirigèrent vers la sortie en jetant des coups d'œil vers la piste de danse pour tenter d'apercevoir Brandi et Leo. Lorsque les deux couples échangèrent un regard, Eva et Clark désignèrent la porte du doigt et tous les quatre échangèrent un au revoir de la main. Alors qu'elle grimpait dans la voiture de Clark, Eva savait pertinemment qu'elle allait droit à la catastrophe. Malgré tout, elle était décidée à profiter du voyage jusqu'à l'inévitable chute finale.

Eva et Clark s'effondrèrent sur le lit sans un mot. À quoi bon parler quand une caresse était plus éloquente que mille mots ? Ils exploraient leurs corps en prenant leur temps pour mieux savourer le plaisir qu'ils se prodiguaient l'un à l'autre. Eva tentait de s'immerger dans l'instant présent, parfaitement consciente de vivre un moment rare qui ne se répéterait certainement pas. Maintenant qu'elle voyait Clark sous un jour différent, son grand regret était de n'avoir pas compris plus tôt à quel point il était spécial. Mais c'était trop tard. Elle avait saccagé sa confiance et rien ne pourrait jamais fonctionner entre eux.

Clark lui ouvrit les jambes pour se nicher entre elles, puis il lui tint les bras au-dessus de la tête, les doigts mêlés, et leurs lèvres s'unirent. Son érection se pressait contre elle et elle fit onduler ses hanches de plus belle, impatiente de le recevoir en elle.

— Pas tout de suite, dit-il d'une voix sourde. Je tiens à savourer cet instant.

Elle lui mordilla le cou, partagée entre le désir de prolonger le moment et un désir de plus en plus insupportable. Clark se laissa glisser au bas du lit sans cesser de l'embrasser, traçant avec la langue un sillon de feu de ses lèvres à ses oreilles, de son cou à ses seins. Lorsqu'il effleura ses mamelons avec les dents, elle gémit de plus belle. Le dos cambré, elle massa ses larges épaules, ses biceps saillants, alors que, sourd à sa demande, il poursuivait son exploration langoureuse. Eva ferma les yeux, submergée par les sensations chaque fois qu'il pressait ses lèvres sur la peau sensible de son ventre, ses hanches, ses cuisses. Frémissante, elle écarta davantage les jambes. Clark les cala sur ses épaules et sa tête plongea entre ses cuisses tandis qu'il titillait le bout de ses seins. Elle se mit à bouger au rythme de ses coups de langue, incapable de retenir le gémissement qui montait dans sa gorge. À bout de souffle, elle glissa les mains sous les bras de Clark pour l'attirer à elle.

Leurs lèvres et leurs corps s'unirent et Eva soupira contre sa bouche. Lentement, les coups de reins de Clark s'intensifièrent dans un crescendo de plaisir. Alors qu'il redressait la tête, leurs regards se croisèrent. Dans ses yeux, elle lut un bonheur pur et un désir entaché de regret. Pour elle aussi, ce plaisir était teinté de tristesse. Bientôt, elle devrait partir et le temps était devenu un voleur de joie.

Clark resserra alors son étreinte et elle oublia sa mélancolie. Les yeux fermés, elle se laissa emporter vers des cimes inconnues. Son corps se tendit avant d'être secoué de soubresauts. Lorsqu'il cria le nom d'Eva, elle s'abandonna enfin à la jouissance la plus intense qu'elle ait jamais ressentie.

15

Eva bougea dans un demi-sommeil et ses yeux s'ouvrirent en papillonnant. L'espace d'une seconde, elle se demanda où elle était, puis la mémoire lui revint. Elle était encore chez Clark, dans son lit. Mais seule. Lorsque sa vision s'éclaircit, elle le vit s'approcher d'un pas léger. Il était déjà tout habillé.

— Comment vas-tu, ma belle ?

Elle lui passa la main autour du cou pour l'embrasser.

— Belle ? Avec les cheveux en bataille et mon maquillage en vrac ?

— Exactement.

— Pourquoi es-tu déjà levé et habillé au lieu d'être au lit à côté de moi ?

— Je participe à une collecte de vêtements au profit du refuge pour hommes d'Earl House.

— Voilà un homme comme je les aime : prêt à donner de son temps libre pour une juste cause.

— J'ai mal entendu ou tu viens d'employer le verbe « aimer » ?

— Je ne sais pas... À ton avis ?

Alors qu'elle attendait sa réaction avec un pincement d'anxiété, son portable vibra. Clark le prit sur la table de chevet et fronça les sourcils.

— Tiens, tiens. Devine qui t'appelle en visio alors que tu te prélasses chez ton amant secret ? Ta mère.

Eva lui arracha le portable des mains et s'empressa de refuser l'appel.

— Qu'est-ce que tu fais ? Tu aurais dû décrocher, ne serait-ce que pour lui dire bonjour de ma part. Sérieusement, tu ne veux pas savoir pourquoi elle téléphone ? C'était peut-être important.

— ça m'étonnerait. Elle appelait sûrement au sujet du mariage et je n'ai vraiment pas besoin qu'elle me voie toute nue dans le lit d'un autre homme.

À peine les eut-elle prononcées, elle regretta ces paroles, surtout lorsque la posture de Clark se crispa. Il se détourna et, sans un mot, fourra ses clés dans sa poche.

— Clark... Ce n'est pas ce que j'ai voulu dire. Tu sais bien que je n'ai pas accepté l'offre de Kyle.

— Mais tu ne l'as pas refusée non plus.

— Je t'en prie, essaie de comprendre. J'étais sous le choc ! Rien ne m'avait préparée à le voir débarquer à l'improviste.

— D'après toi, tes parents préféreraient quoi ? Que tu épouses Kyle ou que tu continues à coucher avec moi ?

Incapable de lui mentir comme de lui dire la vérité brutale, Eva se réfugia dans le silence.

— Tu vois ? Tu persistes à vivre pour tout le monde, sauf pour toi.

Eva bondit hors du lit et elle s'habilla à la va-vite en faisant mine de ne pas l'avoir entendu. Quoi qu'elle dise ou fasse, il s'était mis dans la tête qu'elle refusait de s'engager avec lui parce qu'elle était soumise à ses parents. Elle repensa alors à ce qu'il lui avait dit la veille :

Puisque tu vas bientôt partir, autant faire une trêve et nous quitter sur une note positive. Essayons de profiter du reste de ton séjour à Las Vegas et de maintenir un semblant d'amitié pour la suite, à ton retour à Black Willow.

Eva n'aurait demandé rien de mieux. Le problème, c'était qu'ils se heurtaient toujours à leurs émotions. Ni l'un, ni l'autre ne voulait baisser la garde. Cet amour de jeunesse les avait trop fait souffrir pour qu'ils consentent à jouer cartes sur table et à se montrer sous un jour vulnérable. Clark ne lui faisait plus confiance et il aurait toujours un a priori négatif vis-à-vis d'elle ou de ses parents. C'était sans espoir. À quoi bon insister avec un homme qui refusait de croire en leur couple ? Autant partir dès maintenant pour préserver ce qui restait de son cœur.

Et pourtant, lorsqu'elle regarda Clark, il avait une expression si triste qu'elle ne se sentit pas capable d'abandonner les choses en l'état.

— Tu as le temps pour un café ?

— Non, je suis déjà en retard, répliqua-t-il sans même consulter sa montre. Ils m'attendent depuis plus d'une demi-heure, mais tu dormais si bien que je n'avais pas le cœur de te réveiller.

Sa gentillesse serra le cœur d'Eva. Ce n'était sûrement pas Kyle qui aurait agi de la sorte. À sa place, il l'aurait tirée du lit deux heures plus tôt pour être bien sûr d'être à l'heure.

— On peut se retrouver plus tard ? Pour déjeuner, par exemple, ou pour dîner ?

— Pas pour déjeuner parce qu'on sert le repas au refuge de midi à 15 heures. Pour ce soir, je ne sais pas encore. Je te tiens au courant.

En d'autres termes, il n'était pas pressé de la revoir. Eva hocha la tête avec amertume.

Dès qu'elle fut prête, il la reconduisit chez elle. Le trajet se déroula dans un silence pesant qu'égayait à peine un fond de musique R&B à la radio. Lorsqu'il s'arrêta devant la résidence, Eva sortit de voiture avec un mélange de soulagement et de regret.

— Merci. Je, euh... On se voit à l'hôpital.

— Oui. À demain.

Eva regarda la voiture s'éloigner, puis elle se tourna vers la façade vitrée de la résidence. La perspective de se retrouver entre quatre murs, seule avec ses pensées, acheva de la déprimer. Elle se dirigea donc vers le café et s'offrit un frappucino à la fraise pour se réconforter. Comme la terrasse était vide, elle s'installa à une place au soleil pour profiter des derniers rayons du matin avant la chaleur de l'après-midi. Elle observa un instant le balancement des palmiers en bordure des rues. Le brouillard matinal s'était dissipé et le profil spectaculaire des montagnes Spring se dessinait au loin avec netteté. *Tout cela va me manquer*, songea-t-elle alors que surgissaient dans son esprit des images des mornes plaines de l'Iowa.

Le moment fut troublé par un appel en visio. Eva n'eut même pas besoin de regarder son téléphone pour savoir qui cherchait à la joindre. Le ventre noué, elle accepta la communication et s'efforça de sourire lorsque le visage de sa mère apparut à l'écran.

Si elle me parle de Kyle et du mariage, je raccroche...

— Wilson ! s'écria Mme Gordon. C'est Eva. Tu viens dire bonjour ?

— J'arrive !

Mme Gordon passa une main manucurée dans ses cheveux courts et grisonnants. Clairement, elle s'intéressait davantage à sa propre image qu'à celle d'Eva.

— Bonjour, maman.

De ses lèvres rouge carmin, celle-ci lui souffla des baisers.

— Bonjour, ma chérie. Alors, que penses-tu de notre nouvelle maison ? On a fait du beau boulot, Valérie et moi, non ?

Eva approcha l'écran de son visage tandis que sa mère lui montrait une vue circulaire du salon. Ses parents avaient emménagé quelques mois plus tôt dans une maison de plain-pied, sa mère ayant insisté pour vendre celle qu'ils avaient occupée pendant trente ans au motif qu'elle n'arrivait plus à grimper les escaliers.

— Et la déco ? Elle te plaît ?

— Oui, maman, beaucoup. Où est papa ? Je croyais qu'il arrivait.

— Je l'entends bricoler quelque part. Je vais le chercher puisqu'il refuse de venir.

Mme Gordon emporta le téléphone dans une élégante cuisine blanche et Eva vit alors son père apparaître à l'écran.

— Ah, mais voilà ma fille !

— Bonjour papa ! ça fait plaisir de te voir. ça va ?

— Très bien. Et toi ? Quelles sont les nouvelles du Far West ?

— Les nouvelles sont bonnes. Cette mission me plaît toujours autant, j'ai rencontré des gens géniaux et...

— Rappelle-moi, tu rentres quand ? l'interrompit sa mère.

M. Gordon passa un bras autour d'elle.

— Tu le sais bien, Iris : à la fin du mois. Je suis ravi pour toi, ma chérie, ajouta-t-il à l'adresse d'Eva. J'ai toujours su que cette expérience te serait riche d'enseignements.

— Merci, papa.

Mme Gordon attira le téléphone à elle.

— Moi aussi, je suis contente, ma puce. Simplement, que veux-tu ? Tu me manques, comme à tout Black Willow. Las Vegas peut bien se passer de toi. Et puis, cette ville, ce n'est pas toi.

— C'est-à-dire ?

— Eh bien, tu es la classe incarnée, Eva : belle, intelligente. Tes talents seraient bien mieux employés à Black Willow que dans une ville de fêtards perdue au milieu de nulle part.

— Tu as parlé à Kyle, n'est-ce pas ?

Mme Gordon pinça les lèvres en une grimace qui voulait dire « oui ».

— Si tu veux tout savoir, maman, ces semaines à Las Vegas m'ont bonifiée d'un point de vue professionnel, mais aussi personnel. En plus d'apprendre de nouvelles choses, j'ai pris du recul sur ma vie et sur ce que je voulais en faire. Mes aspirations sont en train de changer.

Mme Gordon se tourna vers son mari d'un air perplexe.

— Qu'est-ce qu'elle raconte ?

— Je ne comprends pas très bien, mais je fais confiance à notre fille.

— Écoute, ma chérie. À ton retour, tu nous montreras tout ce que tu as appris et nous pourrons passer aux choses sérieuses.

— C'est-à-dire, le mariage ? Écoute, maman, il est hors de question que je me remette avec Kyle. Ne viens pas dire qu'il m'aime alors qu'il m'a laissée tomber à cause du stress de sa carrière. Papa, as-tu jamais songé à quitter maman quand tu avais des problèmes professionnels ? Pendant tes études, par exemple, ou quand tu ouvrais ton cabinet ?

— Non. Jamais de la vie.

— Tu vois ? Je n'ai rien d'autre à ajouter.

Mme Gordon tendit le téléphone à son mari avec une moue ennuyée.

— Je n'ai jamais rien compris à cette enfant.

Eva gratta distraitement la peinture écaillée de la chaise de fer forgé. Elle songeait à la nuit qu'elle venait de passer avec Clark, à sa réaction quand sa mère avait appelé ce matin. Elle n'aurait pas dû s'abstenir de parler de lui à ses parents. Après tout, si son séjour à Las Vegas était une telle réussite, c'était en grande partie grâce à Clark.

— Au fait, ce séjour m'a permis de renouer avec un vieil ami.

— Ah bon ? Qui donc ?

— Clark Malone.

Mme Gordon tapota un ongle sur la table, le regard vide.

— Clark Malone, Clark Malone... Non, le nom ne me dit rien. Et toi, Wilson ?

— Vous n'étiez pas amis à la fac de médecine ?

— Si.

— Oui, je le replace à présent : un garçon très sympathique. Si mes souvenirs sont bons, vous étiez très proches avant de perdre contact. Qu'est-il devenu ?

— Il est médecin aux urgences de Fremont.

— Vraiment ?

M. Gordon eut un hochement de tête appréciateur. D'un geste vif, sa femme lui reprit le téléphone des mains et le porta près de son visage.

— Une minute, Eva. C'est pour ça que tu es partie ? Pour te remettre avec quelqu'un ?

— Non, maman, pas du tout. J'ignorais qu'il vivait à Las Vegas. Quoi qu'il en soit, il m'a beaucoup aidée à trouver mes marques.

— Bien, bien, dit Mme Gordon avec un geste de dédain. Je suis contente que tu aies pu compter sur des collègues serviables. Mais maintenant, il est temps de songer à ton retour et à…

— Clark n'est pas seulement un collègue, maman. C'est un ami. Un ami très proche, même.

Eva s'interrompit, soudain lasse de cette conversation.

— Écoutez, je suis assise en plein soleil et il commence à faire très chaud. Et puis, j'ai à faire chez moi. Je vous laisse.

— OK, répondit sa mère. Mais avant que tu ne raccroches, j'aimerais te dire quelque chose.

Eva se crispa, certaine que sa mère allait une fois de plus lui chanter les louanges de Kyle.

— Iris, Eva vient de dire qu'elle a des choses à faire. Restons-en là avant qu'elle n'attrape un coup de soleil.

— Juste une minute. Eva, écoute-moi, ma chérie. Kyle s'est déplacé à Las Vegas juste après son élection pour faire amende honorable et t'offrir cette magnifique bague de fiançailles. Je sais qu'il t'a fait du mal, mais il était sous pression, le pauvre. Au moins, ne sois pas fermée à l'idée de lui donner une seconde chance. C'est quelqu'un de bien et je ne veux pas te voir passer à côté d'une vie merveilleuse…

— Eva, intervint son père. Ce que nous voulons surtout, ta mère et moi, c'est que tu sois heureuse. Si cela implique de donner une seconde chance à Kyle, parfait. Mais si tu n'en as pas envie, pas de problème. En attendant, profite de tes derniers jours à Las Vegas. On se reparle plus tard. Tu n'as rien d'autre à ajouter, Iris ?

— Tu connais déjà la réponse. Eva, mon désir le plus cher est de te voir heureuse. Si tu me trouves un peu trop insistante, j'en suis désolée, mais je suis ta mère et je pense savoir mieux que toi ce qui est bon pour toi. Cependant, comme le dit ton père, si tu ne veux pas épouser Kyle, c'est ton choix. On t'aime, tu nous manques et je compte les jours jusqu'à ton retour.

— Merci. Moi aussi, je vous aime. Oh ! avant que j'oublie : Clark vous passe le bonjour.

— Qui donc ? demanda sa mère.

— Et nous de même, répondit M. Gordon. Félicitations au Dr Malone pour sa réussite.

— Merci pour lui. À bientôt.

Sitôt après avoir raccroché, Eva écrivit un texto à Clark.

Je viens de parler à mes parents. Ils te disent bonjour et te félicitent pour ta réussite.

La réponse arriva quelques secondes plus tard.

Remercie-les de ma part. ça compte beaucoup pour moi. Plus que tu ne le penses.

Ces mots suscitèrent en elle un timide espoir. Comme quoi, tout n'était peut-être pas perdu. Peut-être...

16

Attablé dans la salle de pause des médecins devant un thé glacé, Clark venait de sortir son téléphone lorsqu'il vit entrer Eva. Une bouffée de remords lui monta à la gorge. Elle arrivait au terme de son contrat à Fremont et ils allaient se quitter en mauvais termes. Comment avaient-ils fait pour abîmer leur amitié une fois de plus ? En ce qui le concernait, son intention de ne pas s'engager émotionnellement avec elle lui avait explosé à la figure. Et maintenant, il ne savait plus où ils en étaient tous les deux.

De là où il était assis, il entendit qu'on lui demandait si elle avait apprécié son séjour et quand il arriverait à sa fin.

— Bientôt, répondit-elle. Très bientôt.

Clark avala son thé de travers et se tapa la poitrine pour calmer une violente quinte de toux. Le bruit attira l'attention de plusieurs personnes, dont Eva. Les joues brûlantes de honte, Clark hocha la tête pour leur signifier qu'il allait bien. Son regard croisa celui d'Eva, qui lui adressa un petit signe de la main avec un sourire timide. Il l'invita à s'asseoir à sa table.

— ça va ? demanda-t-elle dans un souffle. Qu'est-ce que tu fais ici ?

— Oh ! rien de particulier. Je passe le temps, tu vois…

La tête inclinée sur le côté, elle joua distraitement avec le couvercle de sa tasse.

— Je n'ai pas l'habitude de te voir ici le matin. Normalement, tu préfères la cafétéria ou la salle de conférences des urgences.

— Oui, mais j'avais besoin d'un endroit tranquille pour faire du ménage dans mon portable. Il y a trop de bruit à la cafétéria et la salle de conférences est prise.

— Ton téléphone a un problème ? Tu n'as plus de mémoire ?

— Non, pas du tout. Je supprime juste des applications dont je ne me sers plus.

Alors qu'Eva jetait un coup d'œil à son portable, Clark fut d'abord tenté de le dissimuler à sa vue, puis il se ravisa. Après tout, c'était à cause d'elle qu'il faisait ce tri.

— Eh ! Je rêve ou tu viens de supprimer l'appli Deux de cœur ?

— C'est ça. À la poubelle.

— Qu'est-ce qui t'a convaincu de t'en débarrasser ?

Clark posa son téléphone de côté pour la regarder dans les yeux.

— Franchement ? J'en ai assez de passer d'une femme à l'autre, de fuir les relations sérieuses. Je m'aperçois que c'était une tactique pour ne pas me confronter à des problèmes sous-jacents... Des peines de cœur que j'avais essayé d'oublier. En te retrouvant, j'ai été forcé de faire face à ces blessures. Mais je ne peux pas y arriver si je me disperse dans des aventures frivoles.

Prise de court par sa franchise, Eva le regarda fixement.

— C'est génial de t'entendre dire cela, Clark. Quel que soit notre avenir à tous les deux, tu comptes beaucoup pour moi. J'aimerais que tu sois heureux, mais pour cela, encore faut-il que tu arrives à digérer ton passé. Si tu y travailles, c'est formidable. Tu en sortiras meilleur.

— Merci, Eva. Je l'espère.

Elle prit une longue gorgée de café avant de demander :

— On en est où, tous les deux ?

— Comme tu pars bientôt, je n'ai plus rien à perdre, alors, je peux te le dire : je t'aime, Eva. Ça me fait mal au cœur de savoir que tu retournes à Black Willow, surtout pour épouser Kyle. Nous aurions pu mettre ces semaines à profit pour construire quelque chose, mais j'ai tout gâché. Si je pouvais revenir en arrière, je n'hésiterais pas une seconde, mais c'est impossible. Il ne me reste qu'à admettre mes erreurs en espérant qu'elles ne porteront pas préjudice à notre amitié.

Eva se renversa sur son siège, les yeux ronds.

— Je ne sais pas quoi te répondre. Tu m'aimes ?

Elle se redressa et mêla ses doigts aux siens.

— Tu sais quoi ? Je...

L'Interphone de l'hôpital résonna soudain :

— On demande le Dr Malone en salle d'urgence. Dr Malone...

Il se leva en soupirant.

— Zut. Écoute, on reprend cette conversation dès que possible, OK ? À tout à l'heure.

Alors qu'il s'éloignait à grands pas, Eva émit un soupir de frustration. Elle aussi aurait voulu lui dire « je t'aime ». Mais pour cela, il lui faudrait encore attendre.

Une heure plus tard, Eva sortit d'une chambre de garde avec un sourire rayonnant. Elle n'aurait pas dû, pourtant : elle avait annoncé à Kyle que tout était fini entre eux et la nouvelle l'avait bouleversé. Mais Eva avait déjà tourné la page. Elle n'avait de pensées que pour Clark et la déclaration qu'il venait de lui faire. Après avoir raccroché, elle téléphona à ses parents pour les mettre au courant. Comme il fallait s'y attendre, sa mère en fit tout un drame, surtout lorsque Eva leur parla de Clark et de leur relation.

— Eva ? Explique-toi, je te prie ! hurla sa mère au téléphone.

Par bonheur, son père vint à la rescousse et la fit taire pendant qu'Eva dressait la liste des qualités de Clark.

— Surtout, nous sommes très amoureux l'un de l'autre.

— Mais tu es heureuse ? dit alors sa mère après un long silence.

— Oui. Beaucoup.

— Bon. C'est l'essentiel.

Et ce fut tout. Sa mère n'insista pas davantage. Ses appels terminés, Eva consulta son portable, mais Clark n'avait pas cherché à la joindre. Aux urgences, elle traversa à grands pas les unités de traumatologie et d'observation, sans le voir nulle part. Il ne se trouvait pas davantage en salle de conférences et ni Brandi ni Leo ne l'avaient vu. Eva s'apprêtait à lui écrire un texto lorsque son portable sonna. Elle se figea brusquement en lisant sur l'écran le nom de Susan Piper, la directrice de l'hôpital. Bizarre… Eva n'avait jamais eu affaire à elle au cours de ses trois mois à Fremont. Que pouvait-elle lui vouloir ?

— Allô ?

— Bonjour, docteur Gordon. Susan Piper à l'appareil. Pourriez-vous passer à mon bureau dans la journée ? Je souhaiterais m'entretenir avec vous de quelque chose.

— J'arrive tout de suite, si vous voulez.

— Parfait. Je vous attends.

Eva monta au bureau de la direction en se demandant ce qu'elle avait bien pu faire pour être convoquée. Au premier coup frappé à la porte, Susan lui dit d'entrer. Eva ouvrit lentement et passa la tête par l'entrebâillement avant de pénétrer dans la pièce.

— Veuillez vous asseoir, docteur Gordon. Si je vous ai fait venir, c'est parce que je viens d'apprendre que le Dr Abrams va quitter l'hôpital. Sa femme vient d'accepter un poste de DRH à l'Organisation du tourisme des Caraïbes. Ils partent donc à la Barbade bientôt.

Eva l'écoutait, le cœur battant à tout rompre.

— Au cours des dernières semaines, vous nous avez donné maintes preuves de vos compétences exceptionnelles. Je n'ai reçu que des louanges à votre égard, notamment de la part du Dr Malone, votre ancien camarade à la faculté de médecine.

Les mains crispées l'une contre l'autre, Eva se pencha en avant pour mieux écouter. Peu à peu, les paroles de Susan se frayèrent un chemin dans son entendement.

— Je suis ravie de l'entendre. Merci.

— C'est moi qui vous remercie. En gage d'appréciation, nous vous proposons un poste permanent au sein des urgences.

Eva pâlit et porta ses mains à sa poitrine.

— Non, vraiment ?

— Absolument, mais je conçois que ce ne soit pas une décision facile. Déjà, il y a la distance entre Las Vegas et l'Iowa. Votre famille, vos amis se trouvent là-bas et je ne doute pas que vos collègues de la clinique de Black Willow seraient désolés de vous voir partir. Mais vous semblez vous plaire parmi nous et vous vous êtes très bien adaptée aux urgences de Fremont. Donc, réfléchissez-y. Le Dr Abrams ne part pas avant quelques semaines. Je tenais juste à vous informer afin de vous donner le temps de peser le pour et le contre.

— C'est inutile, ma décision est déjà prise. J'adore travailler à Fremont. Je suis venue à Las Vegas pour échapper à des problèmes personnels, mais j'ai trouvé ici un nouveau chez-moi. Donc je n'ai pas besoin d'un délai de réflexion. D'ores et déjà, c'est oui.

— Merveilleux ! Votre contrat sera prêt d'ici deux jours. Nous vous offrons une rémunération attrayante et négociable, bien sûr, mais nous en reparlerons. D'ici là, bienvenue à bord.

Eva se leva, gonflée par une joie qu'elle contenait difficilement.

— Merci mille fois. J'ai vraiment hâte de m'embarquer dans cette aventure.

— Moi aussi. Merci, docteur Gordon.

Sitôt sortie du bureau, Eva courut jusqu'à l'ascenseur tout en rédigeant un texto à Clark. Lorsqu'elle le trouva au premier étage, à l'angle d'un couloir, il faillit la renverser.

— Désolé ! dit-il en la retenant par le bras pour l'empêcher de tomber.

— Te voilà enfin. Je t'ai cherché partout ! Tu ne devineras jamais ce qu'il vient de m'arriver.

— Quoi, depuis qu'on s'est vus il y a une heure ?

— Oui ! Il faut que je te parle dans un endroit calme.

— Suis-moi.

Clark ouvrit la porte d'une salle de consultation vide et ils s'assirent sur un canapé de couleur bordeaux.

— Tout d'abord…

Mais il l'interrompit tout de suite.

— Attends. Il y a un certain nombre de choses que j'ai oublié de te dire tout à l'heure. ça t'embête si je commence ?

— Non, pas du tout, mentit-elle. Vas-y.

Il lui prit les mains dans les siennes.

— Il faut que je t'explique pourquoi j'hésitais à m'engager avec toi. En fait, j'avais l'impression de ne pas être assez bien pour toi. Contrairement à Kyle, je ne suis pas un fils de bonne famille. Tes parents rêvent que tu fasses un beau mariage et je sais à quel point leur avis compte pour toi. À côté d'eux, je me suis dit que mon avis ne pesait pas lourd.

Des larmes jaillirent aux yeux d'Eva. Alors qu'elle ouvrait la bouche pour répondre, Clark réclama le silence d'un geste.

— S'il te plaît, avant que tu ne répondes, laisse-moi te dire que notre amour est spécial, de ceux qu'on ne vit qu'une seule fois. D'après ce que tu m'as raconté de lui, Kyle ne sera jamais assez bien pour toi et tu as tort de lui accorder une seconde chance. Tu es une femme formidable, Eva. Tu mérites le meilleur et j'aimerais être celui qui t'offre ce meilleur.

— Et moi de même, Clark. Moi aussi, je t'aime. Sois tranquille, Kyle ne t'arrive pas à la cheville et j'en ai vraiment fini avec lui. D'ailleurs, je viens de le lui dire au téléphone.

— Non, c'est vrai ?

— Oui. Et aussi à mes parents.

— Ta mère ne s'est pas évanouie, j'espère ?

— Presque, surtout quand je leur ai parlé de nous deux...

— Attends... Là, c'est moi qui vais m'évanouir. Tu as parlé de nous à tes parents ?

— Exactement.

— Et qu'ont-ils dit ?

— Mon père a bien pris la nouvelle. Ma mère, beaucoup moins. Mais je les ai convaincus que tu es quelqu'un de formidable. Au bout du compte, ils ont dit une fois de plus qu'ils voulaient juste que je sois heureuse.

— Et je vais faire en sorte que tu le sois, crois-moi, murmura-t-il.

Il se pencha vers elle pour l'embrasser, mais elle l'en empêcha en posant les mains sur son torse.

— Attends. Je ne t'ai pas tout raconté. On vient de me proposer un poste permanent ici, à Fremont.

Clark bondit de son siège et il la fit virevolter dans ses bras.

— C'est formidable, Eva ! Tu aurais dû me le dire tout de suite.

— J'étais partie pour le faire mais tu as insisté pour parler en premier.

— C'est vrai, dit-il en la reposant doucement. Tu sais que la nouvelle de ton départ va en atterrer plus d'un à Black Willow ?

— *Atterrer*, peut-être pas, mais attrister, oui, sans aucun doute, à commencer par mes parents. Mais ils s'y feront du moment que je m'épanouis dans un travail qui me plaît et avec l'amour de ma vie.

— L'amour de ta vie… J'aime t'entendre dire ça. Écoute, je suis ravi de tout ce que tu me racontes, mais pour bien faire les choses, il va nous falloir poser quelques règles.

— Toi et tes règles… De quoi s'agit-il cette fois-ci ?

— Eh bien, je souhaiterais que tu sois ma femme.

Eva eut l'impression que l'air se raréfiait autour d'elle. Les yeux brouillés par l'émotion, elle le vit poser un genou à terre, puis il lui prit la main gauche et effleura son annulaire d'un baiser.

— Je sais bien que j'aurais dû m'y prendre autrement. Normalement, nos familles et amis auraient dû être là et je devrais t'offrir une bague de diamant, mais j'espère que mon amour suffira, pour le moment du moins. Eva Gordon, veux-tu m'épouser ?

— Oui… Oui !

Elle le mit debout et sauta dans ses bras.

— Enfin, je t'ai retrouvé, dit-il entre deux baisers.

— Oui. Merci d'avoir été aussi patient. Si tu savais comme j'ai hâte de m'embarquer dans cette nouvelle aventure avec toi. Je t'aime, Clark Malone.

— Et moi aussi, Eva Gordon.

Épilogue

Six mois plus tard

Eva s'affaissa contre l'oreiller avec un long soupir.

— ça fait bizarre de se retrouver du côté des patients.

— Tu fais une très jolie patiente, dit Clark.

Ils échangèrent un sourire interrompu par le Dr Hall.

— D'après l'échographie, vous en êtes à environ treize semaines. Il est encore un peu tôt pour l'affirmer avec certitude, mais il semblerait bien que ce soit une petite fille.

Des larmes de joie jaillirent aux yeux d'Eva et Clark l'embrassa.

— C'est juste ce que je voulais, dit-il d'une voix étranglée par l'émotion.

Eva lui caressa le visage avec un petit rire affectueux.

— Arrête de mentir. Tu aimerais un garçon, avoue-le.

— Pas du tout ! Fille ou garçon, je suis content. Ce sera peut-être pour la prochaine fois.

— D'accord, mais commençons par nous concentrer sur ce bout de chou en préparation, dit-elle en observant la petite image fantomatique sur l'écran.

Depuis qu'Eva avait accepté un poste à temps plein à Fremont, les événements s'étaient enchaînés à un rythme fou. Après avoir fait ses adieux et vendu son loft à Black Willow, elle avait emménagé chez Clark. Elle était tombée enceinte peu après, ce qui les avait incités à inviter leur famille et leurs amis proches pour un mariage intime au Wynn, l'un des hôtels les plus luxueux de Las Vegas. Pour l'un et l'autre, ce fut l'occasion de revoir leurs beaux-parents respectifs, la première depuis leurs années d'études. Les parents d'Eva avaient accepté Clark les bras ouverts, surtout sa mère. À la voir s'extasier sur leur union et sur le futur bébé, on aurait pu croire que Kyle n'avait jamais existé. Quant aux parents de Clark, ils avaient toujours été la gentillesse même et ç'avait été un plaisir de les retrouver.

— Vous avez pensé à un prénom ? demanda le Dr Hall.

— Bien sûr, répondit Eva. J'aime beaucoup Simone, Nina, ou encore Devon, Éden... Il y en a tant !

— Et vous, docteur Malone ?

— Franchement, je me range à l'avis de ma femme.

— Ah bon ? Vous n'avez pas de préférence ?

— Docteur, je suis tellement content qu'Eva soit revenue dans ma vie qu'elle peut faire à peu près tout ce qu'il lui plaît.

Eva et le Dr Hall poussèrent à l'unisson un « oh » attendri.

— Ne le lâchez surtout pas, celui-là, remarqua le Dr Hall. Vous n'en trouverez pas deux pareils.

— Je le sais bien, croyez-moi.

Eva essuya les larmes sur ses joues. C'était fou comme sa vie avait changé en moins d'un an. Elle était arrivée à Las Vegas le cœur brisé, mais elle avait trouvé un nouvel amour, un nouveau départ.

— Tu te rends compte ? murmura Clark, la main plaquée sur le ventre rond de sa femme. Nous voilà mariés et bientôt parents.

— Oui, j'ai encore du mal à y croire. Parfois, j'ai l'impression de vivre un rêve. Il n'y a pas si longtemps, je m'étais résignée à ne jamais trouver le bonheur, mais ça... Je ne pouvais espérer mieux. C'est un vrai conte de fées. Ils vécurent heureux...

— Et eurent beaucoup, beaucoup d'enfants.

JANICE LYNN

La règle du bonheur

Traduction française de
ELISA MARTREUIL

BLANCHE

HARLEQUIN

Titre original :
BREAKING THE NURSE'S NO-DATING RULE

1

— Comment faites-vous pour être toujours de bonne humeur ? Pour garder le sourire au milieu de tous ces blessés graves et ces grands malades ?

Julia Simmons, infirmière au service des soins intensifs du Centre Hospitalier de Knoxville, regarda avec gentillesse M. Burch, le mari de sa patiente, une septuagénaire plongée dans le coma à la suite d'une insuffisance respiratoire consécutive à une pneumonie virale, et dont le pronostic vital restait engagé. Comme celui de la plupart des personnes admises aux soins intensifs, que Julia et ses collègues s'efforçaient de sauver.

Elle n'avouerait certainement pas à M. Burch que cette joie de vivre affichée n'était là que pour masquer les zones d'ombre enfouies au fond d'elle.

— Personne ne peut être en permanence joyeux, mais je m'efforce de laisser tous les jours une place au bonheur.

Elle avait même noté : « Décider d'être heureuse » dans la liste de son carnet *Règles pour Réussir sa Vie*.

— Certains jours sont plus faciles que d'autres, admit-elle avec un regard attristé à Mme Burch.

— Vous avez raison, soupira M. Burch, visiblement assailli par les souvenirs. Le Dr Richards va-t-il passer voir Irene ce matin ?

Se sentant rougir en entendant citer le nouveau pneumologue de l'hôpital, Julia détourna la tête. De peur que ses yeux ne trahissent quelque chose qu'elle souhaitait dissimuler ? De peur que M. Burch n'établisse un rapport entre cette possibilité de bonheur et l'existence du Dr Boone Richards ?

— En général, le Dr Richards passe une première fois avant ses consultations du matin et une seconde en fin de journée lorsqu'il les a terminées. N'hésitez pas à m'appeler en cas de besoin.

Après avoir contrôlé une dernière fois les constantes de Mme Burch, elle sortit et devina aussitôt la présence proche de Boone Richards, comme toujours et sans pouvoir se l'expliquer. Probablement un instinct de survie face à un danger imminent, car cet homme portait le mot DANGER écrit sur son front.

Sans surprise donc, elle repéra dans le poste des infirmières en train de blaguer entre elles le Dr Richards, avec son mètre quatre-vingts, son corps d'athlète, son intelligence et… son sourire, le plus irrésistible que Julia ait jamais vu. À supposer même qu'elle en ait eu l'intention, elle n'avait pas la moindre chance de le séduire : il appartenait à cette catégorie d'hommes que les femmes de sa condition et avec son passé étaient condamnées à admirer de loin. De toute façon, elle avait planifié sa vie autrement.

Boone tourna la tête et, apercevant Julia devant la chambre de Mme Burch, il l'emprisonna de ses yeux bleus, auxquels elle rêvait la nuit plus souvent qu'elle ne voulait l'admettre, et lui sourit. Ce fut instantanément le chaos dans la poitrine de Julia.

Il s'excusa auprès de la kinésithérapeute respiratoire avec qui il parlait pour rejoindre Julia.

— Bonjour, Julia. Comment va notre chère Mme Burch, ce matin ?

Malgré le sang qui tambourinait à ses tempes et lui donnait le tournis, elle leva les yeux vers lui.

— D'après Becky, qui était de garde, l'état d'Irene est resté stable pendant la nuit. Il y a quelques minutes, j'ai dégagé ses voies respiratoires avec un cathéter de succion. Quant à ses constantes, elles sont satisfaisantes. Globalement, je trouve qu'elle va un peu mieux ce matin.

— Très bien. Je sais que vous venez de la voir, mais j'aimerais que vous m'accompagniez pendant que je l'examine.

À aucun des médecins avec qui elle travaillait Julia n'aurait refusé ce service, mais encore moins à Boone, qu'elle respectait profondément pour ses compétences et de qui elle apprenait beaucoup. De tous les praticiens qu'elle avait côtoyés, c'était le meilleur. Elle s'était promis que lorsqu'elle aurait obtenu sa maîtrise et exercerait comme infirmière clinicienne, elle prendrait exemple sur son approche des malades et de leur famille : professionnalisme, gentillesse et empathie.

— Je vous avais bien dit que je reviendrais très vite, dit-elle en souriant à M. Burch en entrant de nouveau dans la chambre. Regardez qui je vous amène.

Après avoir ausculté Mme Burch et répondu aux questions de son mari, Boone enregistra ses conclusions dans le dictaphone de son téléphone et se tourna vers Julia.

— Vous avez raison : son état s'est un peu amélioré. Je vais donc diminuer la sédation. Si la kinésithérapeute respiratoire donne son accord quand elle passera tout à l'heure, nous commencerons aussi à réduire l'apport en oxygène.

— Très bien. Je viendrai voir Mme Burch régulièrement et je vous tiens au courant de l'évolution de son état.

— Merci.

— N'hésitez pas à m'appeler si vous avez besoin de quoi que ce soit monsieur Burch, répéta Julia avant de sortir à la suite du médecin.

Avant de continuer ses visites, Boone s'arrêta quelques instants, comme souvent, pour discuter avec Julia de leurs poulains respectifs dans un télécrochet qu'ils suivaient tous les deux avec assiduité. Julia essayait de ne pas en manquer un épisode, en vue de ces moments partagés avec Boone.

— Au fait, comptez-vous participer à la fête de Noël de l'hôpital ? demanda Boone.

— Oui, sauf si on a besoin de moi ici.

À la fin du premier semestre et avant la reprise des cours et des révisions pour les examens finaux, Julia disposait d'un peu de temps libre.

— Super ! dit-il avec enthousiasme. Vous viendrez accompagnée ?

— Non. L'année dernière, j'ai servi de chaperon à Stephanie et son copain Derek, dit-elle en riant à ce souvenir.

— Et vous cherchez un compagnon ? s'enquit Boone dont les yeux étincelaient comme une mer bleue sous le soleil.

Était-ce une invitation ? Elle n'en croyait pas ses oreilles Elle n'appartenait pas au même monde que lui. Et puis il y avait la belle chirurgienne orthopédique qu'il fréquentait déjà bien avant qu'ils ne viennent s'installer à Knoxville. Certes, la rumeur circulait qu'ils avaient rompu, mais Julia avait appris depuis longtemps à ne pas se fier aux potins. Son cœur battait si fort qu'elle peinait à respirer et elle se retint de prendre appui contre le mur.

Peut-être ne pensait-il pas à lui mais essayait-il de caser un copain ? À moins qu'il ne se soit proposé comme chevalier servant par pure amitié ? Quoi qu'il en soit, elle secoua la tête.

— Non. Je suis très bien toute seule.

— Ah bon ? s'étonna-t-il, les yeux un peu assombris. C'est un principe de vie chez vous ?

Elle haussa les épaules.

— Ou y a-t-il une raison particulière ?

À une époque, elle était sortie avec le premier garçon venu, avec une belle insouciance. Et elle avait connu de sacrés numéros ! se rappela-t-elle. Elle avait fini par se ressaisir et renoncer à ce genre d'aventures. C'est alors qu'elle avait rédigé ses *Règles pour Réussir sa Vie.* Elle les avait enfreintes une fois pour un homme qu'elle avait cru si sincèrement épris d'elle qu'elle lui avait révélé ses secrets les plus honteux. Mal lui en avait pris car il ne l'avait plus jamais regardée de la même manière après. Une leçon précieuse qu'elle gardait toujours à l'esprit.

Elle s'était alors promis de toujours respecter ses règles à la lettre, ce dont elle ne pouvait que se féliciter jusqu'à présent. D'autant plus qu'elle avait d'autres priorités dans la vie que de gaspiller son temps et son énergie en relations qui tournaient toujours court. La preuve qu'elles ne duraient pas ? La façon dont Clay l'avait quittée en dépit de ses promesses d'un amour éternel.

Sans compter que ses parents lui avaient fourni un exemple à ne pas suivre. Sa mère, morte prématurément, avait multiplié les liaisons, et son père ne valait guère mieux. Pour autant que Julia sache, son dernier mariage, le quatrième, s'était conclu par un divorce. Alors non, une relation amoureuse n'entrait pas dans ses projets et elle refusait tout rendez-vous avec un homme. En tout cas, avant d'avoir obtenu sa maîtrise, en mai.

— Mes raisons ne vous regardent pas, docteur Richards, répondit-elle d'un ton sec.

Boone la dévisagea, déconcerté par cette agressivité inhabituelle. Mais plutôt que d'insister, il arbora un de ses sourires qui ébranlaient les bonnes résolutions de Julia et l'incitaient à abattre ses défenses devant cet homme si séduisant. Heureusement, la pensée de Clay vint lui rappeler à temps les ravages que causait un amour sans retour.

— C'est exact, admit Boone. Mais si vous changez d'avis, sachez que je suis libre le soir de la fête de Noël.

Il n'avait donc pas joué les intermédiaires pour un copain...

— Si je comprends bien, comme vous êtes disponible ce soir-là, vous voulez que je vous demande d'être mon chevalier servant ?

Il fit mine de réfléchir puis, avec un sourire en coin, répondit :

— Je ne voyais pas exactement les choses de cette façon, mais pourquoi pas ? Je promets de ne pas me faire trop prier.

Encore stupéfaite de cette invitation surréaliste même si, elle en était certaine, il n'envisageait qu'une sortie entre amis, elle rassembla tout son courage pour le regarder droit dans les yeux.

— Si j'étais vous, je ne m'emballerais pas.

— Je m'emballe toujours quand je vous vois, Julia.

À quoi jouait ce Boone ? s'affola Julia dans un accès de panique. Elle devait garder les pieds sur terre. C'était une question de survie. Si elle s'était secrètement éprise du médecin le plus séduisant de l'hôpital, elle n'avait jamais imaginé la réciprocité de ses sentiments. Certes, elle en avait rêvé en secret. Un rêve stupide tout au plus.

— Vous n'avez pas une compagne ?

— Non. Je suis célibataire. Autrement, cette conversation n'aurait pas lieu.

La rumeur avait donc dit vrai. Il n'était plus en couple avec la chirurgienne orthopédique. Et il voulait sortir avec elle, Julia Simmons, se répéta-t-elle sans parvenir à y croire. Oh ! Bien sûr, elle avait remarqué plus d'une fois qu'il l'observait, mais peut-être était-il seulement intrigué de la voir perdre ses moyens quand il approchait.

Bien que flattée, elle était décidée à ne pas flancher et à s'en tenir à ses règles, car le souvenir de ce qu'elle avait souffert en y dérogeant était encore cuisant. Elle avait beau apprécier sa relation professionnelle avec Boone ainsi que les fantasmes secrets qu'elle entretenait à son sujet, elle n'irait jamais plus loin. Et pour ne courir aucun risque, la meilleure solution consistait à maintenir ses distances avec lui, physiquement et affectivement.

— Si vous voulez bien m'excuser, docteur Richards, je dois compléter le dossier de Mme Burch. Bonne journée.

Il ne la suivit pas... sauf du regard. Un regard qu'elle sentait dans son dos. Si bien qu'elle dut s'ordonner de continuer à avancer vers le poste des infirmières, un pied après l'autre, sans tomber, sans courir. Inutile de lui montrer l'effet que ses paroles avaient produit sur elle.

Elle cherchait désespérément à s'expliquer l'intérêt qu'il semblait lui porter. Avait-il deviné qu'il l'attirait et vu en elle une proie facile en attendant de trouver la compagne de sa vie ? Mais elle rechignait à penser du mal de lui. Malheureusement.

— Tu es toute rouge, observa Stephanie, sa meilleure amie et collègue, quand Julia entra dans le poste des infirmières. Notre beau docteur avec qui tu bavardais et qui te dévore des yeux y serait-il pour quelque chose ?

— Non, assura Julia en se retenant de tourner la tête vers Boone.

— À d'autres ! s'esclaffa Stephanie. De quoi parliez-vous donc ? On te voit rarement troublée à ce point.

— De notre patiente.

— C'est Mme Burch qui t'a mise dans cet état ? Il y a un problème ?

— Non, elle est stable. Et je ne vois pas de quel état tu parles.

— Arrête ! Tu es à côté de tes pompes. J'aurais bien voulu être une petite souris pour entendre ce que le Dr Richards t'a dit. Au fait, le bruit court qu'il est séparé du Dr Cunningham.

— Tu sais bien qu'il ne faut pas accorder foi aux rumeurs, répliqua Julia avec un détachement feint, comme si elle ne se sentait pas concernée.

Ce qui serait plus judicieux d'ailleurs. Peu importe que Boone soit libre. Elle, Julia, ne l'était pas. Elle tairait à Stephanie que Boone devait assister à la fête de Noël, car elle entendait déjà son amie lui reprocher de trop travailler, de ne pas lâcher suffisamment prise et aussi de ne pas avoir encore tourné la page du passé et de Clay. Mais il y avait certaines choses que Stephanie ne pouvait comprendre. Julia, elle, savait ce qu'il lui en avait coûté de lâcher prise. Aussi avait-elle tout intérêt dorénavant à serrer la vis.

— Oui, je sais. Mais dans le cas précis, j'ai tendance à croire la rumeur. D'autant plus qu'elle m'arrange, car j'espérais que tous les deux vous aviez fini par admettre ce que tout le monde a déjà compris.

— C'est-à-dire ? s'étrangla Julia en caressant nerveusement le tatouage sur la face interne de son poignet gauche.

— Que l'air se met à grésiller lorsque vous vous trouvez tous les deux dans la même pièce.

Cela se voyait donc tant que ça ? songea Julia, écarlate. Mais elle se tourna vers Stephanie en ricanant :

— N'importe quoi ! C'est juste ton cerveau de femme amoureuse qui disjoncte et que tu entends grésiller. Tu crois que le reste de l'humanité vit la même chose que toi. Je te souhaite tout le bonheur du monde, Stephanie. Derek est un type super. Mais mon expérience m'a appris que les relations heureuses ne durent pas.

— Avec Derek elle va durer, asséna Stephanie. Toi, tu te persuades que tous les hommes sont comme Clay. Un prétexte pour te cacher derrière les remparts dont tu t'es entourée quand il t'a quittée. Mais tu te trompes. Le Dr Richards, par exemple, est quelqu'un de vraiment bien. S'il n'a personne dans sa vie, invite-le donc à dîner. Attention ! Ça grésille, conclut-elle l'index levé.

Que l'air grésille ou non autour de Boone, Julia refusait d'admettre, même devant son amie, qu'elle ressentait autre chose pour lui qu'une admiration professionnelle. Elle était heureuse, en bonne santé et elle suivait le cap qu'elle s'était fixé. Alors, pourquoi risquer une nouvelle déception sentimentale et son inévitable cortège de souffrances ?

Quelques jours plus tard, le Dr Boone Richards regardait en souriant la ronde des chats de toutes les couleurs brodés sur la blouse rose vif de la petite brune qu'il commençait à rendre responsable de son insatisfaction lancinante depuis quelque temps. Une accusation injuste puisqu'il n'avait objectivement aucune raison de se plaindre : il exerçait le métier dont il avait toujours rêvé et, côté vie privée, Olivia n'aspirait qu'à devenir sa femme. Mais au lieu de lui offrir la bague de fiançailles qu'elle attendait, il avait mis récemment un terme à leur relation qui durait depuis cinq ans.

À dire vrai, ils auraient dû rompre depuis des années. Mais ils s'étaient installés dans un train-train si confortable, dans une vie apparemment si parfaite, qu'ils avaient négligé un paramètre important : ils n'étaient pas amoureux. Malgré tous ses efforts, Boone n'avait pas réussi à s'imaginer vieillir aux côtés d'Olivia. Dès qu'il s'était avoué cette vérité, il avait rendu sa liberté à sa compagne. Plus exactement, il leur avait rendu leur liberté à tous les deux.

Tout ce qui aurait dû apparaître évident dès le départ lui sauta alors aux yeux. Par exemple, l'impatience avec laquelle il attendait de voir Julia Simmons quand il consultait aux soins intensifs. L'espoir qu'elle serait de service en même temps que lui pour discuter avec elle. Il appréciait tant leurs échanges et sa personnalité !

Ces derniers jours cependant, l'occasion de bavarder avec elle ou d'admirer son entrain ne s'était guère présentée. Depuis qu'il l'avait invitée à la fête de Noël, elle évitait systématiquement son regard et s'éclipsait chaque fois qu'il entrait dans le service. Il en devenait fou mais ne pouvait s'en prendre qu'à lui-même. Il avait complètement manqué son coup. À sa décharge, c'était la première fois en cinq ans qu'il faisait des avances à une femme.

— Docteur Richards, appela Julia les yeux rivés sur le chariot de médicaments. Mme Burch supporte bien la diminution de l'apport en oxygène. Allez-vous lui enlever sa sonde respiratoire aujourd'hui ?

Regarde-moi. Laisse-moi voir tes yeux pour que je sache si je ne me suis pas trompé. Si j'y ai réellement lu que je ne te laissais pas indifférente.

— Appelez-moi Boone. Mais oui, je supprimerai probablement la ventilation. J'aviserai quand je l'aurai examinée.

— Sa famille sera contente et elle aussi. Quant au premier point…

Ses longs cils caressèrent ses joues roses.

— Non, je ne préfère pas.

— La plupart des collègues m'appellent Boone. Alors, pourquoi pas vous ?

— Vous avez travaillé dur pour obtenir votre titre. Alors soyez-en fier. Ce n'est pas un problème pour moi de l'utiliser.

Pour elle, peut-être, mais pour lui c'en était un. Aussi professionnel qu'il se montre pendant le service, il n'en restait pas moins un homme, attiré par une femme. Elle, en revanche, n'était pas une femme attirée par l'homme qu'il était. Si seulement ses yeux n'exprimaient pas le contraire ! Était-ce pour cette raison qu'elle refusait de croiser son regard ? Mais peu importe ce que disaient ses yeux quand, en paroles, elle le repoussait explicitement. Il n'avait pas d'autre choix que de l'accepter.

— Si vous y tenez, concéda-t-il avec un sourire forcé. Bien. Allons voir si Mme Burch peut être débarrassée de sa sonde.

La septuagénaire était réveillée lorsque Boone et Julia entrèrent dans sa chambre. Son mari, à son chevet, lui tenait la main avec un amour évident. Exactement ce à quoi Boone aspirait. Un amour qui durait toute la vie, contre vents et marées. Il ne regrettait aucunement d'avoir rompu avec Olivia mais se demandait s'il ne courait pas après une chimère.

— Re-bonjour, madame Burch, dit Julia avec un sourire chaleureux à leur patiente qui, toujours incapable de parler à cause de la sonde, la salua pouces levés.

Puis avec le même sourire, Julia parla brièvement avec le mari. Ses efforts pour connaître les patients et son empathie expliquaient en partie pourquoi Boone aimait travailler avec elle.

— Bonjour, salua-t-il à son tour avant d'ausculter Mme Burch pour s'assurer qu'il pouvait en toute sécurité supprimer l'assistance respiratoire.

Puis, regardant la malade droit dans les yeux, il dit :

— Tous les examens indiquent que vous pouvez respirer seule. Malgré tout subsiste le risque qu'il faille de nouveau vous intuber lorsque la machine aura été débranchée.

Mme Burch leva de nouveau les pouces pour indiquer qu'elle avait compris.

— Il est très important qu'ensuite vous utilisiez votre spiromètre pour renforcer vos poumons et empêcher des sécrétions de les encombrer. Au départ, vous allez être essoufflée. C'est normal, mais efforcez-vous de respirer à fond. La kinésithérapeute respiratoire viendra vous y entraîner.

Là-dessus, Julia entreprit d'aspirer les mucosités qui s'accumulaient dans les voies respiratoires lors d'une ventilation mécanique, puis se plaça de l'autre côté du lit en face de Boone, un linge à la main, prête si besoin à recommencer la manœuvre après l'extubation.

Avant d'officier, Boone, sentant l'anxiété de Mme Burch, lui expliqua en détail comment il allait procéder. Puis il tira sur la sonde et Mme Burch eut un hoquet, comme si elle étouffait, qui se transforma heureusement en une toux sonore.

— C'est important de tousser, dit Boone. C'est le moyen dont le corps dispose pour désencombrer les bronches. Vous allez probablement avoir mal à la gorge pendant quelques jours. Ne vous inquiétez pas, ça passera.

Là-dessus, il se débarrassa de sa tenue de protection qu'il jeta à la poubelle.

— Je passerai vous voir ce soir, madame Burch. Julia, appelez-moi ou envoyez-moi un texto en cas de problème.

— Bien, monsieur, répondit-elle, les yeux rivés sur sa patiente, avant de lui prodiguer des conseils pour pratiquer ses exercices respiratoires

Boone se désolait de la froideur de Julia à son égard, qui contrastait avec la bienveillance qu'elle réservait à Mme Burch. Julia, qui ne s'était pas montrée avare de sourires avant la fatale invitation, ne le regardait même plus. Boone, blessé par cette indifférence, décida de tenter de la combattre. Peut-être qu'avec du temps et de la patience... On pouvait toujours espérer.

Soit. Elle ne voulait pas sortir avec lui, mais ne pouvaient-ils être amis ? Elle lui offrirait alors de nouveau ses sourires et son enjouement.

La journée avait été longue et fatigante et Julia, qui se dirigeait vers l'ascenseur pour partir, n'avait qu'une envie : rentrer chez elle, prendre une douche bien chaude, manger un morceau et câliner sa chatte Nougatine tout en révisant pour les partiels.

— Julia, il faut que je clarifie les choses.

Julia tourna la tête vers l'homme qui avait couru pour la rattraper. Elle soupira. Boone ne l'avait-il pas suffisamment perturbée cette semaine ?

— Je vous dois des excuses, Julia. Laissez-moi vous expliquer, ajouta-t-il quand elle voulut l'arrêter.

Intriguée malgré elle, elle ralentit le pas.

— Lorsque je vous ai invitée à m'accompagner à la fête de Noël il y a quelques jours, je ne cherchais en aucun cas à vous embarrasser ou à vous harceler. Pas plus que lorsque je vous ai demandé de m'appeler par mon prénom.

Julia ne l'en aimait que plus d'avoir fait l'effort de s'excuser. Or elle ne voulait pas l'aimer davantage. Elle l'aimait déjà trop.

— Depuis ce jour, vous m'évitez.

Impossible de le nier. Mais il occupait presque toutes ses pensées depuis cette histoire de fête de Noël alors qu'elle devait se consacrer entièrement à ses études.

— Nos rapports se sont dégradés et c'est par ma faute. Je suis désolé.

— Excuses acceptées.

Elle faillit s'excuser elle aussi. Mais de quoi ? D'avoir agi comme elle le devait ? Aussi flattée qu'elle soit par son invitation et à supposer même qu'il ait été sérieux, elle savait qu'ils étaient trop différents pour qu'une relation fonctionne entre eux. Elle leur épargnait donc à tous les deux une perte de temps.

— Je pensais que mon attirance pour vous était réciproque, dit-il avec un sourire d'autodérision. À tort apparemment, étant donné votre attitude. J'ai compris que mon comportement stupide avait nui à la fois à notre amitié et à notre relation professionnelle.

Au regard qui accompagna les propos de Boone, Julia ne put douter de sa sincérité.

— Telle n'était vraiment pas mon intention. Vous êtes une personne et une infirmière extraordinaire avec qui je souhaite de tout cœur continuer à travailler. Si je vous ai offensée en vous témoignant mon intérêt, j'espère que vous me pardonnerez.

Elle aurait pu répondre tellement de choses ! Qu'elle n'avait pas été offensée mais abasourdie et flattée. Qu'il était un homme bien, mais que même les hommes bien brisaient les cœurs. Qu'entre son travail, ses cours, ses stages et ses heures de bénévolat à la Maison de l'Espoir, qui offrait des cures de désintoxication aux femmes toxicomanes, il ne lui restait pas de temps pour sa vie amoureuse. En tout cas, pas avant d'avoir obtenu son diplôme. Et même après, elle n'était pas sûre de vouloir courir le risque d'une relation. Après Clay, elle s'était résignée à l'idée de passer sa vie en solo.

— Puis-je me racheter ?

Il regardait Julia avec des yeux implorants qui la bouleversèrent.

— Vous vous êtes excusé. N'en parlons plus.

Elle n'en revenait toujours pas qu'il soit attiré par elle et qu'il ait à cœur de rétablir leur relation de travail. Mais hors de question de le lui montrer.

En d'autres circonstances, elle aurait été transportée de joie. Dans les circonstances actuelles… elle était aussi transportée de joie. Comment aurait-il pu en être autrement après les éloges qu'il venait de lui adresser ? Elle n'oubliait évidemment pas qu'il ignorait qui elle était vraiment. Il ne connaissait que ce qu'il voyait d'elle à l'hôpital. Cela prouvait au moins qu'elle était sur la bonne voie. Qu'elle s'amendait. Dommage que le passé ne disparaisse jamais complètement.

— Julia ?

Elle leva la tête vers ses yeux bleus hypnotiques. Elle s'en était abstenue jusqu'à présent par peur de ce qu'il pourrait voir dans les siens. D'autant plus qu'il y avait déjà lu que leur attirance était mutuelle.

— Je vais essayer de ne plus vous importuner. J'ai vraiment envie d'apprendre à vous connaître autrement que dans le cadre professionnel, mais j'ai compris que vous ne partagiez pas ce désir et je respecterai votre souhait.

Comme il se trompait ! Elle ressentait cette attirance entre eux. Hélas, contrairement à Boone, elle ne pouvait y céder car elle connaissait les conséquences d'un engagement sentimental avec quelqu'un qu'elle finirait par décevoir.

— J'ai une question à vous poser, Julia, si vous voulez bien.

Elle attendit, inquiète.

— Avez-vous refusé mon invitation à la fête de Noël parce que je ne vous plais pas ou parce que vous ne voulez pas que nos collègues nous voient ensemble ? Dans ce dernier cas, je vous emmènerai où vous voulez.

— Merci. Effectivement je n'aimerais pas qu'un premier rendez-vous ait lieu devant nos collègues mais, de toute façon, comme je vous l'ai dit, je ne veux personne dans ma vie.

Hors de question qu'elle compromette son avenir pour un homme, fût-il aussi attirant que Boone.

2

Pour ne pas céder à des tentations dangereuses, Julia s'était portée volontaire pour travailler le soir de la fête de Noël. Malheureusement, l'infirmière chef avait déjà établi le planning. Tiraillée entre appréhension et excitation, elle pressentait que contrairement aux années précédentes, elle serait trop tendue pour profiter à plein de la soirée.

Boone avait-il trouvé une autre cavalière ? s'interrogea-t-elle, par simple curiosité naturelle mais aussi pour se préparer psychologiquement à cette éventualité. À moins qu'il ne se soit remis avec son Olivia ? Depuis qu'il s'était excusé quelques semaines plus tôt, il s'était en effet montré réservé et très soucieux de ne pas sortir du cadre strictement professionnel avec elle.

— Tu sembles hypnotisée par le planning, plaisanta Stephanie dans le dos de Julia. Oh ! Génial ! Tu ne travailles pas le 9 décembre. Tu viens avec Derek et moi cette fois encore ?

— Je ne suis pas sûre d'y aller.

— Et pourquoi donc ? Tu ne peux pas rater cette occasion de te changer les idées avec les collègues, loin des malades.

— Bah si. Et puis j'aimerais faire des heures supplémentaires pour mettre un peu d'argent de côté pendant la pause entre les deux semestres. Les stages pratiques et les cours m'en empêchent en temps normal.

Au moment où elle terminait sa phrase, Julia eut l'impression que l'air se mettait à vibrer.

— Bonjour, docteur Richards, le salua Stephanie avec une chaleur qui mit Julia sur ses gardes. Nous parlions de la fête de Noël de l'hôpital. Pensez-vous y aller ?

— Oui, c'est au programme, répondit-il avec un bref regard à Julia qui se mit à rougir.

— Derek et moi emmènerons Julia, l'informa Stephanie avec un sourire exagérément charmeur. Il faudra vous joindre à notre joyeuse bande, pas vrai Julia ?

Julia sentait le regard de Boone sur elle et, sans lever la tête vers lui, elle éteignit l'écran de l'ordinateur et recula sa chaise.

— Je t'ai dit que je n'étais pas sûre d'y aller, Stephanie.

— Voyons, Julia ! Tu auras terminé tes partiels et le second semestre n'aura pas encore démarré. Le moment idéal pour te mettre dans l'esprit de Noël.

La période des fêtes, qui évoquait pour Julia davantage de déceptions que de bons souvenirs, représentait avant tout aujourd'hui l'occasion de doubler sa paye grâce aux heures supplémentaires.

— Vous poursuivez vos études ? demanda Boone en transperçant de son regard bleu une Julia quasiment écarlate à présent.

— Elle prépare une maîtrise, répondit Stephanie qui savait que Julia, bien que fière de ce qu'elle essayait d'accomplir, n'était pas du genre à s'en vanter. Je l'admire beaucoup. Elle est aussi intelligente que belle. Elle angoisse pour ses examens, mais ne vous y fiez pas, elle est dans les premières de sa promotion. Comme toujours.

« Merci, mais arrête ça ! » intima Julia du regard à sa collègue.

— Ah ! C'est mon pager ! s'exclama Stephanie, au soulagement de Julia, quand des bips sonnèrent dans la poche de sa blouse. C'était un plaisir de vous voir, docteur Richards.

Sur ces mots, elle partit s'occuper de son patient.

— J'ignorais que vous aviez repris la fac.

Boone s'assit sur une chaise à côté de Julia.

— Comment le sauriez-vous ?

Il passa sa main dans ses cheveux soyeux avant de dire :

— Comme j'ai promis de ne pas vous importuner, je me garderai de vous répondre que cela m'intéresse.

Julia tourna enfin la tête vers lui et, devant la sincérité de son regard, ne put s'empêcher de demander, sans cacher son étonnement :

— Pourquoi ?

— Ce n'est pas un secret que j'aimerais mieux vous connaître, Julia. Je reconnais que mon invitation à la fête de Noël n'était pas l'idée du siècle. Vous aviez raison : nous serions trop exposés à la curiosité de nos collègues. J'aurais dû davantage réfléchir. Mettons cette maladresse sur le compte de mon inexpérience, car cela fait très longtemps que je n'ai pas proposé un premier rendez-vous à une femme. Si c'était à refaire, je vous inviterais simplement à dîner dans un restaurant sympa pour bavarder autour d'un bon repas et apprendre à nous connaître en dehors du travail.

« Simplement » ?

— Ce serait en effet un meilleur plan si vous voulez tenter votre chance avec une autre collègue.

— Il n'est pas question que je tente ma chance avec qui que ce soit d'autre, répliqua-t-il dans un froncement de sourcils. C'est avec vous et uniquement vous que je veux sortir, Julia. Mais je dois tenir ma promesse, alors restons-en là et parlez-moi d'Aaron West. Le malade qui vient d'être admis en soins intensifs.

Aaron West. Un patient qui, en la renvoyant à son propre passé, rappelait à Julia pourquoi elle ne devait à aucun prix dévier de la route qu'elle s'était tracée vers la réussite.

— Aaron, dix-sept ans, a été victime d'une overdose après avoir avalé un mélange d'oxycodone et de fentanyl. Heureusement ses « amis » lui ont administré du naloxone et ont immédiatement appelé les urgences. À son arrivée à l'hôpital, comme il ne respirait quasiment plus, on lui en a injecté une dose supplémentaire. Mais son pronostic vital reste engagé.

— Il réagit aux stimuli ?

— Non. Il est à 7 sur l'échelle du coma de Glasgow.

— Quel gâchis ! soupira Boone en secouant la tête. Allons le voir.

Julia le suivit en priant pour qu'Aaron survive et que, comme elle, il saisisse cette chance de se reprendre.

— Je n'ai pas trouvé trace d'hospitalisations antérieures dans son dossier, dit Boone. C'est sa première fois ?

— Oui. D'après la jeune fille qui a appelé les urgences, il boit de temps en temps mais il ne se drogue pas. Elle est à peu près certaine qu'il n'a pris qu'un seul comprimé.

— Ce qui peut suffire à causer la mort s'il contient aussi du fentanyl. Comme beaucoup de gamins, il ignorait probablement le danger. Espérons qu'Aaron apprendra de ses erreurs et ne gardera pas de séquelles.

À l'âge d'Aaron, Julia s'était engagée aussi dans une spirale d'autodestruction. Il avait fallu un coma comme celui du jeune homme, une infirmière providentielle et une cure de désintoxication pour qu'elle prenne conscience des risques qu'elle avait courus. À la différence de beaucoup d'autres, elle avait su attraper la perche que la chance lui avait tendue.

— Ça ne se présente pas bien, n'est-ce pas ? commenta Julia en entendant Boone soupirer après avoir examiné Aaron.

Elle s'abstenait habituellement de manifester son inquiétude, en particulier dans la chambre d'un malade dont on ne savait jamais avec certitude ce qu'il entendait. Mais elle avait été ébranlée ce matin par les pleurs de la mère d'Aaron.

— Non, acquiesça Boone. Pas plus de deux visiteurs à la fois, mais laissez ses parents passer autant de temps avec lui qu'ils le veulent, à condition que cela ne compromette pas les soins.

— Entendu, docteur, dit Julia en suivant Boone dans le couloir, visiblement contente qu'il autorise cette entorse au règlement.

— Ces cas-là sont particulièrement éprouvants pour les soignants, vous ne trouvez pas ? observa Boone tandis qu'il se désinfectait les mains.

Julia s'étonna de cette remarque. Tous les cas n'étaient-ils pas avant tout éprouvants pour l'entourage des patients ? Boone aurait-il eu vent de son passé ou bien faisait-il simplement la conversation ? La seule pensée qu'il puisse être au courant de ses erreurs et de ses choix calamiteux d'autrefois la déstabilisait et la fragilisait.

— Une personne que je connaissais bien est tombée sous l'emprise de la drogue, poursuivit-il le regard perdu au loin. C'était une athlète, une étudiante brillante. Elle était belle. Un avenir heureux s'offrait à elle. Elle a tout perdu à cause de la drogue. Je n'ai jamais compris comment on pouvait gâcher sa vie pour le seul plaisir de se défoncer.

— On fait rarement une overdose pour le plaisir de se défoncer.

L'erreur de Boone était courante. La prise de drogue dépassait de loin l'envie de planer. Elle s'expliquait par de multiples causes : dépression, angoisse, pression de ses pairs, conditions de vie pénibles...

Pourquoi la remarque de Boone l'irritait-elle autant ? Peut-être parce qu'elle s'était attendue à ce qu'il maîtrise mieux le sujet. À dire vrai, elle ne doutait pas de ses connaissances sur la question. Elle était persuadée qu'il avait réfléchi à haute voix sous le coup de souvenirs déplaisants. Elle surréagissait parce qu'elle cherchait à noircir l'image de Boone à ses propres yeux.

Il finit par tourner les yeux vers elle.

— Effectivement, je ne crois pas que ce gamin ait délibérément consommé une dose trop forte de drogue.

Comme Julia, il pensait qu'Aaron avait cédé à la pression de ses copains et avait eu la malchance de tomber sur un comprimé trafiqué auquel son organisme n'était pas habitué.

— Cela dit, lui seul est responsable de ses choix, conclut-il.

— Oui, probablement, dit-elle un peu sèchement.

— Je vous ai froissée, Julia ? demanda-t-il en la scrutant.

— Non... Enfin, peut-être. Je voulais seulement dire que vous ne devriez pas juger les autres sans connaître leur vie.

— Je suis d'accord. Mais cela vaut aussi pour vous, ajouta-t-il en prenant Julia de court.

Il avait raison, bien sûr. Elle le jugeait de façon totalement injuste car maintenant qu'elle savait qu'elle l'attirait et qu'il était célibataire, elle essayait à tout prix de lui trouver des défauts. Une façon de se défendre contre la séduction qu'il exerçait sur elle.

— Pour info, sachez que j'apprécie la façon dont vous exercez votre métier d'infirmière, autant avec les patients qu'avec leur famille. Votre gentillesse et votre empathie sont parmi les premières choses que j'ai remarquées en arrivant au Centre Hospitalier de Knoxville.

Il avait parlé avec une douceur incroyable et était manifestement loin d'avoir épuisé sa réserve d'éloges. Mais il jeta un coup d'œil à sa montre.

— C'est l'heure de mes consultations. Appelez-moi en cas de besoin. Bonne journée, Julia.

— Euh… À vous aussi.

Le ventre noué, elle le regarda s'éloigner. Si un jour elle s'écartait du chemin qu'elle s'était fixé, ce serait à cause de Boone Richards, songea-t-elle. Mais cela ne se produirait pas. Elle garderait le cap, aussi tentant soit ce qu'elle lisait dans les yeux de cet homme.

— Cette robe rouge te va à merveille !

Julia adressa un sourire un peu gêné à Patti, sa chef, qu'elle avait croisée par hasard au moment où elle entrait avec Stephanie et Derek dans la salle de bal joliment décorée pour l'occasion avec des branches de sapin odorantes et des gros rubans rouges.

— Qu'est-ce que je t'avais dit ! exulta Stephanie. Et tu as bien fait d'abandonner ta queue-de-cheval d'hôpital.

Pourquoi avait-elle lâché sa masse de cheveux ? se demanda Julia. En fait, pourquoi s'était-elle apprêtée avec autant de soin ?

Hypocrite ! Comme si tu ne le savais pas !

— Merci, Patti.

— J'en connais un qui va s'en vouloir à mort de ne pas t'avoir demandé de l'accompagner, chuchota Stephanie à l'oreille de Julia. Ah ! Voilà Kevin, Rob et Becky ! Ils ont réussi à mettre la main sur une table près de la piste de danse. Ils nous font signe. Rejoignons-les.

À peine Julia eut-elle échangé quelques mots avec ses collègues qu'elle ressentit une sensation bizarre dans le ventre.

— Ne te retourne pas, ton médecin favori vient par ici, prévint Stephanie à voix basse en tendant un verre d'eau à Julia et en s'asseyant à côté d'elle.

Julia respira profondément pour calmer les battements de son cœur. Que répondre ? Elle ne pouvait nier que Boone était son médecin favori !

— Crois-moi, continua Stephanie, après t'avoir vue ce soir il demandera au Père Noël de t'apporter dans sa hotte le 25 décembre. Ho-ho-ho !

Julia leva les yeux au ciel.

— À présent qu'il est célibataire et qu'il sait que tu l'es aussi, il ne pourra résister à l'envie de sortir avec toi.

— Comment sait-il que je suis célibataire ?

Si elle avait révélé à Boone sa détermination à faire une croix sur sa vie amoureuse, elle n'avait en revanche pas soufflé mot à Stéphanie de cette conversation.

— Il est possible que je l'aie mentionné, admit Stephanie dans un sourire.

— Tu exagères. Tu sais parfaitement que je ne veux pas d'homme dans ma vie.

— Uniquement parce que tu n'es pas encore tombée sur le bon, riposta Stephanie imperturbable.

— N'importe quoi. Tu sais très bien que je suis trop occupée pour sortir avec Boone.

Sans compter qu'elle ne jouait pas dans la même catégorie que lui et qu'il l'avait invitée en désespoir de cause, elle en était persuadée, parce qu'il n'avait pas de petite amie à ce moment-là.

— Boone ? Vraiment ? Alors c'est pour lui que tu t'es faite aussi belle ce soir ? Aurais-tu un rendez-vous secret avec le Dr Richards ?

— Tais-toi ! ordonna Julia en se tournant sur sa chaise pour voir Boone, qu'elle eut tout loisir d'admirer car le Dr Vaughn l'avait intercepté pour lui présenter sa femme.

Avec son pantalon noir, sa chemise rouge amidonnée et sa cravate verte, il avait fière allure.

Comme en tournant la tête il la surprit qui l'observait, il souleva un sourcil interrogateur : pourquoi semblait-elle s'intéresser à lui alors même qu'elle avait refusé son invitation ? Il n'était pas le seul à se poser des questions. Julia aussi s'en posait. Entre autres sur les réactions physiques que sa seule vue lui provoquait, bien au-delà de sa tenue vestimentaire. Ce qui l'émouvait surtout, c'était son regard bienveillant, l'attention qu'il portait à ses malades, ses sourires vrais.

Comme celui qu'il arbora soudain, si éclatant que Julia avala sa salive tandis qu'un feu intérieur la dévorait et montait à la surface. Danger !

— Il te plaît, avoue-le, chuchota Stephanie.

— Le Dr Richards est un homme indéniablement séduisant. *Euphémisme de l'année !* Il est intelligent, drôle, attentionné, honnête. Et après ? C'est aussi le pneumologue vedette de l'hôpital qui sort d'une longue histoire avec une superbe chirurgienne orthopédique. En fait, ce n'est peut-être qu'une simple dispute et ils ne vont pas tarder à se réconcilier.

— C'est possible mais je ne le crois pas, répondit Stephanie en dévisageant son amie. Il t'a proposé de sortir avec lui, non ? Proteste autant que tu voudras, mais j'ai vu comment son visage s'illumine dès qu'il te voit et le tien aussi dès qu'il apparaît. Tu l'attires, Julia, et je suis certaine que c'est réciproque.

« Quelque chose ne tourne pas rond chez toi, Julia, poursuivit Stephanie comme son amie gardait le silence. Tout le personnel féminin de l'hôpital est en émoi depuis qu'il est devenu le meilleur parti de Knoxville après sa rupture avec la chirurgienne. Tu m'as fait des cachotteries. Non seulement il t'a invitée, mais tu l'as rejeté, le pauvre bougre ! Décidément, il faut te faire soigner. »

Feignant l'affolement, Stephanie lança à la ronde :

— Y a-t-il un médecin dans la salle ? Docteur ? Docteur ? Mon amie ici ne va pas bien. Elle a besoin de toute urgence d'un bouche-à-bouche pour lui oxygéner le cerveau.

Julia ordonna à Stéphanie d'arrêter ses gesticulations.

— Ma tête va très bien. En revanche, toi tu es complètement dérangée... Arrête ton cinéma, je t'en prie, dit-elle alors que Boone s'excusait auprès des Vaughn pour rejoindre la bande de Julia.

Debout de l'autre côté de la table en face de Julia, il se mit à bavarder joyeusement avec ses collègues. Puis ses yeux bleus se tournèrent vers Julia, allumant en elle une étincelle de désir. Elle n'aurait su comment décrire autrement sa sensation. De toute évidence, il appréciait sa tenue et malgré elle, elle fut flattée par son regard approbateur, par son sourire, par l'attention qu'il lui portait. Elle retrouvait une confiance en sa féminité qu'elle avait perdue depuis longtemps. Si seulement elle pouvait croire qu'il ne se détournerait pas d'elle s'il entrevoyait ce qui se cachait derrière la façade qu'elle avait construite !

— Le rouge vous va très bien, la complimenta Boone quand il s'approcha d'elle. Cela dit, tout vous va.

— Merci. Vous n'êtes pas mal vous non plus.

Oups ! Avait-elle parlé à voix haute ? Le ricanement de Stephanie le lui confirma. Les joues en feu, elle fit mine d'être absorbée par les quelques couples qui se déhanchaient sur la piste de danse.

— Derek propose que nous attaquions ce somptueux buffet avant qu'il n'y ait trop de monde, dit Stephanie. Tu viens avec nous, Julia ?

Une bonne excuse pour s'éloigner de Boone. Mais aussi pour Stephanie un prétexte pour continuer son interrogatoire.

— Merci, mais ça va pour le moment, finit-elle par répondre.

De toute façon, elle avait l'estomac trop noué pour avaler quoi que ce soit.

— Moi, je veux bien, s'écria Becky. Je meurs de faim

— Tu gardes nos places, Julia ? ajouta-t-elle comme tout le

monde se levait, laissant Julia piégée avec Boone, qui s'assit sur la chaise libérée par Stephanie.

— Vous passez une bonne soirée ?

— Nous sommes arrivés depuis peu, mais tout le monde semble s'amuser.

— Nous ?

— Je suis venue avec Stephanie et Derek.

— Ah oui, c'est vrai !

— Et vous-même ? Quelqu'un vous attend à une autre table ?

Ça ne va pas, non ? Qu'est-ce qui te prend ?

— Je suis seul puisque c'est avec vous que je veux être.

Elle déglutit. Comme elle aimerait jeter toute prudence aux orties et sortir avec lui ! Hélas...

— Ne vous fâchez pas. J'ai juste répondu avec franchise à votre question. Si votre décision de ne pas avoir d'homme dans votre vie vaut toujours, nous pouvons être simplement amis.

Simplement amis avec l'homme le plus séduisant qu'elle ait jamais rencontré et qu'elle attirait ? Ben voyons. Mais elle avait relevé des défis plus difficiles dans sa vie, après tout.

— Euh... Oui, ça, je peux.

— Je n'ai jamais douté de vos capacités, plaisanta-t-il. Alors parlez-moi de vous d'amie à ami. Depuis combien de temps travaillez-vous au Centre Hospitalier de Knoxville ?

— Depuis que j'ai obtenu mon diplôme d'infirmière, il y a deux ans.

Pourquoi avait-elle l'impression de baisser la garde en répondant à cette question anodine ? Simplement, parce que plus Boone en savait sur elle plus elle se sentait vulnérable.

— Vous avez donc vingt-quatre ans ?

— Non, vingt-sept.

— Vous n'avez pas commencé vos études d'infirmière dès la fin du lycée, alors. Qu'avez-vous fait entretemps ?

Comment répondre avec honnêteté à cette question, tout à fait naturelle au demeurant ?

— Des petits boulots, à gauche et à droite. Serveuse, caissière, manutentionnaire… N'importe quoi pour régler mes factures. Je ne faisais pas la difficile.

Elle avait en effet accepté à peu près tout ce qui se présentait, sans jamais s'y tenir, tant qu'elle avait été sous l'emprise de la drogue.

— Vous avez payé vous-même votre école ? demanda-t-il, visiblement intrigué.

L'école de la vie.

— Oui. Mais pourquoi êtes-vous le seul à poser des questions ?

— Je vous en prie. Demandez-moi ce que vous voulez savoir.

Très bien. Au tour de Boone d'être sur le gril.

— Depuis quand êtes-vous médecin ?

— J'ai terminé ma spécialisation en mai.

— J'ai entendu dire que vous aviez commencé vos études à Memphis. Vous êtes originaire de là ?

— Oui. C'est pour être près de ma famille que j'ai choisi de commencer mes études là. Mon père et mon frère sont tous les deux médecins à l'hôpital pour enfants St Jude et ma mère gère une entreprise de fret qui appartient à sa famille paternelle depuis plus de cent ans.

Comme elle s'y était attendue, Boone venait d'un milieu très différent du sien. Pour sa part, quand elle était adolescente, elle avait débarrassé les tables dans les bars où sa mère travaillait. La seule « entreprise familiale » qu'elle ait connue.

— Vous êtes proche de vos parents ?

— Oui. De ma mère en particulier. Je peux tout lui dire. Nous nous parlons ou nous envoyons des textos presque tous les jours. J'aime beaucoup mon père et mon frère aussi, mais je suis plus complice avec ma mère. Je serais retourné à Memphis si Oliv…

Il s'arrêta comme pour réfléchir à ce qu'il allait dire exactement.

— Comme vous le savez, j'ai été en couple pendant plusieurs années. D'un commun accord, nous avions décidé de nous installer à Knoxville dans un premier temps.

— C'était donc une relation sérieuse, observa Julia.

Par curiosité ? Par jalousie ? Un peu des deux probablement.

— Oui. Nous nous sommes rencontrés en première année de fac de médecine et nous sommes restés cinq ans ensemble.

— Que s'est-il passé ?

La question lui avait échappé. Elle voulut la retirer mais Boone répondait déjà.

— Il ne s'est rien passé de particulier. Peut-être nos centres d'intérêt avaient-ils changé et nous étions-nous insensiblement éloignés l'un de l'autre. À moins que nous n'ayons tout bonnement pas été faits l'un pour l'autre dès le départ. Attention ! C'est une femme formidable. Mais il ne m'a pas paru correct de continuer une relation que je savais sans avenir.

— C'est vous qui y avez mis un terme ?

Si c'était le cas, il n'avait pas subi de blessure narcissique qui l'aurait poussé à soigner son ego de mâle en sortant avec elle, Julia, comme elle l'avait supposé.

— Oui. Il y a presque deux mois. Je ne voulais pas la faire souffrir mais c'était la meilleure solution pour tous les deux.

Il était donc célibataire depuis un mois quand il lui avait proposé de l'accompagner à la fête de Noël, calcula Julia.

— Cinq ans, c'est beaucoup pour rester avec quelqu'un qui ne vous convient pas, dit-elle.

En fait, elle n'en savait rien puisqu'elle n'avait jamais vécu en couple plus de quelques semaines, sauf avec Clay. Mais même sa relation avec lui n'avait pas tenu autant. Elle avait cependant duré suffisamment longtemps pour qu'elle sorte de leur histoire le cœur brisé. Clay avait été différent de ses précédents partenaires. Il avait été un homme bien, doté d'un grand sens moral. Si grand qu'il n'avait pas jugé Julia à la hauteur de ses principes. Vu toutes ses erreurs passées, serait-elle jamais à la hauteur des attentes de qui que ce soit ?

— Je suis désolée que ça n'ait pas collé entre vous.

— Moi aussi. C'est une femme merveilleuse et je ne regrette pas le temps que nous avons passé ensemble. Mais je n'ai pas souhaité poursuivre une relation dont j'ai finalement eu l'impression qu'elle me servait de tremplin pour mon ambition professionnelle.

Une chirurgienne orthopédique de toute évidence aussi intelligente que belle qu'il venait de qualifier de merveilleuse ne lui convenait pas, mais il lui avait demandé à elle, Julia, de sortir avec lui ? Avait-il perdu la raison ? Si elle avait accepté, comment aurait-il fini par décrire leur relation ? Un caillou dans sa chaussure sur le chemin de son ambition professionnelle ?

— D'autres questions ? la relança-t-il après un moment de silence.

— Non, pas vraiment.

Elle en savait assez pour être définitivement convaincue qu'elle venait d'un monde totalement différent de celui de Boone. Prétendre le contraire n'aboutirait qu'à de la souffrance.

— Bien. Alors à mon tour. Lorsque vous avez déclaré ne pas vouloir d'homme dans votre vie, était-ce une façon diplomate de me dire que vous n'aviez pas envie de sortir avec moi ou bien n'acceptez-vous vraiment aucun rendez-vous ?

— Entre l'hôpital et les cours, je n'ai ni le temps ni l'envie de me consacrer à une histoire d'amour.

Cela faisait cinq ans qu'elle utilisait cet argument pour repousser les avances. Depuis Clay, en fait.

— C'est noté. Mais vous mangez quand même, je suppose ? Alors, dîner au restaurant de temps en temps ne devrait pas poser de problème.

— Quand on accepte un rendez-vous avec quelqu'un, c'est que cette personne vous attire et que passer du temps ensemble devient votre priorité. Or mes priorités sont autres.

— Vos cours, c'est ça ?

— Mes cours et mon travail. J'ai élaboré un projet de vie et l'expérience m'a montré que j'ai intérêt à m'y tenir. Je fais une croix sur les aventures sentimentales jusqu'à ce que j'obtienne ma maîtrise.

— Et après, vous accepterez des rendez-vous ?

Oui, si elle rencontrait un homme capable d'accepter son passé et de la soutenir quand elle craquait. Un homme en qui elle aurait suffisamment confiance pour lui révéler les horreurs qu'elle avait commises sans craindre qu'il utilise ses défaillances contre elle durant les inévitables crises d'une vie de couple. Un homme qui verrait ses efforts pour s'amender.

Un tel homme devrait probablement avoir traversé une expérience similaire à la sienne pour vraiment la comprendre, lui pardonner et l'aimer. Ce qu'elle essayait elle-même de faire presque tous les jours.

Machinalement, elle se mit à caresser avec son pouce le tatouage sur la face interne de son poignet gauche. Elle valait mieux que ce qu'elle avait été à une époque. C'était certain.

— Peut-être.

Boone se cala contre le dossier de sa chaise avec un nouveau sourire à l'adresse de Julia.

— Parfait ! Au moins, il y a de l'espoir.

Elle ne put cacher sa surprise.

— Je ne passe ma maîtrise qu'en mai.

— Si je comprends bien, j'ai choisi les mauvaises vacances pour lancer mon invitation. Mais vous m'accompagnerez avec plaisir au pique-nique de l'hôpital lors de la Journée du Souvenir ?

Elle se sentit défaillir.

— Nous avons admis qu'une fête sur le lieu de travail était une très mauvaise idée pour un premier rendez-vous.

— C'est vrai, reconnut-il avec un sourire ravageur. Il faudra donc que nous ayons fait quelques sorties préparatoires avant d'affronter la curiosité de la tribu hospitalière.

Il devint pensif.

— Je suppose que le jour de la remise des diplômes vous fêterez votre succès à midi avec votre famille. Mais je pourrais vous emmener dîner au restaurant le soir.

Fêter son succès avec sa famille ? Sa mère était morte depuis longtemps et son père n'avait jamais jugé utile de se déranger pour ce genre d'événements. Alors, pourquoi ne pas célébrer son diplôme avec Boone ? Et se faire des idées ? Non merci !

— C'est dans six mois, souligna-t-elle, la gorge sèche.

— Le temps passe vite, rétorqua-t-il sans sourciller. Je mets une option. Prem's !

Il plaisantait bien sûr – et tant mieux du reste, car elle avait d'autres priorités. Jamais il ne patienterait aussi longtemps. Mais ses yeux brillaient de sincérité.

— Vous allez m'attendre jusqu'en mai ? Faites attention, je risque de vous prendre au mot.

— Pas de souci, car je compte bien vous prendre au mot moi aussi le jour de la remise des diplômes. Julia, me laisserez-vous me racheter de mon invitation à cette fête et me ferez-vous l'honneur de dîner avec moi pour fêter l'obtention de votre maîtrise en sciences infirmières en mai ?

Elle eut l'impression que de la réponse à cette question dépendait sa vie tout entière.

— D'ici là, vous aurez totalement oublié.

— Oh non ! J'ai une bonne mémoire pour certaines choses.

— Un rendez-vous avec moi, par exemple ?

— Exactement. Jusqu'à votre maîtrise, nous serons collègues et amis. Ensuite, nous verrons ce qui se passe au jour le jour. Marché conclu ?

— Je... D'accord.

Elle n'allait pas gaspiller sa salive à raisonner avec quelqu'un qui était manifestement dérangé. Quoi qu'il en dise, son invitation impulsive lui serait sortie de la tête bien avant le mois de mai.

3

Calé contre le dossier de sa chaise, Boone regardait Julia exécuter une danse en ligne avec Stephanie, Becky et d'autres amies tout en discutant joyeusement avec elles. Pour une fois, ses cheveux n'étaient pas tirés en queue-de-cheval mais, retenus par un simple bandeau rouge, tombaient sur ses épaules en une abondante cascade soyeuse dans laquelle on aurait volontiers plongé les doigts.

— Je vais remplir nos verres, annonça Derek. Vous désirez quelque chose, Boone ?

— Non, ça va, merci.

Ce qu'il désirait, Derek ne pouvait le lui apporter.

— D'après Stephanie, Julia a vécu des choses difficiles, commença Derek au lieu de partir en remarquant le regard de Boone braqué vers la piste. En tout cas, c'est une excellente infirmière et une amie fiable. Et toujours d'après Stephanie, vous lui plaisez beaucoup. Enfin, je dis ça, je dis rien.

Qu'avait vécu Julia de difficile ? Et Stephanie rapportait-elle vraiment les propos de Julia sur lui ou inventait-elle ?

— Moi aussi, je la trouve sympa, poursuivit Derek. Je lui ai présenté plusieurs fois des copains, mais apparemment elle ne veut pas d'hommes dans sa vie.

— Oui, elle y a fait allusion, avoua Boone soulagé d'apprendre que le rejet de Julia ne le visait pas personnellement et en se gardant de révéler qu'elle avait accepté de dîner avec lui le jour de la remise de son diplôme.

Uniquement parce qu'elle était sûre qu'il aurait changé d'avis d'ici là, il ne se faisait pas d'illusions. Lui, en revanche, était sûr du contraire car Julia était différente des autres femmes. Aucune ne lui avait procuré les émotions qui l'assaillaient quand il l'observait, quand leurs regards se croisaient, quand elle souriait. Elle dégageait une force phénoménale et en même temps une vulnérabilité qui éveillait en lui un instinct protecteur.

— Au fait, Boone, pour le nouvel an nous organisons comme d'habitude avec notre bande un week-end de ski à Gatlinburg, près des monts Ober et Le Conte, C'est toujours un bon moment. Pourquoi ne te joindrais-tu pas à nous ? Je peux te tutoyer, n'est-ce pas ?

Boone hocha la tête avant de poser une question qui provoqua un petit sourire chez Derek.

— Julia y va ?

— Elle est venue les deux années précédentes et elle est de nouveau inscrite. De toute façon, si elle s'avisait d'annuler, Stephanie l'y traînerait de force. Apparemment, c'est une des rares occasions où Julia s'octroie du temps pour elle, loin de l'hôpital, de ses cours et de son bénévolat.

Bien que très tenté, Boone hésitait. Il craignait de contrarier Julia en s'imposant pendant ses moments avec ses amis. En outre, il avait prévu de passer Noël et le nouvel an avec sa famille à Memphis. C'était une période difficile pour les Richards, en particulier pour sa mère qu'il soupçonnait d'ailleurs de donner des réceptions grandioses pour détourner son esprit de ce à quoi elle préférait ne pas penser.

— Quand veux-tu une réponse ?

— La semaine prochaine suffira. Quand tu auras décidé, envoie-moi un texto. Voici mon numéro.

— Merci. Je te tiens au courant.

— Ça marche. Et maintenant, mon vieux, je te conseille de te lever de ta chaise et d'aller danser. Les femmes adorent.

Boone lui adressa un regard sceptique. Non qu'il ait eu peur de se ridiculiser – il avait appris à danser en ligne au collège – mais il ne voulait pas importuner Julia et la faire fuir.

La patience n'était-elle pas mère de toutes les vertus ?

Boone resta donc assis jusqu'au retour des femmes, supportant avec un sourire indulgent les mises en boîte bon enfant de Derek et de ses copains quand ils revinrent et remarquèrent l'objet de son attention.

— Allez, Derek, viens danser avec moi, dit Stephanie en tirant son compagnon par le bras alors que les musiciens entamaient une musique douce.

Kevin et Becky rejoignirent le couple sur la piste, suivis par Rob et la phlébologue, qui souriait avec adoration à son cavalier. Boone et Julia demeurèrent seuls à la table et elle garda les yeux obstinément rivés sur son verre d'eau.

— Sentez-vous libre de refuser Julia, mais m'accorderiez-vous une danse ? En amis ?

À la surprise de Boone, et peut-être à la sienne propre, elle acquiesça de la tête. Dans une explosion de joie intérieure, Boone l'entraîna vers la piste. Contrairement aux autres couples, ils maintinrent une certaine distance entre eux, Julia mettant seulement les mains autour du cou de Boone, qui s'embrasa aussitôt.

Avait-elle la moindre idée de l'effet qu'elle lui produisait ? Devinait-elle qu'il brûlait de l'attirer contre lui et d'enfouir son visage dans sa chevelure au parfum de vanille ? Il ne pouvait plus se voiler la face : iI désirait Julia et il ferait preuve de toute la patience nécessaire pour arriver à ses fins.

— Vous semblez aimer la danse en ligne, observa-t-il après avoir avalé sa salive. Vous êtes douée.

— Merci. C'est la première fois depuis Noël dernier que je danse, mais les pas me sont revenus tout de suite.

— Comme le vélo, ça ne s'oublie pas.

Ils évoluèrent sans rien dire jusqu'à ce que Bonne rompe le silence :

— Derek m'a invité à passer le week-end du nouvel an à Gatlinburg.

Il sentit Julia se crisper.

— Je ne lui ai pas encore donné de réponse. Je voulais vous en parler d'abord. Je n'irai pas si vous ne le souhaitez pas.

— Vous n'avez pas besoin de ma permission, répliqua-t-elle, la gorge sèche.

— Certes, mais je me vois mal débarquer à votre week-end entre amis sans m'être au préalable assuré que ma présence ne vous dérange pas.

— Pourquoi me dérangerait-elle ?

— Nous pourrions difficilement nous éviter.

— C'est vrai. Mais vous voulez m'éviter ?

— Vous inversez les rôles, non ? observa-t-il gentiment. Je peux dire à Derek que j'ai un empêchement.

— Je... Ce serait injuste pour vous. Je suis adulte. Nous le sommes tous les deux. Si Derek vous a invité et que ce week-end vous tente, alors allez-y.

— Vous êtes sûre ?

— Écoutez, Boone. Nous nous voyons tous les jours à l'hôpital, n'est-ce pas ? Alors, ce serait absurde de ma part de vous dissuader de venir à Gatlinburg.

— Ce n'est pas pareil de se côtoyer au travail et pendant les loisirs. Je ne veux pas vous donner l'impression de vous harceler.

— C'est très aimable. Mais en quoi me harcèleriez-vous en acceptant une invitation à un séjour à la montagne entre amis ?

Julia avait beau protester, il sentait le raidissement de ses doigts autour de son cou. Passait-elle son pouce sur le phénix tatoué sur son poignet gauche comme il l'avait remarquée faire de temps en temps ?

— Vous êtes sûre ? répéta-t-il.

— Je ne suis pas une petite chose fragile, Boone. Votre présence à Gatlinburg ne me pose aucun problème.

— D'accord, je vous crois. Je vais donc répondre à Derek que je m'inscris.

Elle hocha la tête. Puis elle respira profondément avant d'ajouter :

— Pour info, si d'ici là vous rencontrez une partenaire ou si vous vous remettez avec votre ex, amenez-la.

— Non, Julia. Il n'y a pas de retour en arrière possible avec Olivia.

— OK. Simplement, si le cas se présente, ne renoncez pas à venir. Vous n'êtes pas le seul à ne pas vouloir embarrasser l'autre. Franchement, si vous souhaitez venir accompagné, n'hésitez pas. En fait, vous devriez.

Elle était sérieuse ! soupira-t-il intérieurement.

— J'espère qu'un jour vous ne supporterez pas l'idée de me voir avec une autre femme. Qu'un jour vous voudrez m'avoir pour vous seule.

Quand Julia leva enfin la tête vers lui et qu'il plongea le regard dans ses grands yeux marron, il se demanda si elle avait réellement pensé ce qu'elle avait dit. Il décela en effet dans leurs profondeurs pleines de douceur le désir d'être la seule femme de sa vie. Un désir auquel elle n'osait pas s'abandonner. D'où lui venait donc ce manque de confiance en elle ?

— Pour le moment, je vais mesurer la chance que j'ai de tenir dans mes bras la plus belle femme de la fête et de pouvoir bientôt accueillir la nouvelle année avec elle, en tant qu'amie dans un premier temps et comme amoureuse le jour de la remise de son diplôme. La vie vaut la peine d'être vécue.

Elle s'immobilisa et le regarda avec ces yeux qui recelaient tant de merveilles, mais aussi tant de méfiance vis-à-vis de lui et ses déclarations. Une méfiance qu'il aurait voulu noyer sous ses baisers. C'est alors qu'elle hocha imperceptiblement la tête et dit :

— Je… Oui, la vie vaut la peine d'être vécue.

Boone regrettait de ne pas savoir à quoi pensait Julia, mais comme elle se détendait et se laissait aller contre lui, il ravala ses questions et savoura le contact de sa joue contre sa poitrine, de ses doigts sur son cou et de ses pouces qui lui caressaient doucement les cheveux sur sa nuque. Probablement sans le vouloir.

— Belle réussite, la fête de Noël ! lança Stephanie à Julia le lendemain matin, en entrant dans le poste des infirmières.

Levant le nez de l'écran d'ordinateur sur lequel elle consultait ses notes sur Aaron West, Julia sourit à son amie.

— Je m'attendais à ce que tu te fasses porter pâle aujourd'hui, Stephanie.

— J'ai peut-être un peu exagéré hier soir, je te l'accorde. Mais avoue qu'on ne s'était jamais autant amusés.

— C'est vrai, j'ai passé une super soirée.

— Je le savais ! J'ai eu envie de sauter de joie quand je vous ai vus danser tous les deux. Je t'assure que j'ai eu du mal à me retenir.

— Merci de m'avoir épargné cette honte, dit Julia les yeux au ciel.

— Vous rayonniez de bonheur tous les deux. Sur combien de chansons avez-vous dansé ? Cinq ? Six ? J'ignorais que tu pouvais te déhancher et virevolter comme ça. Vous aviez vraiment l'air de vous éclater. Même Derek a remarqué. Boone a-t-il réitéré sa proposition d'un rendez-vous en amoureux ? Tu as accepté, j'espère ?

Stephanie était à bout de souffle en arrivant à la fin de sa salve de questions.

— Écoute, Stephanie, je n'ai pas l'intention de sortir avec Boo... avec le Dr Richards.

Boone ne resterait jamais célibataire pendant six mois. La preuve ? Le nombre de femmes qui avaient insisté pour lui parler la veille, voire pour danser avec lui, ce qu'il avait poliment décliné.

— Derek a invité Boone à venir à Gatlinburg avec nous, annonça Stephanie. C'est génial. Oh ! Il ne faudra pas oublier de lui dire d'apporter un cadeau pour le jeu de l'Éléphant Blanc.

Une relation amicale avec Boone pendant un week-end prolongé, loin du travail, ulia avait cru pouvoir gérer. Mais après les danses de la veille, elle s'inquiétait sur sa capacité à résister à ses yeux bleus, à son sourire, au bonheur de se laisser aller contre lui, de prétendre qu'elle était à sa place entre ses bras et qu'un avenir de conte de fées l'attendait.

Les mains tremblantes, elle ferma le dossier de son patient et se leva.

— Je suppose que Derek le préviendra pour le jeu. Sur ce, je vais voir Aaron.

Tout en bavardant avec la mère d'Aaron, qui avait passé la nuit au chevet de son fils, Julia, après avoir vérifié le bon fonctionnement des appareils qui maintenaient le jeune homme en vie, entreprit d'enregistrer les données recueillies, quand Boone entra. Il lui sourit mais il paraissait nerveux. Il s'empressa d'ailleurs de saluer Mme West, sans laisser le temps à Julia de réagir. Fort heureusement, car qu'aurait-elle dit ? « Bonjour. J'ai à peine fermé l'œil de la nuit parce que tu occupais toutes mes pensées » ?

Après un bref échange avec Mme West, Boone examina Aaron.

— Je vais diminuer la sédation aujourd'hui.

— Et il va se réveiller ? demanda la mère, pleine d'espoir.

— Plus vite il sera débranché du respirateur, mieux ce sera. Il a des réactions réflexes à certains stimuli et son électro-encéphalogramme montre un accroissement de son activité cérébrale. Je pense qu'il a repris suffisamment de forces pour que nous commencions à le sevrer, même si ses progrès se sont avérés plus lents que ce que nous espérions. Quant à savoir s'il va se réveiller ou non, je ne peux pas vous le dire à ce stade.

Après avoir répondu au reste des questions de Mme West, il sortit, Julia à sa suite, et s'arrêta dans le couloir pour se désinfecter les mains.

— J'aimerais pouvoir davantage la rassurer, soupira-t-il. Au fait, j'ai été étonné de ne pas voir son mari.

— Il est rentré chez eux hier soir pour s'occuper de leurs deux autres enfants. Il doit se trouver dans la salle d'attente avec des amis.

— Je vais aller lui parler. C'est une sacrée épreuve pour les familles, surtout à la période des fêtes. Il a eu raison de ne pas laisser seuls les autres gamins et j'espère que Mme West l'imitera bientôt. Cela leur ferait du bien à tous.

Une intonation étrange à peine perceptible, dans la voix de Boone intrigua Julia mais elle n'en laissa rien paraître.

— Heureusement, ils n'habitent pas très loin de Knoxville, dit-elle. Mais jusqu'à présent, Mme West a refusé de quitter son fils de peur que quelque chose n'arrive pendant son absence.

— Vous avez de la famille dans la région, Julia ? Je m'aperçois que j'ignore d'où vous venez.

— Du Sud.

— Vous restez vague délibérément ?

D'habitude, les gens se contentaient de cette réponse. Elle aurait dû deviner que Boone demanderait des précisions.

— Pas vraiment, dit-elle en souriant. Nous ne nous posions jamais longtemps dans une même ville et en conséquence je ne me suis sentie nulle part chez moi. Le Sud est donc la réponse la plus proche de la vérité que je peux donner.

— Je comprends, dit Boone.

Mais Julia en doutait. Et tant mieux, car elle ne souhaitait à personne de vivre l'enfance qu'elle avait connue.

— Votre père voyageait-il à cause de son travail ?

— On peut dire ça, répondit-elle en se désinfectant les mains plus énergiquement que nécessaire. Il en changeait souvent. Ma mère aussi. Mes parents ont divorcé quand j'étais toute petite et j'ai vécu seule avec ma mère, en dehors de quelques visites chez mon père.

Et en dehors des périodes où elle avait été placée en famille d'accueil en attendant que sa mère se ressaisisse quand les services de protection de l'enfance ne parvenaient pas à mettre la main sur son père. Elle avait été heureuse avec certaines de ces familles mais n'était jamais restée suffisamment longtemps pour ne plus se sentir une pièce rapportée.

— Je suis désolé.

Boone la regardait avec une telle compassion qu'elle eut un mouvement de recul et se redressa.

— Des tas d'enfants ont des parents divorcés. Ce n'est pas un drame.

— C'en est un lorsque cet enfant, c'est vous. J'ai lu sur votre visage que vous aviez souffert de la situation.

Cette remarque formulée avec une extrême douceur atteignit Julia au plus profond d'elle et ressuscita la gamine souvent livrée à elle-même qu'elle avait été. Elle avait quatre ans quand son père avait définitivement quitté sa mère et elle avait juste compris que d'un jour à l'autre il avait disparu. Sa mère, déjà fragile psychologiquement, avait sombré un peu plus. Elle était morte quand Julia avait dix-sept ans. Et la descente aux enfers avait commencé pour Julia.

Elle se força à sourire en espérant que Boone ne verrait rien derrière la façade qu'elle s'était construite.

— J'étais très jeune et je n'ai pas gardé de souvenirs « d'avant ». Alors, ça ne m'a pas posé de problème.

Le divorce de ses parents avait été ce qu'elle avait eu de plus facile à gérer. Depuis, elle avait dû faire face à des problèmes plus graves et à de dangereux démons heureusement terrassés à présent, elle croisait les doigts.

Julia s'investissait auprès de ses patients tout en s'efforçant de ne pas s'attacher à eux car, plus que dans les autres services, la mort rôdait aux soins intensifs.

Aaron la touchait davantage que ses autres malades. Tous les matins, elle retenait son souffle d'appréhension quand elle entrait dans sa chambre. Il continuait à progresser, petit à petit, mais il ne s'était toujours pas réveillé et n'avait pas encore pu être débranché du respirateur.

— Bonjour, salua-t-elle Mme West, le matin du 24 décembre. Vous êtes rentrée chez vous ?

— Oui. Geoff a insisté pour que j'aille prendre une douche à la maison et que je voie nos autres enfants, pendant que lui veillait Aaron.

Il était important pour la santé physique et psychique de Mme West qu'elle passe du temps chez elle et qu'elle se rappelle qu'il y avait une vie à l'extérieur de l'hôpital, songea Julia.

— Vos enfants ont dû être contents de vous voir.

— Oui. Simplement, je culpabilise de m'éloigner d'Aaron. Vous vous rendez compte si quelque chose arrivait pendant que je n'étais pas là ? Ou s'il se réveillait et qu'il n'y avait personne à côté de lui ? Ou si...

Elle laissa sa phrase en suspens. Elle tremblait.

— Je sais que je ne dois pas délaisser les deux autres, surtout en cette période de fêtes. Je veux être avec eux mais j'ai aussi besoin d'être ici. J'espère qu'ils comprennent que ce n'est pas parce que je leur préfère Aaron. Simplement Aaron a davantage besoin de moi en ce moment. Vous comprenez ?

Julia prit dans ses bras cette femme pour qui elle ne pouvait s'empêcher de ressentir de l'affection.

— Oui, je comprends. Vous n'êtes pas la première à évoquer ces problèmes. Ce que vous ressentez est parfaitement normal. Vous avez cependant le droit de dormir dans votre lit et d'embrasser vos enfants.

— Geoff veut que je rentre ce soir pour le réveillon de Noël.

Les yeux embués de larmes, Mme West tenta de sourire et jeta un regard à son fils.

— Il paraît aller mieux que la dernière fois que vous étiez de service, vous ne trouvez pas ?

— Oui, absolument. Il se bat. Vous devez garder des forces pour pouvoir l'aider quand il sortira du coma. Il aura besoin de votre amour et de votre soutien.

— Je sais, assura Mme West en serrant les doigts de son fils.

Julia changea la poche de nutrition d'Aaron et nota la quantité d'aliments qu'il avait absorbée avant de sortir de la chambre… et de tomber nez à nez avec Boone.

— Oh ! Bonjour !

— Bonjour à vous aussi.

Gênant, songea-t-elle. Très gênant. Vraiment. Parce qu'ils se souriaient… comme si quelque chose se passait entre eux.

Rien ne peut se passer entre nous.

Tant à cause de la promesse qu'elle s'était faite de rester célibataire jusqu'à l'obtention de son diplôme que de sa crainte de ne pas supporter une rupture – inévitable – avec un homme comme Boone. Nul doute que si elle avait cédé à ses avances, elle ne l'intéresserait déjà plus.

Pour le détourner définitivement d'elle, il suffirait qu'elle lui avoue ses erreurs passées. Mais étrangement, cette perspective lui tordait le ventre.

Allons ! Elle était censée travailler, se rappela-t-elle à l'ordre avant d'informer Boone des dernières données concernant Aaron.

— J'avais espéré qu'il pourrait respirer seul. Plus il restera branché, plus la situation va être compliquée. Sa mère est avec lui ?

— Oui.

— Pauvre femme. Son fils aurait dû réfléchir au nombre de vies qu'il allait affecter avant d'avaler ce comprimé trafiqué, déclara-t-il, presque avec colère.

— Si seulement c'était aussi simple ! réagit-elle impulsivement.

Boone la dévisagea avec perplexité, mais hocha seulement la tête.

— Bon. Nous n'allons pas résoudre à nous deux un problème qui nous dépasse et dépasse le service de soins intensifs. Merci pour votre compte rendu et aussi de prendre la défense des malades.

Là-dessus, il entra dans la chambre d'Aaron.

Plus tard ce jour-là, Boone tendit un paquet à Julia. À la place du sourire qu'il avait espéré, il la vit froncer les sourcils.

— C'est pour moi ?

Les deux semaines précédentes s'étaient déroulées dans un climat serein bien que différent de celui d'avant la fête de Noël. À présent que Julia avait accepté de dîner avec lui le soir de la remise de diplômes, Boone brûlait d'impatience de savoir enfin ce qu'il éprouverait lorsqu'elle verrait en lui davantage qu'un ami ou, plus exactement, lorsqu'elle admettrait ce qui se passait entre eux. Et à en juger par son expression, elle en était encore très loin.

Avait-il gaffé en lui achetant un cadeau ? L'idée lui était venue lorsqu'il faisait ses courses de Noël pour sa famille. Il avait longuement réfléchi avant de décider quoi lui offrir et était très fier de son choix.

— Nous sommes le 24 décembre, Julia. Nous sommes amis, et des amis s'offrent des cadeaux de Noël.

Sans surprise, elle serra ses mains l'une contre l'autre et se mit à passer son pouce sur son tatouage.

— Et aux autres collègues du service, vous avez acheté quelque chose aussi ?

Se félicitant intérieurement d'avoir deviné qu'elle ne voudrait pas être singularisée, il hocha la tête :

— Bien sûr. Eux aussi sont mes amis, non ?

— Vous leur avez acheté des cadeaux ? Pour de bon ?

— Oui, pour de bon, dit-il en souriant.

— Dans ce cas, je suppose que je peux accepter le mien. Sauf que je n'ai rien pour vous. Ce n'est pas juste.

— Je n'offre pas des cadeaux dans l'espoir d'en recevoir en retour. Je tenais à remercier tout le personnel pour son travail et son accueil. En outre, n'avez-vous jamais entendu dire qu'on éprouvait plus de plaisir à donner qu'à recevoir ?

— Si. Il n'empêche que vous n'auriez pas dû.

Peut-être, mais comment aurait-il éprouvé le moindre regret devant les yeux brillant de curiosité de Julia ? Il avait hâte de voir sa réaction. Éclaterait-elle de rire, comme il l'espérait ? Quant à la petite boîte à l'intérieur de la plus grande, bien qu'il n'ait pas voulu dépenser plus pour Julia que pour les autres, eh bien… il n'avait pas résisté à la tentation. C'était Noël après tout !

— Allez ! Prenez ! Ne voyez rien d'autre qu'une preuve d'amitié. Cela me fait simplement plaisir.

Tenant le paquet comme elle aurait tenu une grenade, elle tourna la tête vers lui :

— Merci, Père Noël.

— Ce cadeau est un peu égoïste, vous verrez. Ouvrez-le donc !

— Maintenant ? Non, impossible. Je devrais avoir déjà repris mon service.

Un prétexte, bien sûr. Mais il n'insista pas. De toute évidence, elle préférait être seule pour découvrir la surprise.

— OK, concéda-t-il dans un soupir théâtral. Mais vous devrez me dire ce que vous en pensez.

— Je vous aurais remercié par texto, de toute façon.

— J'imagine déjà ma famille en train de pester en me voyant consulter sans cesse mon téléphone dans l'attente de votre message, s'esclaffa-t-il. Alors, ouvrez votre cadeau dès que vous rentrerez pour m'éviter des ennuis.

— Vous partez pour Memphis ce soir ?

— Oui. Je prends la route à la fin de mon service. Pour rien au monde je ne raterais un Noël avec ma famille. Même pendant notre internat, mon frère et moi nous nous débrouillions pour être là le matin de Noël.

Il s'étonna de la stupéfaction de Julia. Qu'y avait-il de surprenant à ce qu'il rentre chez lui pour les fêtes ? Pour lui, depuis la mort de sa sœur, ces moments avec les siens revêtaient davantage d'importance encore. D'ailleurs, il culpabilisait de leur faire faux bond au nouvel an.

— Vous allez conduire jusqu'à Knoxville après avoir travaillé toute la journée ? Soyez prudent.

L'inquiétude visible de Julia fit davantage chaud au cœur de Boone que cela n'aurait dû.

— Je vous le promets. Je devrais arriver vers 21 heures. Et vous ? De grands projets pour demain ?

Elle détourna le regard sans répondre et se referma comme une huître.

— Excusez-moi, je ne voulais pas être indiscret. Euh... En fait, si, se corrigea-t-il désireux d'être aussi honnête que possible avec elle. Si vous n'avez rien de prévu, je peux attendre que vous ayez terminé votre service et vous emmener à Memphis. Avec vous à côté de moi, je ne risquerai pas de m'endormir au volant.

Qu'est-ce qui lui avait pris ? se reprocha Boone devant l'air éberlué de Julia. Cela dit, il égaierait certainement l'atmosphère familiale en débarquant accompagné d'une femme. Il préférait de loin affronter la curiosité que susciterait la présence de Julia que les récriminations de ses parents au sujet de sa rupture avec Olivia.

— Qu'est-ce que je raconte ? Vous n'êtes évidemment pas libre. C'est le jour de Noël.

Puis désignant le cadeau il dit :

— J'espère qu'il vous plaira. Joyeux Noël, Julia.

4

Pendant tout le trajet jusque chez elle, Julia médita sur l'invitation inattendue de Boone à l'accompagner à Memphis. Avait-il été sérieux ou avait-il parlé en l'air, comme on le fait parfois ? Comment aurait-il réagi si elle avait accepté ? Comment aurait-il expliqué à sa famille la présence d'une invitée surprise ?

De toute façon, la question ne se posait pas puisqu'elle avait déjà établi son programme de la journée : Noël des résidents à la Maison de l'Espoir, puis garde à l'hôpital.

De retour dans son appartement, elle procéda à sa routine habituelle : câlins à Nougatine, douche, dîner, un peu de ménage. Mais son regard revenait sans cesse sur le cadeau qu'elle avait laissé loin d'elle sur la table basse du salon comme s'il risquait d'exploser à tout moment. Elle ne l'avait accepté que parce que Boone avait aussi gâté leurs collègues.

Tout gentil et attentionné qu'il soit, elle ne devait pas succomber à ses charmes car, contrairement à lui, elle n'était pas née avec une cuillère en argent dans la bouche. Des hommes comme lui ne tombaient pas amoureux de femmes comme elle. En tout cas, pas dans la vraie vie.

Non qu'elle ait souhaité que Boone – ni aucun autre homme d'ailleurs – tombe amoureux d'elle. Son existence la satisfaisait. Elle était fière de l'indépendance qu'elle avait acquise, fière de s'être reprise en mains et d'être devenue respectable. Elle n'allait donc laisser personne compromettre ce qu'elle avait fini par atteindre au prix de tant d'efforts. Elle devait se méfier tout particulièrement de Boone qui, d'un simple sourire, lui donnait envie de jeter à la poubelle son carnet de *Règles pour Réussir sa Vie*.

Elle souleva de terre la chatte trois couleurs qui se frottait contre sa jambe, la serra dans ses bras et s'assit sur le canapé.

— Qu'en penses-tu, Nougatine ? Crois-tu que nous devrions ouvrir ce paquet ?

La chatte se mit à ronronner.

— Oui, je crois aussi.

Mais si elle ouvrait le cadeau ce soir, elle n'aurait plus rien le lendemain, le jour de Noël. Cela dit, elle en avait l'habitude. Elle ne se rappelait pas avoir jamais reçu quoi que ce soit le 25 décembre.

Après moult hésitations, elle finit par allumer la télévision. Elle fit défiler les chaînes et s'arrêta sur un film qu'elle avait déjà vu un nombre incalculable de fois mais dont elle ne se lassait jamais. Une histoire qui parlait d'espoir, de famille et de miracles de Noël.

Les yeux humides, Julia sursauta quand son téléphone signala l'arrivée d'un message. De Stephanie probablement. Mais elle resta bouche bée.

« Jusque-là, tout va bien », disait le texto sous une photo de Boone dans sa voiture.

Un large sourire révélait une dentition de star de cinéma. Il était objectivement trop beau pour être vrai.

Pas de texto au volant.

Évidemment ! J'attends que ma voiture se recharge. Je suis à Nashville, à mi-chemin de chez moi.

« À mi-chemin de chez moi »... Julia demeura un instant pensive. Elle n'avait jamais eu de chez-elle où retourner passer les fêtes. Elle n'avait jamais eu personne qui attendait avec impatience son arrivée et la serrait dans ses bras en la couvrant de baisers. Elle n'avait jamais eu de vraie famille. Cette expérience, qu'elle ne connaîtrait jamais, devait valoir la peine puisque Boone était prêt à conduire pendant six heures pour la vivre.

Soyez prudent.
Oui, ne vous inquiétez pas. Vous avez ouvert votre cadeau ?
Non. J'attends demain.
Vous avez des principes, c'est bien. Joyeux réveillon, Julia. J'espère que le Père Noël vous gâtera.

S'il savait que personne d'autre que lui ne lui avait offert de cadeau. Pouah ! Pourquoi était-elle aussi pathétiquement geignarde et sentimentale ce soir ? Elle était heureuse, menait une vie à sa convenance et s'en préparait une encore plus à sa convenance. Elle serait mal venue de se plaindre. La vie était vraiment belle.

Joyeux réveillon à toi aussi, murmura-t-elle en serrant son téléphone sur sa poitrine avant de s'apercevoir du ridicule de son geste.

Le lendemain matin, elle se prépara pour aller à la Maison de l'Espoir, donna à manger à Nougatine et, sous l'œil curieux de cette dernière, ouvrit les cadeaux qu'elle lui avait achetés.

— De l'herbe à chat, des jouets, des friandises. Tu es une sacrée veinarde parce que je ne suis pas sûre que tu aies mérité d'être aussi choyée.

La chatte s'installa sur les emballages déchirés et se lécha la patte.

— De rien ! s'esclaffa Julia.

Avisant alors le cadeau de Boone, elle le prit et le secoua doucement. Quelque chose fit du bruit à l'intérieur.

Allez ! Ouvre ! C'est Noël maintenant.

Elle dénoua le ruban, déballa délicatement le paquet et souleva le couvercle de la boîte. Sous quelques feuilles de papier de soie rouges et vertes, elle découvrit une boîte plus petite enveloppée dans du papier cadeau et un calendrier mural. Elle sortit ce dernier et le feuilleta en riant – comme Boone l'avait certainement voulu – aux plaisanteries de carabin qui illustraient chaque page. Quand elle arriva à mai, elle marqua un temps d'arrêt. Boone avait écrit de sa main une note sur la case du premier samedi du mois.

Elle dut s'éclaircir la voix avant de lire à haute voix : « Célébration de mon diplôme avec Boone ».

Il avait inscrit d'autres rappels à des dates clés : « pique-nique de la journée du Souvenir avec Boone », « feu d'artifice du 4 Juillet avec Boone », « pique-nique de la fête du Travail avec Boone », « fête d'Halloween avec Boone », « Thanksgiving avec Boone », « Noël avec Boone ».

Elle comprenait à présent en quoi son cadeau était égoïste.

Elle ouvrit enfin la petite boîte où elle découvrit… un écrin en velours. Les mains tremblantes d'excitation et d'appréhension, elle souleva le couvercle sur une fine chaîne à laquelle était suspendu un phénix en or blanc tenant un diamant entre ses griffes.

Comme les cadeaux aux autres infirmières, le sien était personnalisé. Boone avait de toute évidence remarqué le tatouage sur son poignet et pensé que le pendentif lui plairait… tout en ignorant la signification qu'il revêtait pour elle.

Les yeux brûlants de larmes, Julia se moucha. Non. Mille fois non. Elle ne se laisserait pas prendre par les sentiments.

Elle était tiraillée. D'un côté elle était tentée de rendre le collier à Boone. D'un autre, elle avait envie de le garder car personne ne lui avait jamais offert de bijou. Sans même parler d'un bijou porteur d'un message aussi profond, même si Boone en ignorait le sens exact. Très émue, elle le sortit de son écrin, l'attacha autour de son cou et alla se regarder dans le miroir. Dans la lumière renvoyée par sa myriade de facettes, le diamant donnait l'impression de prendre feu. Fallait-il y voir le signe que ses bonnes résolutions à elle allaient partir en fumée ?

Tu es dans un sale pétrin, Julia Simmons.

Elle ne parvint cependant pas à ignorer son bonheur. Aucun cadeau n'aurait pu être plus précieux que ce magnifique pendentif.

Impulsivement, elle se prit en photo en train de faire une grimace et ajouta cette légende :

C'était du charbon à une époque. Le Père Noël jugerait-il que je n'aie pas été sage cette année ?

Quelle idiote ! se fustigea-t-elle dès qu'elle eut envoyé le SMS à Boone. Qu'allait-il penser ? Et s'il ne répondait pas ? Pourquoi n'avait-elle pas envoyé un simple « merci » ? Elle ne tournait vraiment pas rond. Pourquoi finissait-elle toujours par en faire trop avec Boone ?

Une perfection.

Ouf ! Il avait répondu !

Le collier n'est pas mal non plus.

Ah ah ! Très drôle. Je l'adore mais c'est beaucoup trop.

Boone était trop.

Oui, je suis drôle et non, ce n'est pas trop. Le calendrier vous a plu ?

Il faut le rendre. Quelqu'un a gribouillé dessus.

C'est bien connu. Les médecins écrivent très mal.

Merci, Boone. Vous n'avez pas choisi vos cadeaux à la va-vite.

Je ne voulais pas que vous oubliiez.

Comme si c'était possible !

Et puis, comme je vous l'ai dit, le calendrier est autant pour vous que pour moi. Et le collier aussi, finalement.

Comment ça ?

Quel meilleur cadeau que de voir votre visage ?

Julia, à qui aucun des hommes qui avaient cherché à la séduire n'avait payé plus qu'une bière, était submergée d'émotions inconnues. Était-ce ce que toute femme ressentait lorsqu'un homme bien la courtisait ? Clay avait été un homme bien. Malheureusement, il n'avait pas pu dépasser ce qu'il avait appris du passé de Julia et ne l'avait pas crue capable de changer malgré tous les efforts qu'elle avait déployés. Et il l'avait quittée.

Julia avait beau essayer de se persuader que Boone n'était qu'un beau parleur, elle était sur un petit nuage. Avait-il conscience de l'effet qu'il produisait sur elle ?

Elle regarda le selfie qu'il lui avait envoyé la veille. Était-il possible que ce bel homme souriant et sympathique veuille vraiment sortir avec elle ? Elle devait rêver. Oui, sans aucun doute.

Elle commença à taper sans savoir exactement ce qu'elle allait dire.

La route d'hier a dû vous griller un neurone.

Ah ! Ah ! La route n'a pas été difficile et de toute façon valait la peine puisqu'elle me permet d'être chez moi pour Noël.

Puis sans laisser à Julia le temps de réagir, il poursuivit :

Ma mère prépare un festin pour le petit déjeuner et a invité les tribus Richards et Hemingway au grand complet à dîner ce soir. C'est le chaos ici. Il y a un bruit infernal.

Julia serra son téléphone entre ses doigts, l'esprit traversé par des visions de gens souriants et heureux fêtant Noël, des images diamétralement opposées à ses propres souvenirs de cette période. Elle devait mettre un terme à cet échange ridicule et se préparer à sa visite à la Maison de l'Espoir, sa seconde famille après l'hôpital.

Je dois y aller. Merci pour le calendrier qui m'a bien fait rire et le collier qui est magnifique. Vous n'auriez pas dû.

Elle ferma les yeux en envoyant son message. Si seulement elle pouvait changer le passé et grimper assez haut dans l'échelle sociale pour que personne ne puisse plus la mépriser ! En attendant, mieux valait ne pas se laisser distraire par un homme séduisant… et parfait.

Suis les règles que tu t'es fixées, Julia. Elles ont une raison d'être.

— Je suis dans la panade, Nougatine, dit-elle à la chatte qui l'avait suivie dans la chambre. Si je ne prends pas garde à Boone, mon projet de vie va avorter et c'est moi qui en subirai les conséquences.

Elle ne pouvait risquer de rechuter comme après sa rupture avec Clay. D'ailleurs, survivrait-elle cette fois si c'était Boone qui la quittait en découvrant ses erreurs passées alors qu'il la troublait plus que Clay ne l'avait jamais fait ?

— D'où te vient ce grand sourire ?

Boone leva la tête vers sa mère.

— C'est le matin de Noël et tu m'as servi tous mes plats préférés. Pourquoi ferais-je la tête ?

— À d'autres ! Comment s'appelle-t-elle ?

Il ne pouvait jamais rien cacher à sa mère.

— Qui ça ? demanda-t-il pour la forme.

— Celle à qui tu envoyais des messages. Ce n'était pas Olivia, je suppose.

Elle attendit, avec cette patience qu'elle affichait ostensiblement lorsqu'ils savaient tous les deux qu'elle arriverait à ses fins.

— Tu supposes bien.

— Même si j'aimais beaucoup cette jeune femme qui aurait fait une épouse idéale pour toi, je reconnais que tes yeux brillent d'un éclat nouveau qui me réjouit. Quand nous la présenteras-tu ?

Bonne question mais sans réponse pour le moment. Le fait que Julia ait accepté de dîner avec lui le soir de la remise des diplômes ne signifiait pas qu'elle entérinerait le reste des rendez-vous cochés sur le calendrier. Il se plaisait cependant à penser qu'elle ne refuserait pas, car il ne semblait pas la laisser de marbre.

— Cet été peut-être.

— Cet été ? s'étrangla sa mère. Tu ne comptes quand même pas attendre si longtemps avant ta prochaine visite ? Tu vas venir pour ton anniversaire, j'espère ?

— Oui.

— Mais sans ton amie ?

Sa mère le regarda avec gravité.

— Parce que tu n'oses pas ? Nous ne sommes pas assez bien pour elle ?

— Mais non, voyons !

— Quelle femme est-elle donc pour ne pas vouloir rencontrer la famille de l'homme qu'elle fréquente ? s'indigna Mme Richards.

— Nous ne sortons pas ensemble.

De plus en plus intriguée, sa mère demanda en le scrutant :

— Et tu le regrettes ?

— Oui. Mais elle ne veut pas.

Ou peut-être était-elle tentée mais préférait respecter son projet de vie. Ce qu'il pouvait comprendre. De toute façon, il n'avait pas le choix.

— Elle est infirmière et prépare une maîtrise.

— Elle doit être très intelligente.

— Intelligente, drôle, belle, très bien élevée, compléta-t-il dans un haussement d'épaules. Elle te plaira.

— En tout cas, elle te plaît à toi, manifestement.

Elle posa sa tasse de café sur la table et emprisonna son fils dans son regard bleu.

— Est-ce à cause d'elle que tu as rompu avec Olivia ?

— Non. J'ai arrêté avec Olivia parce que nous n'étions pas faits pour passer notre vie ensemble. J'ai rencontré Julia quand je suis arrivé à Knoxville et je ne me suis rapproché d'elle qu'après ma séparation avec Olivia. J'étais célibataire. Elle aussi. Elle a refusé de sortir avec moi.

— Julia...

Mme Richards laissa le nom rouler sur sa langue avant de poursuivre son interrogatoire.

— Olivia le sait ?

— Je l'ignore et peu importe, maintenant, maman. De toute façon, il n'y a rien à savoir puisque Julia refuse toute relation avant sa maîtrise. Point final. Notre premier rendez-vous aura lieu au restaurant, le soir de sa remise de diplôme.

— C'est-à-dire en mai, n'est-ce pas ? précisa Mme Richards dans un haussement de ses sourcils parfaitement dessinés. Dans plusieurs mois !

— Oui. Elle ne veut pas être distraite de son objectif.

— Cette femme veut que tu l'attendes six mois ? Et si elle change d'avis d'ici là ? Et si elle rencontre quelqu'un d'autre ? Tu es prêt à gâcher six mois de ta vie pour une femme que tu n'intéresses pas particulièrement, de toute évidence ? Honnêtement, je ne comprends pas comment une femme peut résister à un homme avec autant d'atouts que toi. Mais peu importe. Ce qui compte, c'est que tu ne souffres pas.

— Effectivement, l'hypothèse qu'elle tombe dans les bras d'un rival n'est pas à écarter, reconnut Boone le cœur serré à cette pensée, qui ne l'avait jamais effleuré jusque-là. Mais comme je n'imagine pas sortir avec une autre femme qu'elle, je vais courir le risque et attendre.

— J'ai hâte de faire la connaissance de ta Julia cet été et j'espère qu'elle vaut la peine que tu patientes.

— Oui, sans hésitation. Quant à cet été, ne t'emballe pas. Pour le moment, elle n'a accepté qu'un dîner le soir de son diplôme.

— Tu vas voir, Julia, assura Stephanie du siège passager du SUV que Derek conduisait à travers un paysage enneigé sur une route escarpée de montagne. Nous allons passer notre plus beau week-end de nouvel an. Nous n'avons jamais été aussi nombreux. Nous sommes douze cette année, tu te rends compte ?

Douze personnes, toutes en couple à part Boone et elle, songea Julia en touchant le pendentif soigneusement caché sous son chemisier et qu'elle n'avait pas retiré depuis le matin de Noël. Elle avait l'impression qu'il faisait autant partie d'elle que son tatouage.

— Tu n'as pas oublié d'apporter la girafe pour le jeu de l'Éléphant Blanc ? demanda-t-elle.

— Ah zut ! plaisanta Stephanie. Au fait, j'ai regardé la météo. Pas besoin de canons à neige cette année. Et le Dr Richards nous a tiré une épine du pied en acceptant de partager sa chambre avec Cliff.

Cliff travaillait à l'hôpital comme kinésithérapeute respiratoire. Il venait avec Dawn, sa petite amie, qu'il fréquentait depuis deux mois, mais en tout bien tout honneur… officiellement. Julia dormirait dans la même chambre qu'elle et elles partageraient le coût. Une économie bienvenue pour Julia car elle allait devoir réduire ses heures à l'hôpital, et donc son salaire, le semestre suivant, pour rédiger son mémoire et effectuer les stages obligatoires. Elle ne menait pas grand train et avait un compte d'épargne assez bien garni, mais elle, qui avait été plus d'une fois sans domicile fixe, tenait à sa sécurité financière. Elle ne savait que trop bien à quelle rapidité une situation pouvait changer.

Stephanie parlait toujours lorsqu'ils se garèrent dans le parking devant le superbe chalet que Derek avait loué par l'intermédiaire de l'agence immobilière qui l'employait. Kevin, Becky et un autre couple étaient déjà arrivés, avec les courses. Deux autres véhicules étaient stationnés, dont la voiture électrique de Boone.

Comme s'il les avait guettés, ce dernier apparut sur le pas de la porte au moment où Derek ouvrait le hayon arrière du SUV. Il salua Julia d'un sourire avant de proposer de l'aide à Derek.

— Merci, dit celui-ci. Je veux bien que tu portes la glacière jusqu'à la cuisine avec moi et nous reviendrons chercher tout l'attirail que Stephanie a tenu à apporter.

— Vous me remercierez d'avoir pris tout cet « attirail » quand nous fêterons la nouvelle année demain soir. Ah ! Les hommes ! Ils sont incapables de penser à plusieurs choses à la fois !

— Et c'est ce que tu aimes chez moi, lui rappela Derek avec un baiser.

— Tu crois ça ?

— Non, je le sais, ma chérie.

Tandis que les deux hommes s'éloignaient, Stephanie attrapa une valise et regarda Julia en pouffant.

— Il a raison. C'est ce que j'aime chez lui.

— Je ne veux pas le savoir, s'écria Julia en faisant mine de se boucher les oreilles, avant de s'emparer de son propre sac de voyage.

— Un jour, quelqu'un te fera tourner la tête à toi aussi, Julia, et tu sauras alors ce que je ressens. Peut-être même ce week-end, qui sait ?

— Promets-moi que tu ne vas pas nous mettre systématiquement ensemble, le Dr Richards et moi, se récria Julia avec horreur.

— Ça se fera naturellement puisque vous êtes les deux seuls à ne pas être en couple.

Julia avait eu beau deviner que les choses se passeraient ainsi, elle était quand même venue. Quelle conclusion fallait-il en tirer ?

Aucune. Cela signifiait simplement qu'elle n'avait pas voulu changer ses plans uniquement à cause de la présence de Boone. Qu'elle pouvait être son amie. Que… Pourquoi son pendentif lui brûlait-il la poitrine ?

— J'aurais dû insister pour que Patti me mette de garde ce week-end.

En réalité, elle l'aurait regretté. Nul doute qu'elle avait perdu la raison.

— Ça aurait été vraiment dommage, s'esclaffa Stephanie comme elles entraient dans le chalet. Tu connais une meilleure façon de faire tes adieux à la vieille année et d'accueillir la nouvelle qu'avec nous tous ?

— Oui, avec mon chat, plaisanta Julia.

Sur ces entrefaites, Boone, libéré de la glacière, vint à leur rencontre et prit leurs sacs.

— C'est gentil à vous de nous décharger de nos bagages, docteur Richards, s'écria Stephanie avec un sourire complice à Julia. Merci.

— Appelez-moi, Boone. Je n'ai pas envie que vous me donniez du docteur Richards tout le week-end. Et par la même occasion, nous pourrions nous tutoyer, qu'en pensez-vous ?

— Tu entends ça, Julia ? dit Stephanie quasiment en chantant. Le Dr Richards veut qu'on l'appelle par son prénom et qu'on le tutoie ! Personnellement, je vote pour des deux mains.

— OK. Je veux bien essayer, mais je ne promets rien, répondit Julia. En tout cas, je peux porter mes bagages jusqu'à ma chambre, si vous… si tu m'expliques comment y aller.

— Ce sera plus facile de te montrer le chemin. Ce chalet est un vrai labyrinthe. Nous sommes logés au premier étage. Ta chambre est en face de celle que j'occupe avec Cliff.

— J'adore ces murs en rondins et ces tableaux d'ours noirs ! s'exclama Julia quand ils entrèrent dans la pièce.

— La décoration est similaire dans la nôtre. Je vais aller aider

Derek à finir de vider son SUV, ajouta-t-il après avoir posé le sac de Julia sur un des deux lits doubles.

— Je... Merci, Boone.

En entendant Julia prononcer enfin son prénom, il sourit.

— Ça me plaît bien.

— Qu'est-ce qui vous... te plaît ? Que je te montre ma gratitude ?

— Non, que tu utilises mon prénom, rectifia-t-il le visage épanoui, les yeux pétillants.

Quels yeux ! Quel sourire ! Elle ordonna à son cœur de se calmer. Avait-elle commis une grossière erreur en venant ici ? Ou bien avait-elle sous-estimé combien la proximité avec Boone pendant tout un week-end allait la troubler ?

— Tu vas devoir t'y habituer, le prévint-elle. Comme nous sommes les seuls à ne pas être en couple, on va nous associer pour toutes les activités.

— Tu te doutes que, personnellement, je n'y vois aucun inconvénient, au contraire. Mais si tu le souhaites, je peux demander à Derek de me prendre avec lui. Je t'ai dit que je ne voulais pas que ma présence ici te mette mal à l'aise.

Trop tard. Sa simple existence la projetait en dehors de sa zone de confort.

— Je m'efforcerai de ne pas rendre Stephanie jalouse, ajouta-t-il en essayant de garder son sérieux.

— Il me semble que nous sommes suffisamment adultes pour nous débrouiller sans que tu sois obligé de draguer le copain de ma meilleure amie.

— Tant mieux si ma présence ne te gêne pas. J'en suis vraiment ravi.

— J'ai dit ça ?

Il soutint son regard et Julia se sentit chavirer.

— Non, mais c'est la vérité, n'est-ce pas ?

Hélas, comment le nier ? S'il avait été empêché de venir à la dernière minute, il lui aurait manqué, ce qui aurait été ridicule puisqu'il ne participait pas au séjour d'habitude. Comment une expérience qu'elle n'avait jamais vécue aurait-elle pu lui manquer ?

Boone ne regrettait nullement d'avoir décliné plusieurs autres invitations à fêter le nouvel an, dont celle de ses parents. Pour rien au monde il n'aurait voulu se trouver ailleurs que dans le salon de ce chalet, au milieu de tous ces visages souriants.

À un détail près malgré tout : il aurait préféré être assis sur le canapé à côté de Julia pour leur Éléphant Blanc plutôt que sur une chaise, même s'il s'était arrangé pour avoir Julia dans sa ligne de mire.

Julia lui avait brièvement expliqué les règles du jeu. La personne dont le numéro était tiré avait le choix entre prendre un cadeau dans la pile et récupérer celui déjà remporté par l'un des joueurs.

— Numéro 7, annonça Stephanie.

— C'est moi ! s'écria Becky en se levant d'un bond de l'énorme fauteuil où elle était blottie contre Kevin. J'hésite entre reprendre à Cliff son joli plateau à fromages et voir ce que contient un de ces paquets.

— Bas les pattes ! dit Cliff en serrant son cadeau contre sa poitrine.

Mais Becky ne se laissa pas apitoyer et lui arracha son bien dans l'hilarité générale. Il ramassa donc un autre paquet et eut la chance de découvrir un ensemble pour barbecue qui lui convenait encore mieux.

Puis le numéro de Julia fut tiré. Elle déballa une grosse couverture moelleuse avec un ours noir en motif, dont elle s'enveloppa sur-le-champ avec délectation.

Kevin, dans l'hilarité générale, hérita de la fameuse girafe en céramique qu'il ne pouvait pas échanger et qu'il devrait rapporter l'année suivante.

Boone fut appelé en dernier. Il fit semblant d'hésiter, passant en revue ce que chacun tenait dans les bras, puis déclara en avançant vers Julia :

— Je sens un courant d'air, pas toi ? J'ai un peu froid.

— Ah non ! protesta-t-elle en resserrant la couverture autour d'elle.

— Ah si ! Allez, Julia !

Il lui donnerait ainsi la possibilité de prendre à Dawn le service à chocolat qu'elle avait lorgné. D'ici à la fin du week-end, il lui rendrait la couverture et ainsi elle aurait deux cadeaux.

Avec un soupir et une moue exagérée, elle se résigna à respecter la règle du jeu.

— C'est exactement ce qu'il me fallait, déclara-t-il en s'emmitouflant dans la couverture encore imprégnée du parfum de vanille de Julia et de la chaleur de son corps.

Aussitôt, des images de leur slow à la fête de Noël défilèrent, des images qui le réchauffèrent bien davantage que la couverture ou le feu dans la cheminée. Pendant ce temps, Julia regardait avec insistance le service à chocolat dans les mains de Dawn.

— Non ! S'il te plaît, Julia ! supplia cette dernière.

Au dernier moment, Julia se détourna de sa camarade de chambre et alla ramasser le paquet restant.

— C'est génial ! s'écria-t-elle devant une boîte de chocolats et une carte du magasin.

— Nous nous sommes bien amusés, déclara Stephanie en commençant à ramasser les papiers d'emballages qui jonchaient le sol, bientôt aidée par le reste de l'assemblée.

Une fois le salon rangé, Derek saisit Stephanie par la taille et l'attira contre lui.

— Prête pour une partie de billard ? Et toi, Boone ?

— Allez, Julia, viens jouer, toi aussi, dit Stephanie en se dégageant de l'étreinte de Derek. Faisons équipe toutes les deux. Les filles contre les garçons. Tu joues super bien.

— Vraiment ? s'étonna Boone. Je veux voir ça. J'en suis.

— Le vainqueur remporte la couverture, asséna Julia en défiant Boone du regard. Marché conclu ?

— Marché conclu.

— Fais attention. Tu ne connais pas l'histoire du superhéros entraîné dans sa chute par la cape dont il se drape, comme toi de la couverture ?

— Si, mais celle-ci va me porter chance.

— Tu vas en avoir besoin contre nous deux, ricana Stephanie. Pas vrai, Julia ?

Un sourire sur ses lèvres pulpeuses, Julia haussa les épaules puis, au moment de descendre vers la salle de jeux, elle se tourna vers Boone l'œil pétillant d'une malice qu'il adorait.

— Dépêche-toi, Boone. Je suis pressée de récupérer mon bien.

Plus tard dans la soirée, un chocolat chaud à la main, Julia sortit sur la terrasse couverte avec son panorama sur le mont Le Conte. Boone attrapa sa veste et alla s'asseoir dans le fauteuil à bascule à côté de celui de Julia. Un chauffage d'extérieur soufflait de l'air chaud dans leur direction.

— Dommage que j'aie perdu ma cape, grommela-t-il en sachant qu'il ferait rire Julia. Une cape de superhéros qui plus est.

Il avait toujours admiré la gaieté de Julia au travail, mais de plus en plus il distinguait les sourires venus des profondeurs de son être de ceux qui n'étaient que superficiels. Celui qui accueillit son commentaire appartenait à la première catégorie, celle qu'il aimait.

— Entre le chauffage, le chocolat et ma couverture, je suis bien personnellement.

— Je vois que ma situation te fend le cœur, dit-il en pouffant. Où as-tu appris à jouer au billard ?

Le regard perdu sur le paysage, elle ne répondit pas tout de suite.

— Nulle part en particulier. Ma mère était serveuse dans des tripots, ici et là, et m'emmenait avec elle. Même quand j'ai eu l'âge qu'elle me laisse seule, j'ai préféré continuer à l'accompagner plutôt que de l'attendre dans les trous à rats qui nous servaient de maison. Aux heures d'affluence, je me réfugiais à l'arrière du bar pour me faire oublier, mais pendant les heures creuses les habitués me laissaient jouer aux fléchettes ou au billard et me donnaient même des conseils. Une école comme une autre.

Bien que scandalisé par l'idée d'une gamine traînant dans les bars, Boone ne fit aucun commentaire. Au lieu de cela, voyant Julia porter la tasse de chocolat à ses lèvres, il se rappela une question qu'il avait omis de poser :

— Pourquoi n'as-tu pas pris le cadeau de Dawn ?

— Comment ça ? La boîte de chocolats me va très bien.

— J'ai vu comme le service de Dawn te faisait envie. Pourtant, tu le lui as laissé. Le but du jeu est pourtant de repartir avec ce qui te plaît le plus, non ?

— Ce n'est qu'un jeu. Et puis, ce qui me plaisait le plus c'était cette couverture moelleuse, ajouta-t-elle en s'y blottissant avec volupté. Pauvre Boone ! Tu n'as aucun cadeau au bout du compte. En l'honneur de Noël, je partagerai mes bonbons avec toi.

— C'est très gentil à toi. Mais de toute façon, j'avais prévu de te rendre la couverture.

— Es-tu en train de dire que tu as fait exprès de perdre ? demanda-t-elle en le dévisageant entre ses paupières mi-closes.

— Pour info, je ne fais jamais exprès de perdre.

— Je préfère ça. Tu m'as fait peur.

— Mais je soupçonne que ce n'est pas ton cas.

Il avait parlé tout bas, mais il savait qu'elle l'avait entendu. Comme il l'avait voulu.

Elle se tourna alors vers lui, sourcils froncés, la brise agitant quelques mèches folles autour de son visage.

— Qu'est-ce que tu insinues ? Que je suis une loseuse ?

— Non ! Certainement pas. J'ai juste l'impression que tu fais passer les autres avant toi presque tout le temps, pour ne pas dire tout le temps.

Une qualité qu'elle partageait avec Amy, la sœur jumelle de

Boone. Heureusement, la comparaison s'arrêtait là, car Amy était tombée dans une addiction qui lui avait coûté la vie. Par égoïsme, jugeait Boone. Sinon, comment aurait-elle fait ce qu'elle avait fait ?

— C'est faux.

Et elle ajouta devant le regard dubitatif de Boone :

— Tout à l'heure, je n'ai pas hésité à te battre malgré la blessure narcissique dévastatrice que j'allais t'infliger.

Il éclata de rire.

— Tu n'as pas tort, mais c'est différent, non ?

— Si tu le dis, répondit-elle en se balançant doucement dans son fauteuil.

— Donc, tu es une bête au billard. J'ai l'impression que je devrais m'abstenir de jouer contre toi aux fléchettes aussi. Autre chose que je devrais savoir ?

— Rien qui me vienne à l'esprit, répondit-elle après avoir bu une autre gorgée de chocolat.

— Et le ski ? Tu comptes m'humilier demain avec tes stems ?

— J'ignore ce que sont des stems, dit-elle en pouffant, mais ne crains rien. Les deux fois où j'ai chaussé des skis, ici même au nouvel an, j'ai passé quasiment tout mon temps à essayer de tenir sur mes jambes. Mais on dit que la troisième est la bonne.

Après un long silence durant lequel Julia demeura plongée dans ses pensées, elle prit une profonde inspiration et dit :

— Il y a beaucoup de choses que tu ne sais pas sur moi, Boone.

— Je ne demande qu'à les découvrir.

— C'est ce que tu crois, mais j'ai commis certaines erreurs que je regrette.

— Comme la plupart des gens.

— Même toi ?

Croyait-elle qu'il était parfait ? Qu'il n'avait jamais pris de mauvaises décisions, lui qui avait négligé les signaux envoyés par sa jumelle pour qu'il l'empêche de s'engager dans une voie qu'elle avait été incapable de parcourir en sens inverse ?

Il fut à deux doigts de parler d'Amy à Julia. À deux doigts...

— Même moi, se contenta-t-il de confirmer.

5

Le lendemain matin, vêtue d'une combinaison de ski rouge et verte fluorescente qu'elle avait empruntée à Beth, Julia se débattait pour se mettre debout.

— Mets tes skis perpendiculaires à la pente et enfonce les carres dans la neige.

Elle leva la tête et, à travers ses lunettes de ski empruntées elles aussi, elle vit Boone en pleine démonstration des gestes à effectuer. Dans une combinaison d'un bleu et jaune vifs assortie à son casque et à son masque, il sortait tout droit d'un magazine de ski.

— Tu as déjà descendu la piste ? Tu as dû battre un record.

— Non. Quand je ne t'ai pas vue avec nous au télésiège, je suis revenu sur mes pas.

— Je t'avais prévenu que je skiais très mal.

— Uniquement, parce que tu ne m'as pas eu comme moniteur.

— Tu peux me donner la main pour m'aider à me relever ?

— Non. Il est temps que tu apprennes, dit-il en se laissant tomber à côté d'elle. Observe-moi bien et ensuite fais la même chose.

— Ça paraît facile à te voir, s'extasia-t-elle quand il fut debout.

— Moi aussi je tombais sans arrêt au début. Alors, j'ai de l'entraînement.

Julia imita Boone et réussit à se mettre sur ses jambes. Ne restait plus qu'à s'y maintenir.

— Et quand était-ce ?

— Je ne me rappelle plus exactement. Mon grand-père était

un excellent skieur et il nous emmenait plusieurs fois par an à la montagne. Il est mort quand j'étais en troisième année. Depuis, je suis allé skier quelques fois avec des copains, mais nous ne sommes plus jamais partis en famille. Cette année-là a été très difficile.

— Excuse-moi. Je ne voulais pas remuer de mauvais souvenirs.

— Non, ne t'inquiète pas. Ces séjours m'évoquent une époque heureuse. Le décès de mon grand-père et les autres malheurs qui nous ont frappés cette année-là n'y changent rien. Bien, je vais t'apprendre à marcher en canard maintenant.

Attristée par la soudaine mélancolie de Boone, Julia résolut de le dérider.

— Peut-être n'as-tu pas remarqué que je n'arrive déjà pas à marcher comme un être humain. Alors en canard... En revanche, je parle couramment leur langue. Coin ! Coin !

Comme elle l'avait espéré, Boone retrouva son sourire.

— Que de talents ! Voyons si tu es vraiment une bonne imitatrice. Détends les genoux, conseilla Boone comme Julia s'appliquait à le copier.

— Comment veux-tu que je me détende avec ces planches aux pieds ?

— Tu te débrouilles très bien, Julia. Il te reste juste à t'amuser. Ce n'est pas grave si tu tombes. Cela te donnera une occasion supplémentaire de te relever. Ce que tu réussis très bien maintenant.

— OK. Donc avancer en canard et se détendre...

— Voilà ! Bravo ! Tu as pris le coup !

Il lui enseigna patiemment d'autres mouvements, sans jamais l'humilier et en lui prodiguant au contraire encouragements et félicitations si bien qu'elle arbora bien vite un vrai sourire. Mais elle n'était pas dupe. Le plaisir qu'elle éprouvait à cette leçon venait essentiellement du moniteur et non de l'activité.

— Bien. Il est temps maintenant de nous lancer sur la piste verte. N'oublie pas qu'il te suffit de ne pas te crisper.

— Ça marche, dit-elle avec un sourire forcé qui amusa beaucoup son « moniteur ».

Avec Boone à ses côtés, elle descendit deux fois sans encombre la piste des débutants. Après ce succès, Boone la persuada d'en aborder une plus pentue. Alors qu'ils avaient commencé à descendre, attroupement un peu plus bas attira leur attention.

— Il y a un blessé, dit Boone. Je pars devant pour voir si je peux aider. Continue à faire ce que je t'ai appris et rejoins-moi là-bas.

Il s'élança et s'arrêta en contrebas, à côté d'un corps allongé au pied de grands conifères. Julia, elle, descendit à son rythme et découvrit en arrivant qu'il y avait en réalité deux victimes dans la neige. Boone était agenouillé à côté de l'une d'elles.

— Ils s'appellent Craig et Sylvia. Craig semble le plus sérieusement touché des deux. Tu veux bien me prêter ton écharpe ? Je vais m'en servir comme garrot sur sa jambe pour ralentir l'hémorragie pendant que tu t'occupes de Sylvia.

En dehors de son nez rougi par le froid, l'homme était livide.

— J'ai appelé les urgences, poursuivit Boone en prenant l'écharpe que Julia lui tendait. Je suis en contact par radio. Les secours devraient arriver dans quelques minutes.

Sans perdre de temps, Julia déchaussa ses skis et s'agenouilla à côté de Sylvia qui, heureusement, avait porté un casque.

— Bonjour, Sylvia. Je m'appelle Julia et je suis infirmière. Où avez-vous mal ?

— Partout, mais au moins je ne saigne pas. Pas comme lui. Je voulais essayer de me lever, mais votre mari me l'a déconseillé.

— Mon collègue, pas mon mari, s'empressa de corriger Julia que cette méprise troubla plus qu'elle ne l'aurait voulu. Il n'y a pas meilleur médecin que le Dr Richards. Je peux vous ausculter, Sylvia ?

Quand cette dernière eut acquiescé, Julia lui palpa les bras puis les jambes sans détecter de blessures. Mais en arrivant à la cheville droite, elle grimaça. Le tibia et le péroné présentaient à leur base une fracture. Simple, heureusement.

— Aïe ! protesta Sylvia en tendant un bras vers Julia pour l'arrêter.

— Pardon. Votre jambe est cassée. Je vais entourer la zone

dans de la neige pour éviter qu'elle n'enfle trop. Ce ne sera pas très agréable, j'en suis désolée.

Une fois cette opération terminée, elle pratiqua un rapide examen neurologique qui ne révéla rien d'anormal. La blessée, bien qu'en état de choc, s'en sortait bien.

— Nous sommes entrés en collision. Je descendais et brusquement je me suis retrouvée par terre, expliqua Sylvia.

— Je suis désolé, dit Craig de là où il se trouvait. Je n'ai pas réussi à ralentir. Ouh là là ! J'ai affreusement mal à la tête. J'ai l'impression que mon masque est enfoncé dans mon visage.

Julia approcha et releva les lunettes de ski de l'homme et examina ses yeux pendant que Boone continuait à traiter sa jambe. Ses deux pupilles n'avaient pas la même taille. Quand il s'essuya le nez, une traînée de sang couvrit son gant.

— Ce n'est pas bon signe, s'alarma-t-il en regardant Julia.

— Vous avez dû vous cogner lors de la collision.

Elle l'espérait mais les pupilles de l'homme l'inquiétaient.

— Il n'a vraiment pas l'air bien, tu ne trouves pas ? murmura-t-elle à Boone.

Mais Craig l'avait entendue.

— Pourquoi a-t-elle dit ça ? Que me cachez-vous ? Je me vide de mon sang, c'est ça ?

Boone tenta de le calmer, car si Craig s'agitait, son cœur s'accélérerait et l'hémorragie serait plus difficile à juguler. Mais ses efforts s'avérèrent vains. Craig essaya même de se redresser et Julia dut l'en empêcher.

— Allons, Craig, un peu de patience. Les urgentistes ne vont pas tarder et vous emmèneront dans la vallée.

Remarquant alors que le regard de Craig se voilait, elle passa sa main devant son visage.

— Regardez-moi, ordonna-t-elle.

Au bout de quelques instants, il réussit à fixer ses yeux sur elle.

— Pourquoi faut-il que j'aille à l'hôpital ? Le docteur ne peut-il pas remettre ma jambe en place ici ?

— Ce n'est pas ma spécialité, répondit Boone. Je suis pneumologue.

— Dommage que je n'aie pas été touché au poumon, alors.

— Détrompez-vous, répondit Boone. Un poumon perforé aurait été encore plus grave.

— Craig ? appela Julia en le voyant fermer les yeux.

Il ne répondit pas et ses traits se relâchèrent anormalement. S'était-il évanoui ?

— Craig ? répéta-t-elle en s'agenouillant à côté de lui.

Boone arrêta les soins et demanda à son tour :

— Craig ? Vous m'entendez ?

Toujours pas de réponse.

— Je sens son pouls, lui précisa, Julia qui avait placé ses doigts sur la carotide de l'homme. Mais ses troubles de la vision, il y a un instant, suggèrent un traumatisme crânien.

— En effet, dit Boone visiblement inquiet. Continue à le surveiller. Il saigne encore beaucoup. Je vais essayer de serrer davantage le garrot de fortune autour de sa jambe.

C'est avec soulagement que Julia vit les secours arriver. Avec Boone, elle aida les brancardiers à embarquer les deux blessés à l'arrière d'un véhicule tout-terrain.

— Désolé pour ton écharpe, dit Boone après leur départ et celui des badauds à présent privés de spectacle. Je t'en achèterai une autre.

— Ce n'est pas grave. Ce qui compte c'est que tu aies réussi à ralentir l'hémorragie. Vu la quantité de sang qu'il perdait, je suppose qu'un des os a transpercé une artère.

— C'est la première fois que je vois un accident aussi grave depuis que je skie. Je ne voudrais pas que tu t'en serves de prétexte pour arrêter ta leçon de ski.

Elle fit mine de réfléchir.

— Mmm... Je n'y avais pas pensé, mais tu as raison.

— Moi présent, il ne t'arrivera rien de mal, Julia, déclara-t-il solennellement avec une sincérité qui déclencha en Julia une avalanche d'émotions qu'elle tenta de contenir.

— Donc, si j'avais été Sylvia, tu aurais pu me protéger contre un skieur hors de contrôle ?

— Absolument. Quitte à me jeter sous ses skis pour l'arrêter.

Le cœur de Julia gonfla et se mit à battre si fort qu'elle se demanda si les montagnes n'allaient pas en renvoyer l'écho. Elle n'avait jamais connu dans sa vie quelqu'un prêt à se sacrifier pour elle. Même pas ses parents. La déclaration de Boone l'émut donc tellement qu'elle sentit un accès de panique la gagner.

— Mon héros ! plaisanta-t-elle pour le stopper. Je vais devoir te rendre la couverture-cape.

— Merci, dit-il en souriant.

— De vouloir te rendre la couverture ?

— Non, de me considérer comme ton héros. La couverture, tu peux la garder.

Et voilà que de nouveau elle avait des papillons dans le ventre et qu'elle transpirait malgré la bise.

— Tous ceux qui ont assisté à l'accident savent que tu en es un.

— C'est ce que tu penses toi qui m'importe, dit-il avec un regard intense.

— Ne t'inquiète pas. Je te vois tous les jours à l'œuvre à l'hôpital.

Elle avait été impressionnée dès les premiers jours, quand elle l'avait surpris à moitié endormi au chevet d'un patient : il avait préféré passer la nuit près de son malade plutôt que de rentrer chez lui ! Depuis, il grignotait jour après jour les défenses qu'elle avait érigées autour d'elle et, malgré ses efforts, elle ne parvenait pas à l'arrêter.

Dans ces conditions, comment allait-elle réussir à respecter ses *Règles pour Réussir sa Vie* ? Elle s'en mordrait pourtant inévitablement les doigts si elle les enfreignait.

L'accident mis à part, Boone avait passé une journée fantastique, avec une Julia détendue et gaie, qui profitait de la vie et le taquinait même parfois. Comme si tout allait pour le mieux dans le meilleur des mondes.

La bande au complet regardait à présent une spéciale de *Times Square* dans le salon du chalet. Le feu crépitait dans l'âtre et dispensait une agréable chaleur. Peu frileux de nature, il avait opté pour un jean et un T-shirt tandis que Julia, elle, portait un gros pull bordeaux et un pantalon extensible noir.

— Ça va faire un de ces bazars ! observa-t-elle en tripotant un lanceur de confettis.

— Il y a un aspirateur dans le placard, répondit Boone en redressant sur la tête de Julia le chapeau pointu dont Stephanie avait voulu que tout le monde s'accoutre. J'aiderai à ranger.

— Comme si les hommes avaient rangé quoi que ce soit jusque-là ! rétorqua Julia.

— Hé ! C'est Stephanie qui a décrété que les filles s'occuperaient du ménage puisque les garçons avaient fait la cuisine.

— Je vous remercie d'avoir affronté le froid, mais est-ce que faire griller de la nourriture, c'est vraiment de la cuisine ?

En effet, leur mission avait consisté à bavarder en doudoune autour du gril.

— Tu dois reconnaître que c'était bon, quand même.

— Je ne suis pas très amatrice de viande, mais j'avoue que les brochettes de légumes étaient délicieuses.

— Et ensuite, l'apothéose : les desserts que vous, mesdames, aviez confectionnés. Ce sont tes cookies que j'ai préférés. J'adore tout ce qui contient du beurre de cacahuètes.

— Je note, pour le cas où j'aurais besoin de m'attirer tes bonnes grâces.

Il aurait pu lui assurer que c'était déjà fait, mais décida plutôt d'entrer dans son jeu :

— Je peux t'envoyer une liste d'idées qui fonctionneraient aussi, si tu veux.

— J'ai l'impression que la nourriture se trouverait en haut de ta liste.

— Je suis gourmand, c'est vrai.

La vérité était qu'il la mettrait elle en haut de sa liste. Ce week-end passé avec elle l'avait convaincu davantage encore qu'il n'avait jamais rencontré aucune femme comme elle et qu'elle le transformait.

— Allez ! Tout le monde en place pour une photo de groupe ! appela Stephanie. Dire que l'année tire déjà à sa fin ! C'est incroyable.

Ils s'entassèrent tous sur le canapé, les femmes juchées sur les genoux de leur partenaire. Julia voulut s'asseoir par terre, mais Stephanie l'arrêta.

— Mets-toi aussi sur les genoux de Boone, sinon ça va casser la composition de la photo.

Julia en demeura bouche bée.

— Juste le temps de la photo, insista Stephanie soutenue par les autres. Allez ! Dépêche-toi qu'on ne rate pas la descente de la boule et le compte à rebours à Times Square à la télé.

Boone, gêné par la pression que leurs amis exerçaient sur Julia, décida de régler le problème et se leva.

— Puisque tout le monde est assis sur les genoux de quelqu'un, je vais m'asseoir sur ceux de Julia.

— Hors de question ! bondit Julia.

— Rabat-joie ! s'esclaffa Stephanie. Bon, OK. Vous gagnez tous les deux, mais uniquement parce que le temps presse. Placez-vous tous derrière le canapé et penchez-vous en avant.

Ils obtempérèrent, souriant ou grimaçant au gré des instructions de Stephanie, qui les immortalisa tous, elle comprise, grâce au retardateur.

— Maintenant, prenez votre partenaire dans vos bras pour le dernier bisou de l'année.

Le regard que Julia lança à son amie se passait de commentaires. Quant à Boone, il aurait bien aimé recevoir son *premier* baiser de l'année mais jugea plus raisonnable de le remplacer par une poignée de main amicale avec Julia.

Même décevant par rapport à ce qu'il aurait souhaité, ce bref contact fut un moment précieux pour lui. Mais ce qui l'émut par-dessus tout fut le sourire de Julia.

— À présent, remplissons nos verres pour être prêts, poursuivit Stephanie.

Tout le monde se servit de champagne, sauf Julia et Becky qui optèrent pour du cidre.

— Moins d'une minute maintenant ! s'écria Dawn.

— La vieille année va mourir, vive la nouvelle ! cria quelqu'un.

— Dix, neuf, huit...

Ils se mirent tous à compter hurlant un peu plus à chaque nombre.

— Un... Bonne année !

Les couples s'embrassèrent. Julia croisa le regard de Boone et détourna presque instantanément la tête. Pas assez vite cependant pour empêcher Boone de voir le désir dans ses yeux.

L'année prochaine, se dit-il. Non, cette année en fait, puisqu'ils venaient d'entamer celle du rendez-vous promis par Julia.

— Bonne année, Julia.

— À toi aussi, Boone.

Elle s'humecta nerveusement les lèvres et prit une gorgée de cidre quand son regard tomba accidentellement sur la bouche de Boone.

— J'espère que ce sera la meilleure que tu aies connue jusque-là.

— Elle démarre bien.

Il aurait voulu l'embrasser, accueillir l'année avec le goût de ses lèvres sur les siennes. Il n'allait pas commettre cette erreur, bien sûr. Cinq mois et ils dîneraient en tête à tête au restaurant. Peut-être ne s'embrasseraient-ils pas à ce premier rendez-vous ni même au suivant, mais le jour viendrait inéluctablement. Il savait avec certitude qu'elle aussi avait conscience de ce qui existait entre eux, quoi que ce soit. Pour le moment, il se satisferait de passer le plus de temps possible avec elle en amis, en attendant de découvrir ce que l'avenir leur réservait.

— C'est vrai. Elle prend un bon départ.

Le sourire de Julia exprimait un tel mélange de désir et de doutes qu'il dut se retenir de toutes ses forces pour ne pas la serrer dans ses bras et lui assurer qu'elle n'avait aucune raison de se méfier de lui.

Au lieu de cela, il se répéta que la patience était mère de toutes les vertus et que Julia valait la peine qu'il attende.

Julia sentit sa gorge se nouer. Boone avait envie de l'embrasser. Il regardait sa bouche et… elle pria pour qu'il ose. Mais elle le remercia intérieurement de ne pas avoir cédé à la tentation, certaine qu'elle l'aurait regretté lorsqu'elle serait revenue à la réalité du quotidien.

Ou pas, car secrètement elle n'imaginait rien de mieux pour commencer l'année que de s'abandonner à l'étreinte de cet homme.

— Santé ! cria de nouveau Stephanie, blottie contre Derek, tirant Julia du monde de rêves où son esprit s'était égaré. Je souhaite porter un toast.

Aux amis et aux bons moments ! lança-t-elle lorsque tout le monde se tut et la regarda.

— Aux amis et aux bons moments ! répétèrent en chœur ses amis en levant leur verre.

Peu après, Kevin et Becky partirent se coucher, bientôt imités par Stephanie et Derek, en promettant qu'ils rangeraient le lendemain matin. Dawn annonça qu'elle montait dans sa chambre et Cliff proposa de l'accompagner. Personne n'était dupe de leurs intentions réelles après la façon dont ils s'étaient bécotés pendant toute la soirée.

Pour ne pas gêner le couple, Julia demeura au salon pour ramasser les confettis. Boone s'approcha pour l'aider.

— Tu n'es pas obligé, lui assura Julia qui redoutait un tête-à-tête.

Ce n'est pas tant de lui qu'elle avait peur que d'elle-même. Il s'était montré si gentil, attentionné, courtois et drôle pendant toute la journée ! Bref, un parfait gentleman. Elle s'était sentie appréciée, comme si elle méritait qu'on s'intéresse à elle. Et cela l'effrayait, car elle était certaine que Boone se lasserait d'elle. Et si ce n'était pas le cas et qu'elle soit obligée de lui parler de son passé ? Et si alors, à l'instar de Clay, il ne la regardait plus jamais de la même façon ?

— Cela me fait plaisir de te donner un coup de main, Julia. Et puis, je suppose que nos camarades de chambre sont dans le couloir en train de se dire bonne nuit. Alors, laissons-leur un peu d'intimité.

Quand ils montèrent, dix minutes plus tard, ils trouvèrent la porte de Julia et Dawn close. Celle de Boone et Cliff était ouverte sur une pièce vide. Le couple avait donc investi la chambre de Julia et Dawn et n'était probablement pas près d'en sortir.

— Je ne vais pas les déranger, je redescends, annonça Julia.

— Moi aussi.

Julia voulut protester mais Boone l'interrompit.

— Crois-tu que je vais réussir à dormir en sachant que tu es en train de te morfondre en bas ? Cliff peut très bien ne pas réapparaître avant le matin.

— Je regarderai la télévision. Aucun problème. Va te reposer.

— Je n'ai pas sommeil, s'entêta Boone.

Elle ne le crut pas mais n'insista pas et ils descendirent au salon dans le chalet à présent plongé dans un silence presque inquiétant.

— Une partie de dames ? proposa Julia.

— Oui, pourquoi pas ? Mais... Es-tu aussi douée aux dames qu'au billard ? Cherches-tu à m'humilier pour que je passe la première nuit de la nouvelle année à pleurer ?

— Tu as de la chance, je ne le suis pas, répondit-elle en se retenant de rire. Disons que je suis moins bonne qu'au billard mais meilleure qu'à ski.

— J'ai donc une chance ? demanda-t-il, l'œil pétillant.

Julia laissa un silence interminable s'installer avant de répondre.

— Oui, Boone. Tu as une chance. Une chance non négligeable.

Parlait-elle seulement de la partie de dames ? Difficile à savoir.

6

— Encore fermée, constata Julia devant la porte de sa chambre, une heure plus tard. Je vais peut-être frapper et dire à Cliff de partir.

— Sinon, il y a de la place dans mon lit, dit Boone dans la pénombre du couloir.

Julia fronça les sourcils. Pourquoi gâchait-il tout après le moment agréable et détendu qu'ils avaient passé à jouer aux dames, sans le moindre geste ou mot déplacé malgré leur attirance physique évidente ?

— Boone, je…

— Attends ! Je me suis mal exprimé, je suis désolé. Je te proposais de dormir dans ma chambre en t'enfermant à clé. Et moi sur le canapé en bas. Il est gigantesque. J'y serai très bien.

Une discussion s'engagea alors sur qui passerait la nuit en bas et qui dans la chambre. Julia emporta la joute… et le canapé. Elle aurait en effet eu une impression de trop grande intimité en occupant le lit de Boone.

— Au moins, accepte mon édredon et un de mes oreillers, dit-il.

— Ah ! Volontiers.

— Tu es sûre que c'est ce que tu préfères ? s'assura-t-il quand il revint avec ce qu'il avait promis. Parce qu'il y a une autre solution : tu prends mon lit et moi celui de Cliff. Je promets de bien me tenir.

— Oh ! Je sais.

— Ah ! Je comprends. En fait, tu as peur de ne pas bien te tenir, toi, dit-il avec un petit sourire diabolique.

— Tu m'as démasquée ! feignit-elle de plaisanter.

Mais Boone aurait peut-être été surpris d'apprendre qu'elle rêvait de savoir ce qu'elle ressentirait en dormant entre ses bras. Un simple « oui » aurait suffi. Pourtant, aussi difficile que ce soit, elle ne commettrait pas cette erreur.

— Mes intentions à moi étaient pures, poursuivit-il l'œil malicieux. Est-ce ma faute si tu as l'esprit mal tourné ?

— Je suis impardonnable. J'aurais dû comprendre que tu n'avais aucune idée derrière la tête.

— Je n'irais pas jusque-là. Mais je ne dédaigne pas de faire bonne impression de temps à autre.

Tandis qu'elle descendait l'escalier en bois grinçant, Julia s'interrogea sur la façon dont Boone aurait réagi si elle avait accepté de partager la chambre avec lui. Aurait-il rétropédalé ou bien cela ne l'aurait-il pas dérangé que leurs amis pensent qu'ils avaient couché ensemble ?

Allongée sur le canapé, paupières fermées, elle respira avec volupté le parfum épicé de Boone qui imprégnait encore l'édredon et s'autorisa à imaginer que les choses étaient différentes, qu'ils s'étaient embrassés pour célébrer la nouvelle année, qu'elle lui avait pris la main pour l'amener à leur chambre commune et…

Stop ! Elle ne devait pas laisser ses pensées s'égarer ainsi. Une amourette avec Boone risquait d'anéantir tout ce qu'elle avait construit à la force du poignet. À supposer qu'il ne prenne pas ses jambes à son cou à l'instar de Clay, si une histoire d'amour se développait entre eux, Julia ne se faisait pas d'illusions : elle ne durerait pas.

De l'abandon de Clay, elle avait conclu qu'elle ne méritait pas d'être aimée. Elle en avait été tellement accablée de douleur qu'elle avait failli rechuter. Or, Boone la troublait plus que Clay ne l'avait jamais fait. Elle n'osait donc imaginer le cauchemar qu'elle vivrait si elle s'éprenait de Boone et le perdait ensuite. Serait-elle assez forte pour ne pas retomber dans la drogue ? Elle savait comme la résistance s'effritait dans les moments d'abattement. Combien de personnes avait-elle ainsi vues plonger de nouveau ? Trop pour qu'elle en ait tenu le compte. La seule chance de ne pas récidiver était de ne pas se mettre en danger.

Il était crucial pour elle, voire vital, de protéger sa nouvelle vie et ses succès durement acquis. Elle resterait donc simplement amie avec Boone. Et en mai, s'il n'avait pas renoncé à la courtiser, elle aviserait.

Le lendemain, alors qu'il était arrêté à un stop, Boone jeta un regard à Julia sur le siège passager.

— Stephanie n'a pas été très subtile.

— Tu veux dire en manœuvrant pour que tu sois obligé de me raccompagner à Knoxville ?

Les yeux sur le paysage saupoudré de neige, elle soupira :

— Je suis désolée de m'imposer, Boone.

— Je ne me plains pas. Je suis en agréable compagnie.

Après avoir vérifié que la voie était libre, il s'engagea sur la rocade de Gatlinburg.

— Tu as dormi comment ?

— Pas trop mal.

— Mais pas aussi bien que dans un vrai lit, je suppose

Boone n'était pas étonné qu'elle ne se soit pas un instant plainte d'avoir été dépossédée de sa chambre. Quand Cliff et Dawn, penauds, s'étaient excusés, elle les avait même assurés que cela ne l'avait pas dérangée. Boone en revanche, avait pris son collègue entre quatre-z-yeux.

— Franchement, il n'y a pas de problème. Une nuit sur un canapé, ce n'est pas un prix exorbitant à payer pour arranger des amis. Cliff s'est confondu en excuses et il a insisté pour prendre à sa charge les frais de mon séjour. Et ça, ça me gêne.

— Il n'y a aucune raison. C'est normal puisque tu n'as pas profité de ta chambre par sa faute.

C'est ce que Boone avait fait valoir à Cliff durant leur tête-à-tête.

Il ne connaissait pas la situation financière de Julia mais soupçonnait qu'elle ne roulait pas sur l'or.

— Toujours est-il que je ne m'attendais pas à son geste, dit-elle avant de changer de sujet. Même en plein hiver, le spectacle est à couper le souffle.

Et Julia, donc ! songea Boone.

— Nous reviendrons au printemps quand tout le paysage commence à verdir.

Sentant Julia se crisper, il rectifia :

— Cet été plutôt, quand tu auras ta maîtrise et que tout sera déjà vert.

— Écoute, Boone... Je préférerais que tu t'abstiennes de tenir ce genre de propos.

Il lui glissa un bref regard. Elle caressait l'intérieur de son poignet gauche avec son pouce droit.

— Parce que tu n'envisages pas de passer du temps avec moi cet été ?

Elle coinça sa main droite sous sa cuisse.

— L'été est loin, Boone. Inutile de faire des projets alors que ni l'un ni l'autre ne savons où nous en serons.

Il resserra les doigts sur le volant.

— Tu penses que notre premier rendez-vous va être un désastre ?

— Encore faudrait-il que ce premier rendez-vous ait lieu. Tu peux très bien rencontrer quelqu'un d'ici là.

Pourquoi avait-elle autant de mal à croire en lui ? enragea Boone.

— Je ne cherche pas à rencontrer quelqu'un, Julia.

Il avait déjà trouvé son âme sœur en la personne de Julia. Il aurait tellement aimé la présenter à Amy, sa jumelle. Elle aurait adoré Julia, ne serait-ce que parce qu'elle osait lui tenir tête à lui. Tristesse et colère l'assaillirent. Amy ne connaîtrait jamais Julia. Hélas, trois fois hélas.

— Ne dit-on pas que c'est lorsqu'on ne cherche pas qu'on trouve ?

Elle avait parlé d'un ton léger qui ne trompa nullement Boone. Il sentait une profonde blessure derrière sa méfiance envers lui.

— En outre, tu ne sais pas si tes sentiments n'auront pas changé dans cinq mois.

— Si, je sais qu'ils seront toujours les mêmes.

— OK, dit-elle en se tournant vers lui. Alors, j'ai une question à te poser. Savais-tu cinq mois à l'avance que tu romprais avec le Dr Cunningham ?

— Je vais peut-être te surprendre mais, oui, tout au fond de moi, j'avais la conviction que nous ne continuerions pas notre route ensemble. Je crois que je l'avais toujours su.

— Et tu le lui as dit ?

— Oui, dès que j'ai accepté de regarder la réalité en face, répondit-il, un peu honteux rétrospectivement. C'est une femme et une amie formidables. Quand nous avons commencé à sortir ensemble, nous ne cherchions ni l'un ni l'autre une relation sérieuse. Mais nous nous sommes bien entendus, nous partagions un certain nombre de centres d'intérêt et nous ne nous posions pas de questions. À présent, nos objectifs divergent. Dans ces conditions, il n'aurait pas été honnête de poursuivre notre histoire. Elle mérite mieux.

Julia se redressa sur son siège, le regard de nouveau sur le paysage. Après quelques minutes de silence, elle dégagea sa main droite de sous sa cuisse pour caresser le phénix sur son poignet et dit :

— C'est trop pour moi, Boone. L'intérêt que tu me portes me flatte, mais je dois me concentrer sur mes cours et sur mon travail. En acceptant quelqu'un dans ma vie, je lui donnerais le pouvoir de tirer des ficelles affectives que je préfère être la seule à contrôler. C'est peut-être égoïste, mais c'est comme ça.

— Cela ne dénote pas tant de l'égoïsme qu'une grande solitude.

— Il y a des choses bien pires que la solitude.

— On dirait que tu as vécu une relation difficile.

— Aucune ces dernières années et aucune dont je souhaite parler, mais combien de jeunes comme moi ne sont jamais tombés amoureux de la mauvaise personne ?

Quel idiot avait su gagner son cœur et l'avait blessée ensuite ?

— Si un jour tu as envie d'en parler, je serai là pour t'écouter, je fais ça très bien.

Quelle est ta voiture favorite ? demanda-t-il à brûle-pourpoint pour changer de sujet avant que Julia ne se referme complètement, alors qu'il avisait une Chevrolet ancienne.

Soulagée de ce coq-à-l'âne, elle répondit dans un haussement d'épaules :

— Je n'ai jamais réfléchi à la question. Je dirais celle qui m'emmène là où je veux aller. Et toi ?

— La Chevrolet Corvette 1955, répondit-il sans hésitation. Depuis mes douze-treize ans.

— De toute évidence, toi, tu as réfléchi à la question. Alors pourquoi ne t'es-tu pas acheté la voiture de tes rêves ?

— Elles sont assez rares. Il n'en a été fabriqué que sept cents et il en reste encore moins en circulation. Elles sont géniales, mais ce serait complètement irréaliste d'en vouloir une.

— Alors là, tu me coupes le sifflet, dit-elle en exagérant sa surprise. Tu n'obtiens pas tout ce que tu veux ?

— Tu es vraiment mal placée pour t'en étonner, rétorqua-t-il en pouffant.

Pendant le reste du trajet jusqu'à Knoxville, ils parlèrent à bâtons rompus, notamment de qui était le meilleur candidat de leur télé-crochet, ce qui ne manquait jamais de susciter entre eux une discussion animée. Lorsqu'ils arrivèrent au pied de l'immeuble de Julia, Boone proposa de monter ses bagages à son appartement. Étrangement, elle n'objecta pas et dit avec un sourire :

— Je te reconnais une chose, Boone, tu as des manières irréprochables.

— Ma mère serait fière de t'entendre. Je lui ai dit la même chose à ton sujet.

— Quoi ? Tu as parlé de moi à ta mère ? Quand ? Pourquoi ?

— À Noël et plusieurs fois depuis, au téléphone. Tu lui plais.

Il monta derrière Julia jusqu'à son logement, au deuxième étage.

— Elle ne m'a jamais vue, observa-t-elle en ouvrant la porte. Tu entres ?

— Ne te crois pas obligée de m'inviter. Je peux mettre ton sac là où tu me l'indiqueras et puis m'en aller.

En guise de réponse, elle s'effaça pour laisser le passage à Boone.

— Pose-le près de la porte. Je le déferai après ton départ.

Il inspecta du regard le studio, petit mais bien rangé. Les murs étaient peints en jaune pâle avec une bordure blanche. Les meubles, bien que dépareillés, formaient un ensemble harmonieux. Les coussins sur le canapé et le lit créaient des taches de couleur.

— Tu vis seule ?

— Avec Nougatine. Ma voisine l'a gardée pendant le week-end. Elle l'a ramenée ce matin avant de sortir. Coucou, Nougatine, je suis rentrée. Elle est adorable, mais je te préviens, elle est un peu sauvage.

Comme Nougatine ne répondait pas à l'appel de Julia, Boone dit :

— Un chien aurait accouru et serait en train de te lécher.

— Oui, mais je préfère les chats.

— Pourquoi ?

— Je ne sais pas. Je n'ai jamais eu d'animal quand j'étais petite, sauf dans quelques familles d'accueil. Je n'avais pas vraiment projeté d'en prendre un, mais quand j'ai trouvé ce chaton apeuré et affamé sur le parking de l'hôpital, j'ai craqué.

Évidemment, songea-t-il. Mais autre chose l'avait interpellé.

— Des familles d'accueil ?

À la grimace que fit Julia, Boone comprit qu'elle regrettait d'avoir trop parlé.

— Ma mère se débattait contre certains démons. Alors, on me plaçait, le temps qu'elle se reprenne en main.

Il avait soupçonné qu'elle avait vécu une enfance difficile mais n'avait pas mesuré à quel point. La mère de Julia s'était-elle débattue contre les mêmes démons qu'Amy ? Était-ce à cause d'eux qu'elle était morte, elle aussi ? Rien d'étonnant dans ce cas que

Julia plaide pour que leurs patients victimes d'overdose soient accompagnés une fois sortis de l'hôpital.

— Tu ne restais pas avec ton père ?

— Pas tout le temps, répondit-elle avec un détachement que démentit sa voix qui grimpa dans les aigus lorsqu'elle appela une nouvelle fois :

— Nougatine ? Où es-tu ?

Boone aurait voulu lui poser d'autres questions sur son enfance. Lui parler aussi d'Amy et du vide que lui avait laissé la mort de sa jumelle. Mais il ne dit rien pour ne pas gâcher une belle journée.

— Ah ! La voilà ! Bonsoir, Nougatine, je suis rentrée, répéta Julia – sa phrase rituelle – en prenant l'animal dans les bras. Comment va ma chatounette ?

Un accès de jalousie ridicule gagna Boone devant les manifestations d'affection que Julia prodiguait à son chat.

— Je t'ai manqué ?

Elle frotta sa joue contre le museau de Nougatine qui miaula et lui rendit ses câlins.

— Toi aussi tu m'as manqué. Je te présente Boone, un ami.

Boone, un ami.

Pourquoi Boone eut-il l'impression que son cœur s'arrêtait de battre ? Se réjouissait-il que Julia le considère comme un ami ou s'inquiétait-il de cette étiquette alors qu'il aspirait à tellement plus et que ni l'un ni l'autre ne pouvaient ignorer l'alchimie qui opérait entre eux ?

Sur un signe de Julia, Boone se risqua à caresser le chat.

— Elle t'aime bien. Elle ne s'est pas mise à cracher et à griffer. D'habitude, elle n'apprécie pas les inconnus, surtout les hommes.

Comme sa maîtresse, songea Boone. Mais si Julia avait autorisé cette boule de poils à lui voler son cœur, tout espoir n'était pas perdu pour lui.

— Jolie blouse, s'exclama Stephanie. Parfaite pour la Saint-Valentin avec tous ces bonbons et leurs messages d'amour. Faut-il en déduire que tu as des projets pour le 14 février, la semaine prochaine ?

Julia leva la tête de l'écran sur lequel elle consultait un dossier médical.

— Merci. Oui, j'ai des projets.

— Pour de bon ? s'écria Stephanie d'une voix stridente. Avec Boone, c'est ça ? Génial ! Je savais que ce n'était qu'une affaire de temps.

— Ce n'était pas ta question, soupira Julia. Tu m'as demandé si j'avais des projets pour la Saint-Valentin. La réponse est oui. Après mon service, je rentrerai chez moi réviser pour un test.

— Tu préfères préparer un examen où tu vas cartonner de toute façon à sortir avec un beau médecin ? Ma pauvre fille, tu as tout faux sur l'ordre de tes priorités.

— Mes priorités sont dans un ordre qui me convient. Si je cartonne, c'est parce que je travaille. Et pour info, Boone ne m'a pas parlé de la Saint-Valentin, et tant mieux. Nous ne sortons pas ensemble, comme je te l'ai déjà dit un bon million de fois depuis Gatlinburg. Nous sommes juste collègues et amis. Plus tôt tu te feras à cette idée, mieux ce sera.

— Vous vous êtes si bien entendus tous les deux au nouvel an. Inutile de le nier. Même si je ne vous avais pas vus là-bas, je vous vois ici. Votre visage s'illumine dès que l'autre est dans les parages. Ça saute encore plus aux yeux qu'avant le week-end.

— Ni plus ni moins que des manifestations d'amitié.

— Je n'ai jamais remarqué que je te produisais cet effet, s'esclaffa Stephanie en venant s'asseoir à côté de Julia. Ne me dis pas que tu vas faire attendre cet apollon jusqu'à la remise des diplômes.

Comme Julia, dans un soupir, se remettait à entrer ses notes dans l'ordinateur, Stephanie lui tapa gentiment le dos de la main.

— Il pourrait se lasser et jeter son dévolu sur une autre. Tu y as pensé ? Il est trop génial pour que tu risques de le perdre au profit de quelqu'un qui ne le fera pas lanterner pendant des mois et des mois.

— Ça ne me dérangerait pas le moins du monde.

Au petit pincement de cœur qu'elle ressentit, elle sut qu'elle se mentait.

— L'espérerais-tu ? Est-ce pour cela que tu refuses de déroger à ta règle de ne pas avoir d'amoureux avant la remise des diplômes ?

— Non. Enfin, peut-être. Je ne sais pas.

Et là, elle disait vrai. La perspective de se rapprocher de Boone la terrifiait. Même leur amitié lui paraissait trop, parce qu'elle avait la quasi-certitude qu'elle ne déboucherait que sur de la souffrance.

— Sur le long terme, ce serait la meilleure solution.

— Pourquoi ? se récria Stephanie avec horreur.

— Nous n'avons rien en commun.

— Ce n'est pas l'impression que vous m'avez donnée à Gatlinburg. Bien au contraire.

— C'était juste un week-end. Ce n'était pas la vraie vie.

— Ici aussi, à l'hôpital, tout se passe très bien entre vous.

Certes, l'hôpital appartenait au monde réel, mais un monde à part malgré tout.

— C'est un excellent médecin. Pourquoi tout ne se passerait-il pas bien ?

— C'est exactement ce que je dis. Quelle femme saine d'esprit ne s'entendrait pas avec un homme séduisant, drôle, attentionné et intelligent comme Boone ? Je connais tes raisons pour penser d'abord à tes études. J'admire ta détermination et je suis fière de toi, Julia. Mais un des bons côtés de la vie est qu'il est possible d'adapter sa définition de la réussite aux circonstances. La réussite dans son métier et dans ses études n'exclut pas une vie amoureuse. Tu es intelligente, Julia. Je ne doute pas un seul instant de ta capacité à mener les deux de front sans trahir tes engagements.

Avant de conclure, Stephanie regarda son amie droit dans les yeux.

— Mets à jour tes *Règles pour Réussir dans la Vie*, Julia.

— Je… Oui, peut-être.

Elle s'était focalisée depuis si longtemps sur l'obtention de sa maîtrise sans s'autoriser le moindre écart sur la route qu'elle s'était tracée ! Elle était à présent si proche du but qu'elle ne se voyait pas changer de direction maintenant en se laissant distraire par Boone. Il exerçait déjà beaucoup trop de pouvoir sur elle. Si elle lui ouvrait la porte… elle le regretterait un jour.

— Va au moins dîner avec lui au restaurant en amis, l'encouragea Stephanie. Passer la Saint-Valentin avec lui vaut nettement mieux que de rester plongée dans tes cours.

Julia ne pouvait nier qu'elle avait passé un bon moment à Gatlinburg. Ni que Boone s'était comporté de manière irréprochable depuis leur retour. Il s'était montré chaleureux mais sans jamais lui mettre la pression. Dommage qu'elle ne puisse en dire autant de sa petite voix intérieure à elle – dont Stephanie se faisait l'écho sans le savoir – qui l'incitait à explorer ses sentiments pour Boone.

— Stephanie, je te répète que Boone ne m'a pas invitée au restaurant pour la Saint-Valentin.

— Ce n'est pas faute d'en avoir envie, intervint Boone du pas de la porte.

Depuis combien de temps se tenait-il là, bien en vue de Stephanie ? s'interrogea Julia. Et pourquoi son amie ne l'avait-elle pas prévenue de sa présence ? Et pourquoi elle-même n'avait-elle pas deviné son arrivée, contrairement à d'habitude ?

Quand Julia se tourna vers cet homme si séduisant dans sa blouse bleu pâle, le feu lui monta aux joues.

— Je suis désolé, dit Boone en cherchant le regard de Julia. J'étais venu te dire que j'ai reçu Aaron West en consultation et qu'il se rétablit. Je n'avais pas l'intention d'écouter aux portes.

— Je suis contente d'apprendre qu'Aaron va mieux. Quant au reste, il prouve qu'il n'est vraiment pas judicieux d'aborder ce genre de sujets au travail.

— Ou très judicieux au contraire, objecta Stephanie le visage fendu par un large sourire. Sur ce, je me sauve. J'ai un malade qui m'attend.

Et Stephanie, avec un petit signe complice à Boone, disparut dans le couloir.

— Excuse-la, c'est plus fort qu'elle, dit Julia en tournant à la légère sa conversation avec Stephanie.

— J'aime bien Stephanie, déclara Boone.

— Moi, je *l'aimais* bien. Mais de quoi se mêle-t-elle avec tous ses conseils ?

— Parce que tu ne veux pas dîner avec moi pour la Saint-Valentin ?

Parce que j'en ai tellement envie que j'ai du mal à détourner le regard de toi.

— Parce que c'est préférable.

— Je ne trouve pas que manger tout seul soit préférable.

— Je ne te demande pas de rester seul ce soir-là, mais de ne pas m'inviter, moi, à t'accompagner.

— Tu veux que je cherche quelqu'un d'autre ? s'étonna-t-il.

Non. Mais au moins cela arrêterait les idées folles que tu me mets dans la tête.

— Pour que tu ne dînes pas tout seul.

— Personnellement, dit-il en venant s'appuyer contre le poste de travail de Julia, je pense qu'il vaut mieux être seul qu'en mauvaise compagnie.

— Je ne suis pas une bonne compagnie.

Boone la dévisagea pendant un si long moment que Julia se mit à respirer difficilement.

— Peut-être, après tout, finit-il par dire. J'ai hâte de le savoir avec certitude. En attendant, pourquoi ne pas dîner entre amis pour la Saint-Valentin ? Ça n'engage à rien.

Le pouvoir magnétique des yeux bleus de Boone lui donnait le tournis et elle ne souhaitait rien plus ardemment que de se laisser happer par eux.

— La Saint-Valentin, c'est pour les amoureux, pas pour les amis.

— Pourquoi ne pas lancer une nouvelle tradition ? J'aimerais t'inviter à une Saint-Ami-lentin. Ou une Saint-Ami-tin ? Ou plutôt à une Saint-Val-ami-tin ?

Il réussit à arracher un petit sourire à Julia, mais elle secoua malgré tout la tête.

— M'inviter au restaurant un 14 février ressemble trop à un rendez-vous amoureux.

— Tu pourrais payer ton repas, alors.

— Tu me laisserais ? demanda-t-elle d'un ton sceptique.

— Oui, naturellement, si c'est la seule solution pour que me soit épargnée une Saint-Valentin en solitaire.

Il lui lança un regard tellement implorant qu'elle ne put se retenir de rire.

— Tu aurais dû être commercial, Boone. Désolée, mais je travaille ce soir-là.

— Moi aussi. Mais il faut bien manger, même tard. Je peux réserver une table à...

— OK, mais pas de réservation. Cela ferait trop penser à un rendez-vous.

Comme si elle n'en aurait pas l'impression de toute façon quand elle passerait la soirée du 14 février avec lui !

Qu'avait-elle fait ?

Vers 15 heures, le 14 février, Julia regarda l'infirmière chef d'un air éberlué.

— Comment ça, je peux rentrer chez moi ?

— Quand le nombre d'admissions baisse, je dois renvoyer quelqu'un. Aujourd'hui, c'est toi. Allez ! File avant que je ne change d'avis.

Patti, qui connaissait la situation financière de Julia, proposait en général à d'autres de quitter le travail plus tôt. Pourquoi la mettait-elle dehors aujourd'hui ?

— Libère quelqu'un d'autre plutôt. C'est la Saint-Valentin et toutes les filles sortent certainement avec leur amoureux.

— Non. C'est toujours toi qui te dévoues. Arrête de discuter et va-t'en.

Stephanie serait-elle intervenue ? Elle ne se serait probablement pas gênée pour supplier Patti de renvoyer Julia chez elle.

Tout le personnel était-il au courant de son dîner avec Boone ? Personne ne lui avait posé la question directement, mais les sourires entendus dont on l'avait gratifiée depuis le nouvel an ne lui avaient pas échappé.

À dire vrai, Julia aurait aussi préféré rester travailler pour ne pas avoir le temps de s'obnubiler sur ce dîner. Elle avait beau avoir refusé d'aller acheter de quoi s'habiller avec Stephanie, elle n'en avait pas moins attaché beaucoup d'attention à sa tenue. Elle avait passé en revue une bonne dizaine de fois le contenu de son armoire sans réussir à se décider.

Boone lui ayant promis une soirée tranquille, détendue, entre amis dans un restaurant sans chichi près du centre-ville, elle finit par opter pour un pull rouge vif, un jean noir, des bottes, des créoles en argent et un bracelet-jonc.

Elle venait de se brosser les cheveux quand son téléphone sonna. Son cœur s'affola quand elle vit le numéro de Boone s'afficher.

— Il y a eu un changement de plan.

Julia ne put retenir une grimace. Il annulait. Tant mieux, après tout.

— Pas de souci. J'ai des tas de choses à faire et…

— Tu crois que j'annule ? Non, c'est juste le lieu qui change.

Le soulagement qui la submergea l'effraya. Pas suffisamment cependant pour qu'elle détale ventre à terre.

— Je crois que tu vas préférer au restaurant initial. Je t'envoie l'adresse et on se rejoint là-bas dans une quinzaine de minutes. Ça te va ?

L'impatience de Boone était audible. Une impatience que

partageait Julia et qui l'intriguait. Un simple dîner entre amis ? Quelle blague ! Elle n'avait jamais été aussi consciente de … de … chaque battement de son cœur quand elle allait dîner avec un ami.

Si elle n'y prenait garde, c'est un cœur brisé qu'elle allait récolter.

7

Boone inspecta sa cuisine d'un œil inquiet. Il espérait ne pas avoir commis de bévue. De peur que le voisinage de couples d'amoureux ne pèse à Julia, il avait renoncé à l'idée du restaurant en faveur d'un cadre plus simple où l'atmosphère légère et gaie permettrait à Julia de se détendre, comme à Gatlinburg. À l'hôpital, par professionnalisme ou peut-être juste pour le tenir à distance, elle lui laissait rarement entrevoir cette facette-là de sa personnalité, le privant donc de ses sourires craquants qui le faisaient aspirer désespérément à davantage.

Son téléphone sonna. C'était Julia.

— Interdit d'annuler, dit-il aussitôt.

— Ah ! C'est un prêté pour un rendu. Moi aussi je croyais que tu voulais annuler tout à l'heure.

Il se sentit chavirer au sourire audible dans sa voix.

— Malheureusement pour toi, ce n'est pas l'objet de mon appel. Écoute, je n'y comprends rien. Je suis garée dans l'allée d'une magnifique villa d'un beau quartier et non sur le parking d'un restaurant.

Elle est venue !

— Tu as entendu parler de ces lieux où on prépare soi-même son repas ? demanda-t-il en se dirigeant vers la porte. C'est là que tu te trouves.

— Je vais me faire à manger chez quelqu'un ?

— Oui, avec moi.

Craignant qu'elle ne se ravise et fasse demi-tour, Boone sortit sur le perron. Après un moment d'hésitation, Julia descendit de sa petite berline et marcha vers lui. Elle avait lâché ses cheveux qui jaillissaient d'un bonnet rouge à pompon assorti à ses gants et à l'écharpe qu'il lui avait offerte pour remplacer celle qu'il lui avait « empruntée » comme garrot lors de l'accident de ski. Portait-elle aussi son pendentif ? Il était presque sûr d'en avoir aperçu la chaîne quelques fois, mais elle gardait le phénix caché sous ses vêtements.

À chaque pas qui la rapprochait de lui, l'impatience de Boone montait d'un cran.

— Pourquoi n'as-tu pas mis de chaussures ? s'étonna-t-elle alors qu'elle le rejoignait.

— Je n'ai pas vu l'utilité d'en porter pour une soirée sans chichi, entre amis. Tu peux retirer les tiennes si tu veux, mais je te conseille d'attendre d'être à l'intérieur.

Elle le considéra avec méfiance, apparemment prête à s'enfuir.

— C'est ta maison, n'est-ce pas ?

— Cela te gêne ? demanda-t-il en s'effaçant pour lui céder le passage.

Au grand soulagement de Boone, elle entra.

— Oui, avoua-t-elle.

— Pourquoi ? Ici, tu n'as pas à craindre que quelqu'un nous voie et tire des conclusions hâtives sur la nature de notre relation.

— Après Gatlinburg, et peut-être même depuis la fête de Noël, les gens se font des idées, qu'on le veuille ou non. Je suis sûre que c'est pour cette raison que Patti m'a renvoyée chez moi en plein après-midi. Il vaut mieux que je parte.

— Non, s'il te plaît, Julia. Je te donne ma parole que ce n'est pas un piège. Je cherche simplement à ce que nous passions une soirée tranquille, entre amis, autour d'un repas que nous aurons préparé ensemble, et sans être dérangés par les effusions de couples d'amoureux autour de nous. Je t'en prie, reste.

Elle était visiblement tiraillée. Elle respira profondément. Une fois, deux fois, et lâcha dans un soupir :

— Pourquoi ai-je l'impression que je vais le regretter ?

— Elle est bonne, reconnut Julia plus tard dans la soirée en croquant une nouvelle fois dans la pizza qu'elle avait confectionnée avec Boone.

— Qu'est-ce que je t'avais dit ? dit-il en souriant. Tu ne me croyais pas, n'est-ce pas ?

— Non, pas vraiment, j'avoue.

— Notre salade n'était pas mauvaise non plus.

Il était assis en diagonale par rapport à elle au grand îlot central en granit noir de la cuisine d'un blanc immaculé, la plus belle que Julia ait jamais vue. Elle ne s'y était pas sentie à sa place au départ, pas plus que dans l'immense vestibule décoré par un architecte d'intérieur, mais il l'avait accueillie avec une telle simplicité qu'elle s'était abandonnée au charme de ses sourires et de ses blagues pendant qu'ils cuisinaient.

— Tout comme les pizzas, les salades sont difficiles à rater. C'est le dessert qui servira de véritable test.

— Qui a parlé de dessert ?

— Quoi ? Pfff ! souffla-t-elle en lui lançant pour le punir un morceau de poivron, qu'il attrapa et mangea. Adieu notre amitié, dans ce cas. Après Gatlinburg, tu devrais savoir que c'est mon moment favori du repas.

— J'ai cru remarquer que tu avais le bec sucré. Il va falloir que j'improvise. Je ne voudrais pas que nous nous fâchions à cause d'un malheureux dessert. Je te propose que nous regardions la télévision le temps de digérer notre festin, et nous verrons ensuite.

— Donc, tu as bien prévu quelque chose ?

— Avais-tu vraiment des doutes ?

En tout cas aucun sur le fait qu'il avait organisé une soirée formidable. D'ailleurs, tout ce que Boone entreprenait, il le menait à bien. Voilà quel homme il était. Et ce dîner aurait fait un rendez-vous amoureux absolument parfait... s'il s'était agi de cela.

Heureusement, ce n'était pas le cas.

Boone avait longuement hésité avant de décider du programme le plus approprié pour deux amis, sachant qu'il ne voulait pas rester coincé sur ce terrain purement amical. Il avait finalement opté pour une émission dans laquelle des familles répondaient à des questions et dont l'animateur jouait bien son rôle d'amuseur public. L'hilarité de Julia prouvait qu'il avait bien choisi. Elle était à présent totalement à l'aise.

Sentant qu'il la regardait elle plutôt que la télévision, elle tourna la tête vers lui.

— Quoi ? J'ai de la sauce sur la bouche ? demanda-t-elle en s'essuyant les lèvres avec ses doigts.

— Non. J'aime bien te voir t'amuser.

— C'est ce que je fais. Au fait, merci pour le dîner, même si j'ai dû participer à sa préparation.

Son sourire disait clairement qu'elle ne lui en tenait pas rigueur, au contraire.

— Le dessert continue à m'intriguer.

— Regardons la fin du jeu. Nous verrons ensuite ce que nous pouvons concocter.

— Parce que pour le dessert aussi je vais devoir mettre la main à la pâte ? demanda-t-elle dans un soupir exagéré.

— Tu verras bien.

Par crainte qu'une allusion à l'avenir ne gâche leur soirée, il s'abstint de lui dire qu'un jour, lorsqu'ils se fréquenteraient autrement qu'en amis, il cuisinerait pour elle. Pour le moment, il se satisferait de sa présence chez lui. De toute façon, elle ne lui laissait pas d'autre choix.

L'émission se termina avec la victoire des candidats.

— Super ! s'enthousiasma Julia.

— Tu aurais gagné toi aussi. Tu avais toutes les réponses. Tu devrais t'inscrire.

Elle pâlit brusquement.

— Non. Ils ne prennent que des familles. D'au moins cinq membres.

Pourquoi n'avait-il pas tourné sept fois sa langue dans sa bouche ? se rabroua Boone. Des bribes de l'histoire de Julia qu'il avait recueillies, il avait retiré l'impression qu'elle n'entretenait pas de liens étroits avec sa famille, mais il n'avait pas compris qu'elle n'en avait tout simplement pas.

— Pas de tantes ? Pas d'oncles ? Pas de cousins ou cousines ?

— Non. Il y a juste mon père et moi. Il a peut-être d'autres enfants, mais il ne m'a pas mise au courant. La dernière fois que je lui ai parlé, j'avais une nouvelle belle-mère de plus, mais ce n'est peut-être plus d'actualité.

— Il n'habite pas dans la région ?

— Il déménage sans arrêt en fonction des chantiers où il est embauché. Nous n'avons jamais été proches.

Son père devait être un minable pour que cette jeune femme si attentionnée et si généreuse n'ait pas maintenu le contact avec le seul parent qui lui restait, songea Boone.

— Et ta mère ?

— Elle est morte.

L'espace d'un instant, il pensa qu'elle allait se refermer et trouver un prétexte pour partir. Il fut donc soulagé quand, après avoir respiré profondément, elle ajouta :

— Il y a meilleur sujet de conversation que ma famille pour un dîner de Saint-Valentin. Et la tienne, au fait ? Tu as mentionné tes parents et un frère. S'ils sont aussi intelligents que toi, c'est vous qui devriez candidater pour le jeu.

Il avait eu une sœur, aussi. Une jumelle. Belle, brillante, qui s'était acoquinée avec les mauvaises personnes et avait fini par se tuer – accidentellement ou intentionnellement on ne le saurait jamais – en avalant en grande quantité un mélange de médicaments et d'alcool. Boone était en partie mort ce jour-là et il continuait à souffrir du vide qu'avait laissé dans son cœur la disparition de sa sœur. Avant même de recevoir l'appel téléphonique funeste, il avait pressenti qu'un malheur était arrivé. Il avait essayé de la joindre. En vain. Il avait... Il s'obligea à revenir à sa conversation avec Julia.

— Non, impossible avec ma famille. Ça se terminerait en pugilat. Tout le monde voudrait être le chef.

— Qui gagnerait ? demanda-t-elle avec curiosité.

— Ma mère, répondit-il sans la moindre hésitation avec un sourire attendri.

— En tant que seule femme de la maison, elle a certainement été obligée de s'affirmer.

Elle n'avait pas été la seule femme. Mais de la même manière que Julia avait esquivé le sujet de sa mère pour ne pas casser les bonnes vibrations entre eux, il ne lui révéla pas que sa sœur jumelle avait choisi la drogue plutôt que la vie. Tout comme la mère de Julia, Amy était un sujet tabou.

— Ma mère est incontestablement une dure à cuire. Allez ! C'est l'heure du dessert. Et je ne vais pas te mettre à contribution.

— Ouf ! sourit-elle.

— Je me suis arrêté à la boutique près de l'hôpital. Je crois que j'y suis allé un peu fort.

Il ouvrit le placard et Julia resta un instant bouche bée devant la quantité de friandises qu'il y avait cachées.

— Wow ! Nous ne réussirons jamais à en venir à bout.

— Nous pouvons toujours essayer.

— C'est de la folie ! Je ne veux même pas savoir combien ça t'a coûté.

— Pour le plaisir de voir cet éclat dans tes yeux, je considère que j'ai fait une affaire.

— Arrête tes flagorneries, s'il te plaît.

Il aurait pu objecter qu'il disait la vérité mais se contenta de poser l'assiette sur l'îlot.

— Par quoi veux-tu commencer ?

— Tout a l'air bon. Partageons-en plusieurs pour les goûter.

Elle prit une fraise couverte de chocolat blanc et croqua.

— Un délice !

Le vrai délice était de la regarder, songea-t-il en se mettant à transpirer. Stop ! Ils étaient de simples amis ce soir. En attendant le jour où Julia reconnaîtrait leur attirance mutuelle, il se plierait à ses règles. Le jeu en valait la chandelle. Malgré sa frustration, il ne pouvait qu'admirer sa détermination à atteindre son objectif.

— Tu veux goûter ?

Au lieu de prendre le fruit qu'elle lui tendait entre ses doigts, il se pencha en avant, les yeux dans ceux de Julia, et mordit dedans. Elle avait raison. C'était bon. Mais pas autant que la promesse qu'il lut dans son regard. La promesse de ce qui arriverait irrémédiablement, quoi qu'elle en dise.

Elle choisit ensuite une truffe, et dans un sourire radieux, déclara :

— Le meilleur dessert de Saint-Val-ami-tin que je connaisse. Merci.

— De rien, mon *amie*.

Son amie, incontestablement. Mais tellement plus aussi.

— J'ai un service à te demander, annonça Boone six semaines plus tard.

En s'efforçant de contrôler l'excitation que lui causait systématiquement la présence de Boone, Julia leva les yeux du chariot à médicaments. Dans une blouse bleu marine brodée à son nom, avec son stéthoscope qui sortait de sa poche et un sourire sur son visage aux traits si parfaits, il aurait pu être la vedette d'une série médicale.

— Si c'est dans mes cordes, pas de problème.

— Super ! Viens avec moi à Memphis le week-end prochain.

— Quoi ?

Elle s'était attendue à ce qu'il lui demande de l'aide avec un patient mais certainement pas à cette proposition. Il devait se douter qu'elle n'accepterait pas de partir avec lui, surtout pour se rendre dans sa ville natale.

— C'est un sacré service que tu me demandes. Avant que je refuse, tu peux m'expliquer pourquoi tu as besoin de moi ?

— C'est mon anniversaire, dit-il en la regardant droit dans les yeux. Mes parents organisent une fête.

— Alors, je ne vois vraiment aucune raison de t'accompagner.

Elle n'en revenait pas. L'occasion était certes bien choisie. Mais il savait comme elle que toute femme qu'il amènerait dans sa famille, qu'elle soit une simple amie ou davantage, serait scrutée à la loupe. Très peu pour elle. Merci.

— Il y aura des gâteaux, tu sais.

— Bien tenté, mais non.

Elle ne pouvait cependant ignorer cette tristesse troublante dans les yeux de Boone. Ni l'impression que sa requête cachait quelque chose de très important pour lui.

— Je ne peux pas me permettre une escapade en ce moment. Je dois rendre mon mémoire dans deux semaines et l'examen final est dans un mois seulement.

— Te connaissant, je suis sûr que tu as juste à peaufiner la rédaction pour qu'il soit absolument parfait. Je pourrai le relire, te suggérer d'éventuelles modifications, te montrer comme il est génial.

Il posa sa main sur le bras de Julia, effleurant sans le vouloir son tatouage. Elle en fut parcourue de frissons.

— J'ai conscience de beaucoup te demander mais, s'il te plaît, Julia, viens. J'ai vraiment besoin que tu sois là.

Elle leva de nouveau les yeux vers lui et comprit que sa présence à Memphis était en effet quasiment vitale pour lui. Pourquoi, puisqu'il s'entendait très bien avec sa famille ?

Elle se mordilla nerveusement la lèvre inférieure et retira sa main du chariot pour que celle de Boone tombe naturellement. Elle était incapable de réfléchir quand il la touchait.

— Par-dessus le marché, mon frère amène la sœur de sa copine, ajouta-t-il avec une moue. Elle est célibataire et à la recherche d'un mari. Elle est impatiente de me rencontrer.

Voulait-il la rendre jalouse ou la convaincre de le protéger de cette femme ? s'interrogea Julia. Elle serait pourtant la première à lui conseiller de faire connaissance avec elle. Enfin... Peut-être pas.

— Petit veinard, murmura-t-elle.

— Tu trouves ? Si tu n'es pas là, je vais devoir manœuvrer pendant tout le week-end pour éviter qu'on me marie.

— C'est peut-être une fille formidable.

— Peu importe, puisqu'elle n'est pas toi.

Julia sentit ses genoux se dérober et elle se rattrapa au chariot. Avait-il la moindre idée de l'effet de tels propos ? De combien leur proximité grandissante l'effrayait ?

— Il n'y a rien d'exceptionnel à inviter un ami à sa fête d'anniversaire, poursuivit-il.

— Et *une* amie ?

— Je ne suis pas sexiste, rétorqua-t-il avant d'ajouter avec un regard implorant :

— Ce n'est pas drôle de rentrer chez soi seul pour fêter son anniversaire, tu sais.

Non, elle ne savait pas puisqu'elle n'était jamais rentrée chez elle pour son anniversaire. À quoi bon ? Ses parents n'avaient jamais attaché une grande importance à cet événement. Sa mère l'oubliait même une fois sur deux.

— Les amis ne laissent pas leurs amis rentrer tous seuls chez eux.

Son ton était léger mais ses yeux conservaient cette lueur de mélancolie qui nouait le ventre de Julia.

— Je te serai éternellement reconnaissant.

Elle devait refuser. Oui, elle allait refuser et ensuite elle irait s'occuper de ses patients.

— D'accord, je viens.

Langue traîtresse !

— Mais à une condition : que Mme Smithfield puisse s'occuper de Nougatine.

— Merci, Julia, dit-il dans un grand sourire soulagé. Je te promets que tu ne le regretteras pas.

Pourtant, elle le regrettait déjà en partie.

Le week-end suivant, assise sur le siège passager de la voiture de Boone, elle continuait à se demander quelle mouche l'avait piquée d'accepter l'invitation de Boone.

— Qu'est-ce que ça te fait de savoir que tu en auras fini avec la fac dans un mois ? demanda Boone les yeux sur la route.

Il avait relu son mémoire et ne lui avait suggéré que quelques corrections mineures.

— Pas si je décide de préparer un troisième cycle.

— Si c'est ce que tu veux, fonce. Tu es intelligente et tu réussis tout ce que tu décides.

— Tout sauf à te dire non.

La remarque lui avait échappé, mais la confiance que Boone lui portait lui réchauffait le cœur. Personne n'avait jamais ainsi cru en elle, songea-t-elle, au bord des larmes.

— Tu sais très bien me dire non, dit-il en pouffant.

— Peut-être, mais pas dans la durée, marmonna-t-elle en tournant la tête vers le paysage de fin d'après-midi.

— Pourquoi ai-je l'impression d'être le méchant ? Ce que je souhaite, Julia, c'est que ton oui signifie que tu as envie de passer du temps avec moi, pas que tu le considères comme une défaite.

— Mon problème n'a jamais été de ne pas avoir envie de te dire oui, Boone, répondit Julia en serrant ses mains l'une contre l'autre.

— Tu ne m'as jamais rien dit d'aussi gentil. C'est mon cadeau d'anniversaire ?

— C'est demain, ton anniversaire, rétorqua-t-elle. Et je suis toujours gentille avec toi.

— C'est vrai. Malgré tout, ce que tu viens d'avouer me fait plaisir et me donne l'espoir que tu seras toujours d'accord pour fêter ton diplôme avec moi le moment venu.

Elle le regarda d'un air stupéfait. Il ne plaisantait pas. Il continuait à vouloir sortir avec elle, à penser qu'elle valait la peine qu'il patiente. Et il redoutait que ce soit elle qui change d'avis.

— Je ne te comprends pas, Boone. Pourquoi m'attends-tu pendant des mois alors que tu pourrais sortir avec toutes les femmes que tu veux ? Et les candidates se pressent au portillon.

— Personnellement, je n'ai rien remarqué d'autre que les tentatives de mon frère pour me caser avec la sœur de Leslie. De toute façon, même si j'avais remarqué, peu m'importent les autres. C'est toi la femme de ma vie.

Elle était la femme de sa vie ? Et il n'était pas revenu sur sa promesse de l'attendre ? Elle n'en croyait pas ses oreilles.

— Tu as eu beaucoup d'aventures avant le Dr Cunningham ?

— Quelques-unes au lycée et à la fac. Toutes beaucoup plus courtes que mon histoire avec Olivia.

— Vous vous parlez encore ?

Simple curiosité. Aucune jalousie dans sa question. Quoique...

— Cela nous arrive, mais elle ne m'a toujours pas pardonné. Pourtant, elle est sortie avec un de ses collègues et s'est rendu compte, comme moi, que nous n'étions pas amoureux.

— Tu crois à l'amour ? demanda-t-elle après un moment de réflexion.

— Pas toi ?

La question la prit de court.

— Ce n'est pas un domaine dans lequel j'ai beaucoup d'expérience ou auquel j'ai vraiment réfléchi.

— Pas de petit ami dont tu t'es éprise par le passé ?

— Aucun qui vaille la peine d'en parler.

La plupart des hommes qui étaient entrés dans sa vie, elle les avait connus alors qu'elle était sous l'emprise de la drogue et sortait avec le premier venu. En revanche, quand elle avait rencontré Clay, elle avait décroché depuis quelque temps et établi ses *Règles pour Réussir sa Vie*. Elle avait cru alors avoir trouvé quelqu'un qui ne s'arrêterait pas à son passé.

— M'autorises-tu à dire que je m'en réjouis ? C'est incontestablement égoïste de ma part, mais j'aimerais être le premier.

— Je ne suis pas vierge, Boone. Désolée. Mais cela m'étonnerait que tu le sois de ton côté.

— Du calme. Je ne parlais pas de sexe. Et je ne cherchais pas non plus à te faire sortir les griffes.

Il se tut un instant avant de reprendre :

— Je voulais te faire comprendre que si tu devais tomber amoureuse, j'aimerais bien que ce soit de moi.

— Non ! Tu me briserais le cœur, s'écria-t-elle en se redressant d'un coup.

— C'est plutôt toi qui risques de briser le mien.

Comme il serait facile de s'abandonner à la douceur des paroles de Boone ! Encore aurait-il fallu qu'elle le croie.

Ils roulèrent en silence. Julia jouait machinalement avec le pendentif, dont le diamant lui rappelait la différence de leur statut social.

Pourquoi donc avait-elle accepté de l'accompagner à ce week-end ? Elle savait pourtant qu'elle ne cadrait pas avec le monde de Boone. Avait-elle voulu en avoir la preuve pour se convaincre qu'elle devait dire définitivement non à Boone ?

Dans un petit mois, elle serait diplômée. Que se passerait-il alors ?

Raconte-lui tout et qu'il décide alors en connaissance de cause s'il veut passer du temps avec quelqu'un qui était à la dérive à une époque et qui se sent encore parfois extrêmement fragile. Et même s'il y est prêt, prépare-toi à ce qu'il fasse machine arrière à un moment ou un autre et finisse par te quitter.

8

Avant même qu'ils n'atteignent Memphis, la gêne de Julia devint palpable. Et dès le moment où ils franchirent le portail de chez les parents de Boone, vers 22 heures, elle s'était carrément fermée. Un changement qui, selon Boone, avait en réalité commencé quand il avait évoqué Amy. Il n'aurait probablement pas dû, mais il en avait ressenti le besoin parce que sa sœur lui manquait et il redoutait le lendemain. Quoi de plus normal quand ils avaient presque toujours fêté leur anniversaire ensemble ?

Les parents de Boone les attendaient. M. Richards, une version plus âgée de Boone moins ses yeux bleus qu'il avait hérités de sa mère, portait un pantalon de ville et une cravate et Mme Richards une élégante robe trapèze. Manifestement, ils avaient dîné dehors. Pour le plus grand bonheur de Boone qui ne les avait plus vus sourire depuis bien longtemps, ils semblaient heureux.

Les présentations faites, dans une atmosphère cordiale malgré une Julia sur ses gardes, Mme Richards emmena cette dernière à sa chambre. Boone lui souhaita bonne nuit par un texto qu'elle ne découvrit que le matin, quand elle s'inquiéta de l'heure à laquelle elle était censée descendre pour le petit déjeuner.

Il l'attendit au pied de l'escalier et admira sa chevelure qui tombait librement sur ses épaules. Elle était vêtue d'un haut aux couleurs vives, d'un jean, et portait des sandales.

La mère de Boone avait sorti le grand jeu. La table était dressée dans l'imposante salle à manger de réception et Sue Ellen, leur bonne depuis très longtemps, les servait. Justin, le frère de Boone, était là avec sa petite amie Leslie et Jacqueline, la sœur de cette dernière. Étaient également présents M. et Mme Richards, un oncle paternel de Boone avec sa femme, et deux cousines avec leur conjoint. Mme Richards, impeccable dans un pantalon noir et un chemisier blanc, fondit sur Julia, qui essuya bientôt un tir croisé de questions qu'elle réussit à supporter poliment et avec le sourire en frottant son tatouage.

Mais le regard qu'elle lança à Boone exprimait clairement son regret d'être venue. Aveuglé par son désir de l'avoir à ses côtés pendant cette fête familiale dont il se serait volontiers dispensé, Boone n'avait pas réfléchi à l'épreuve qu'il allait lui infliger. Finalement, ce week-end n'était probablement pas une très bonne idée.

Il s'employa à interrompre l'interrogatoire aussi fréquemment que possible en s'informant auprès de son père et de son frère de leur travail, puis auprès de sa mère de son entreprise de fret, mais cette dernière ramenait systématiquement la conversation à Julia.

— Julia, je dois faire une petite course avec Robert. Mais après, pendant que les autres seront au golf, je compte sur vous pour m'aider à vérifier les derniers détails de la fête d'anniversaire de Boone.

— Désolée, maman, intervint Boone, résolu à ne pas laisser Julia entre les griffes de sa mère, mais Julia ne peut pas repartir de Memphis sans avoir visité Graceland.

— Tu ne vas pas jouer avec les autres ?

— Non, sauf si Julia préfère le golf à m'écouter parler d'Elvis. Qu'en penses-tu, Julia ?

Mme Richards allait protester mais M. Richards vint à la rescousse de son fils.

— C'est une très bonne idée de montrer ta ville natale à Julia, Boone. N'est-ce pas ma chérie ? dit-il avec un regard appuyé à sa femme. Nous ne voudrions pas mettre l'invitée de notre fils au travail dès sa première visite.

Mme Richards, en parfaite hôtesse, concéda aimablement sa défaite bien qu'enrageant d'être privée de son tête-à-tête avec Julia.

— Naturellement. J'ignorais que Boone n'avait pas l'intention d'aller au golf.

Elle tapota la main de son fils.

— J'avais pensé passer un peu de temps entre filles pendant que vous autres étiez occupés ailleurs. Tant pis.

— Une autre fois peut-être, mais Julia est à moi pour la journée.

Là-dessus, il kidnappa littéralement Julia.

— Désolé, dit-il quand ils furent dehors. Tu aimes Elvis ?

— Couci-couça.

— Rien ne nous oblige à aller à Graceland, dans ce cas. Comme maman est une fan absolue, c'est la première idée qui m'a traversé l'esprit.

— Non, ça m'intéresse. Excuse-moi, mais je suis en train de digérer tout ce qui s'est passé ce matin.

Et elle n'était pas au bout de ses peines. Boone sentit son ventre se nouer à l'idée de lui parler de sa sœur, mais il savait qu'il devrait s'y résoudre avant la fête du soir durant laquelle quelqu'un risquait de la mentionner. Or il ne voulait pas que Julia soit prise au dépourvu. Il décida cependant d'attendre encore un peu.

Pendant la visite de Graceland, Julia se détendit grâce aux imitations hilarantes d'Elvis proposées par Boone.

Lorsqu'ils s'arrêtèrent devant le monument mortuaire d'Elvis et de ses parents, à la fin du tour, Boone se risqua à prendre la main de Julia et... elle ne protesta pas !

— Viens. Nous allons passer devant la Pyramide. Mud Island est juste à côté.

— Wow ! C'est vraiment une pyramide.

— Oui. Elle était autrefois appelée la Grande Pyramide américaine et c'était une salle omnisports. Maintenant, les premiers étages sont occupés par un magasin de sport. Au-dessus, il y a un hôtel et tout en haut un bar avec une terrasse panoramique.

Tout en poursuivant son rôle de guide, Boone conduisit Julia dans un café branché mais tranquille, avec vue sur le Mississippi, où on leur servit un repas copieux.

— Je n'en reviens pas d'avoir mangé tout ça après le petit déjeuner gargantuesque de ta mère, déclara Julia en se tapotant le ventre. Si je ne lève pas le pied, je ne rentrerai plus dans ma robe ce soir.

— Je suis content que tu passes un bon moment.

— Je serais malvenue de me plaindre. Nous avons encore le temps pour une balade ? J'aimerais bien me dégourdir les jambes.

— Oui. Préfères-tu marcher le long du fleuve ou dans le quartier par ici ? Il y a plusieurs boutiques assez chouettes.

— Après m'être goinfrée comme je l'ai fait, je choisis le fleuve, répondit-elle dans un éclat de rire.

Ils traversèrent la rue pour gagner la promenade le long du Mississippi et laissèrent le pont Hernando de Soto derrière eux. Boone prit la main de Julia et sentit avec un immense bonheur ses doigts se serrer autour des siens.

— Merci pour ce mini-tour de Memphis et pour le déjeuner, dit-elle, ses cheveux ébouriffés par la brise venue du fleuve. C'était très agréable.

— Et tu ne t'attendais pas à ce que ce séjour le soit ?

Le regard perdu sur une péniche poussée par le courant, elle haussa les épaules.

— La taille de la maison de tes parents m'a stupéfiée. Je n'ai jamais connu personne qui habitait un pareil domaine.

Pour se donner le temps de bien choisir ses mots afin de ne ni minimiser ni amplifier la réussite sociale de sa famille, Boone attendit qu'un cycliste les ait dépassés pour répondre.

— J'ai vécu ici presque toute ma vie. La maison appartenait à mes grands-parents et ma mère a grandi là. Quand elle s'est mariée, elle a convaincu mon père de s'y installer malgré la cohabitation que cela impliquait avec mes grands-parents.

— La maison est suffisamment grande pour que vous ne vous soyez pas marché sur les pieds. Je n'ai jamais non plus connu personne qui avait une bonne à demeure.

— Au départ, Sue Ellen et son mari travaillaient pour mes grands-parents. Et comme tu l'as dit, la maison est grande. Papa et maman sont très occupés. Il a donc semblé logique de les garder après la mort de mon grand-père. Ils font partie de la famille en quelque sorte.

— De la famille qui vous sert à table et qui débarrasse après vous ? ironisa Julia.

— Ils sont payés pour ça, exactement comme mon père est payé pour soigner les gens et maman pour diriger l'entreprise de fret. Comme dans la plupart des familles, chaque membre joue un rôle bien spécifique. Mes parents s'occupent très bien de Sue Ellen et de son mari et vice versa. Ça te pose un problème ?

— Pas vraiment, répondit-elle en continuant à marcher, la tête tournée vers le fleuve aux eaux éternellement boueuses. Simplement, cela montre une fois de plus combien nos vies sont différentes.

— Les différences se complètent.

— Ou séparent.

— Nous avons plus en commun que tu ne le penses, répondit-il en lui serrant doucement les doigts.

— Ah oui ? Quoi exactement ?

— Commençons par le plus évident. Nous habitons tous les deux à Knoxville, nous travaillons dans le même hôpital et nous nous investissons auprès de nos malades. Nous aimons les desserts et les couvertures moelleuses avec un motif d'ours.

— Des ressemblances essentielles, effectivement, se moqua-t-elle.

— OK. Mais ce n'est pas tout.

Il leva leurs mains aux doigts entrecroisés et déposa un baiser sur celle de Julia.

— Ne sens-tu pas toi aussi des papillons dans ton ventre quand nous nous touchons ? Je me trompe peut-être mais je parierais que si, Julia. Je parierais que ton cœur s'affole comme le mien et que c'est pour cela que tu es venue avec moi ce week-end.

Elle avala sa salive avant de rectifier :

— Je suis venue parce que c'est ton anniversaire.

— Et parce que je ne te laisse pas complètement indifférente.

— Évidemment ! Comme n'importe quel collègue.

Contre toute prudence, peut-être parce qu'ils se trouvaient loin de Knoxville ou parce qu'il était sur ses terres, il demanda en la regardant droit dans les yeux :

— Je ne suis rien d'autre qu'un collègue pour toi ?

— Nous avions convenu d'être amis, Boone, répondit-elle, le visage brusquement crispé.

L'avertissement qu'il devait en rester là. Mais Boone passa outre.

— C'est vrai. Et tu ne nous vois pas être autre chose, un jour ?

— Que cherches-tu à me faire dire, Boone ? Que je nous vois devenir amants après ma maîtrise ? Que je reconnais que mes efforts pour que nous restions juste amis échouent lamentablement ?

Malgré ses scrupules d'avoir insisté, Boone sentit sa poitrine se gonfler de bonheur en entendant l'aveu implicite de Julia.

— Je n'ai pas essayé de te cacher mes sentiments, Julia. Tu sais très bien ce que je veux.

— Je ne comprends tout simplement pas pourquoi tu m'as choisie moi, soupira Julia.

Incapable de résister plus longtemps, il lui prit le visage entre les mains.

— Parce que tu es quelqu'un de bien. Tu es gentille, tu es une amie et une infirmière fantastique. Ton sourire illumine tout autour de toi et le contact de ta peau contre la mienne m'enflamme tout entier.

Elle s'arrêta un instant de respirer mais ne se dégagea pas.

— Tu es aussi belle à l'intérieur qu'à l'extérieur. Lorsque je suis avec toi, le monde gagne en netteté, en pureté, en couleurs.

— Tu racontes n'importe quoi.

— Oh non ! Je sais exactement ce que je dis et ce que j'éprouve. Nous pouvons continuer à appeler ce qui se passe entre nous de l'amitié aussi longtemps que tu voudras. Il n'empêche que ce qui nous relie va bien au-delà.

— Ça m'effraie. Tu m'effraies, Boone.

Il se pencha pour l'embrasser sur le sommet du crâne et respira le parfum de vanille qu'il associerait à elle pour toujours.

— Tu ne dois pas avoir peur, Julia. Et surtout pas de moi.

— Tu ne sais rien de moi, Boone, commença-t-elle en levant les yeux vers lui.

Leurs deux visages se trouvèrent alors si près l'un de l'autre que Boone perdit toute capacité à réfléchir.

Il pencha la tête vers les lèvres si tentantes de Julia. Il aurait voulu les toucher, les effleurer pour les goûter. Non ! Ce qu'il voulait vraiment c'était serrer Julia dans ses bras, dévorer sa bouche, la dévorer tout entière et se perdre en elle jusqu'à ce qu'ils ne fassent plus qu'un.

Ce qu'il décela soudain dans les profondeurs des yeux de Julia faillit anéantir le peu de volonté qui lui restait. Car y brillait le même désir que celui qui le consumait lui.

De toute sa vie Julia n'avait jamais reçu d'éloges comme ceux que Boone venait de lui adresser. Mais c'est surtout leur sincérité qui ébranla ses bonnes résolutions. Boone si séduisant, si brillant, si parfait la désirait et la trouvait extraordinaire.

Lorsqu'il baissa la tête vers ses lèvres, elle ne l'arrêta pas – l'aurait-elle voulu qu'elle en aurait été de toute façon incapable – alors qu'ils se trouvaient pourtant dans un lieu public. Elle voulait unir sa bouche à la sienne. Elle voulait qu'il l'embrasse à la suffoquer. Elle le voulait lui.

Mais au dernier moment, il tourna la tête et posa le front contre le sien.

— Dans un mois, Julia. Je ne veux pas que tu manques à une promesse que tu tiens depuis si longtemps et que tu le regrettes ensuite.

Il lui caressa la joue du bout des doigts.

— Sache simplement que je dois beaucoup prendre sur moi.

— Merci, dit-elle en frissonnant sous sa caresse.

Elle savait qu'il avait raison. Qu'elle ne se pardonnerait pas de se laisser aller à ce moment de faiblesse.

Ne sachant quoi ajouter, elle se remit à marcher. La seule pensée d'être privée de son regard sur elle, de la délicatesse avec laquelle il la touchait comme si elle était précieuse, l'emplissait de tristesse. Elle n'aurait jamais dû permettre qu'ils se rapprochent.

Il y a beaucoup de choses qu'elle n'aurait pas dû faire. En tête de liste : tomber amoureuse de Boone.

Boone avait perdu sur toute la ligne. S'il l'avait embrassée, il l'aurait fâchée en l'empêchant de tenir ses engagements. En même temps, il déplorait de ne pas avoir profité de ce moment où elle n'avait pas été seulement consentante mais où elle avait aspiré à ce baiser.

Pressée d'effacer ce qui venait de se passer, Julia suggéra d'aller faire du lèche-vitrine sous le prétexte d'acheter un souvenir pour Stephanie. Sa volubilité inhabituelle dissimulait mal la tension sexuelle sous-jacente entre eux.

Alors qu'elle demandait à Boone son avis sur une statuette d'Elvis, elle s'aperçut qu'il était hypnotisé par une fée égarée au milieu d'un amas de babioles pour touristes.

— Tu as un faible pour les fées ? le taquina-t-elle.

— Non, mais Amy, oui.

— Tu as déjà mentionné son nom sans me dire vraiment qui était cette personne.

— Amy était ma sœur jumelle, murmura Boone en suivant de son doigt le contour d'une aile. Elle a succombé à une overdose ma dernière année de premier cycle.

— Je suis désolée.

— Tu vois, encore quelque chose que nous avons en commun. Ta mère et ma sœur sont mortes de la même façon.

— Oui... Tu as raison... balbutia-t-elle, soudain blême, en

s'efforçant de reprendre ses esprits. Donc, c'est aussi son anniversaire aujourd'hui. Tu devrais peut-être acheter cette fée pour elle.

— Quoi ?

— Ne me regarde pas comme si j'étais devenue folle. Je pensais juste que si elle aimait les fées, tu pourrais lui offrir celle-ci pour son anniversaire.

Comme il continuait à la fixer d'un air hagard, elle ajouta :

— Si elle n'est pas enterrée loin d'ici, bien sûr.

Se rendre sur la tombe d'Amy ? Il n'y était pas retourné depuis qu'il lui avait dit adieu. À quoi bon ? Elle n'était plus là. Plus vraiment. Il s'apprêta à remettre la fée à sa place, mais se ravisa au dernier moment.

— Oui, pourquoi pas ?

— Amy avait-elle une fleur de prédilection ? demanda Julia quand ils eurent quitté la boutique. Nous pourrions acheter un bouquet pour fleurir sa tombe.

La gorge nouée, des gouttes de sueur perlant à son front, Boone répondit d'une voix à peine audible :

— Les marguerites. Elle aimait les marguerites.

Le cœur serré, Julia agrippait la main de Boone tandis qu'ils se dirigeaient vers la sépulture d'Amy à travers le cimetière. Elle se retint de dire à Boone qu'elle avait fait une overdose à peu près à la même époque qu'Amy pour ne pas ajouter à son désarroi, car elle ne l'avait jamais vu aussi désemparé. Oui, désemparé. Bouleversé, même.

— C'est la première fois que je reviens ici, avoua-t-il alors qu'ils atteignaient la stèle où était gravé le nom de sa sœur. Dire que c'est avec toi !

— Excuse-moi. C'était peut-être une mauvaise idée.

— Non, au contraire ! Ça fait des années que j'aurais dû venir. Mais j'ai préféré essayer d'oublier. À l'instar du reste de ma famille qui évite de prononcer son nom, comme si elle n'avait jamais existé, parce qu'il est trop douloureux de se souvenir.

— Je suis désolée, dit Julia, en larmes.

— Moi aussi, de ne pas avoir été là pour elle. Je n'avais pas remarqué qu'elle consommait de nouveau. Comment sa rechute a-t-elle pu m'échapper, même si j'étais à la fac ? Elle était ma jumelle. Nous avions un lien spécial. J'aurais dû le deviner.

— Je suis sûre qu'elle savait que tu l'aimais, Boone.

— Ça n'a pas suffi. Je n'ai pas été capable de l'empêcher de plonger de nouveau.

Dans un soupir, il déposa la fée et le bouquet sur la tombe, à côté d'une gigantesque composition de marguerites et d'autres fleurs printanières.

— Je suppose que mes parents paient le jardinier pour qu'il s'occupe de la sépulture.

— Tu ne penses pas qu'ils sont venus ? Que c'est la course dont ta mère a parlé ?

Boone tourna son visage au teint terreux vers elle.

— Tu crois ?

Julia regarda les fleurs qui avaient été choisies avec soin et remarqua un creux au pied de la tombe, où quelqu'un s'était certainement agenouillé récemment.

— Je me trompe peut-être, mais j'en ai l'impression.

À la surprise de Julia, sans lui lâcher la main, Boone s'agenouilla au même endroit que ses parents plus tôt dans la journée. Elle fit semblant de ne pas voir ses larmes.

Lorsque, main dans la main, ils regagnèrent la voiture, Julia s'aperçut qu'elle ne s'était jamais sentie aussi proche de quelqu'un… et qu'elle n'avait jamais eu aussi peur de perdre quelqu'un. Dans ces conditions, comment pourrait-elle jamais avouer à Boone qu'elle s'était droguée et avait été elle aussi victime d'une overdose ? Qu'elle avait décroché depuis sept ans mais qu'une rechute n'était jamais exclue ?

Dans l'intimité de sa chambre, Julia s'autorisa à pleurer. Sur la mort d'Amy, sur ses propres défaillances, sur son attachement à Boone alors qu'elle savait son intérêt pour elle éphémère.

Quand elle se fut calmée, elle se doucha et enfila la robe bleue qu'elle avait achetée dans son dépôt-vente favori parce que la couleur rappelait celle les yeux de Boone.

Lorsqu'elle descendit, elle fut de nouveau médusée par le luxe dans lequel vivaient les Richards. Ainsi que par leur réseau, car elle reconnut plusieurs personnalités politiques parmi les invités et même un chanteur de country classé au hit-parade. Quelques centaines de personnes – au bas mot – se tenaient sous le chapiteau blanc dressé derrière la maison. Les tables, avec leurs nappes blanches en tissu et leurs compositions florales, étaient entourées de chaises et il y avait une piste de danse à côté d'un petit orchestre de jazz local.

Elle gagna le centre du chapiteau où Boone accueillait les convives. Quand il posa sa main dans le creux des reins, même à travers sa robe elle sentit la chaleur brûlante de ses doigts se propager dans tout son corps.

Sans rien laisser paraître de la gêne qu'elle éprouvait au milieu de tout ce beau monde, elle souriait à en avoir mal aux joues.

— Tu plais à ma mère, lui murmura Boone à l'oreille. Elle me l'a dit tout à l'heure pendant que tu te changeais.

De surprise, elle leva les yeux vers lui. Dans un pantalon de soirée noir et une chemise blanche sur mesure, il était d'une beauté exceptionnelle.

— Elle était juste polie.

— Crois-moi, elle ne se gênerait pas pour me le dire si elle ne t'appréciait pas.

Le visage de Boone se crispa brusquement.

— Je lui ai parlé de notre visite au cimetière. Tu avais vu juste. Elle s'y est rendue avec mon père. Et apparemment, ce n'est pas la première fois. Je regrette d'avoir tant tardé, personnellement.

Émue par la douleur dans sa voix, elle lui posa la main sur l'épaule.

— Excuse-moi, dit-il. Cette conversation est déplacée pendant une fête.

— Pas de souci. Je suis contente que tu sois allé au cimetière.

Et elle était contente qu'il lui ait accordé suffisamment de confiance pour l'emmener avec lui.

Pour changer de sujet, elle montra l'intérieur du chapiteau avec sa profusion de décorations et ses invités de marque.

— Ce n'est pas ce que j'imaginais quand tu m'as annoncé que tes parents t'organisaient une fête d'anniversaire. Vous avez beaucoup d'amis.

— En fait, il s'agit essentiellement des associés de ma mère et des collègues d'hôpital de mon père et de Justin. Je ne les connais pas ou qu'à peine.

— Ta mère m'aime peut-être bien, mais je ne crois pas que la petite amie de ton frère soit dans les mêmes dispositions, observa soudain Julia alors qu'elle croisait le regard de Leslie.

— Je t'avais prévenue qu'elle m'avait élu prétendant officiel de sa sœur, non ? répondit Boone sans même un regard à la jeune femme

— Tu devrais quand même parler à cette Jacqueline, poursuivit Julia. Le courant passera peut-être.

— Arrête d'essayer de me jeter dans les bras d'autres femmes.

Elle prit une gorgée d'eau pour cacher son trouble. Était-ce vraiment ce qu'elle faisait ? Ce n'était pourtant pas ce qu'elle cherchait. Mais qu'un homme aussi séduisant la préfère à une femme aussi resplendissante que cette ancienne Miss Arkansas et qui en outre appartenait au même monde que lui la dépassait.

— Tu devrais au moins lui donner une chance.

— Elle n'en a pas la moindre. Il n'y a personne d'autre que toi avec qui j'aurais souhaité passer une seule minute de la journée.

Les joues en feu, Julia détourna le regard pour mieux réfléchir à la façon de lui avouer qu'elle ressentait la même chose, qu'il n'y avait nulle part ailleurs qu'à côté de lui où elle aurait préféré être.

Mais deux anciens camarades de lycée de Boone arrivèrent pour lui souhaiter un bon anniversaire. Comme il l'avait fait toute la soirée, il la présenta à ses amis et l'inclut dans la conversation autant qu'il était possible étant donné qu'elle n'avait rien vécu avec eux.

Sur ces entrefaites, la mère de Boone s'approcha.

— Julia, puis-je vous enlever un instant ? J'aimerais que vous rencontriez ma cousine Martha, une vraie sœur pour moi. Elle tient à connaître la femme qui est entrée dans la vie de mon fils.

— Nous sommes simplement amis, lui rappela Julia.

La mère de Boone se contenta de sourire et de l'entraîner. Pas plus ici qu'à l'hôpital, ils ne dupaient leur monde.

— Reste à bavarder avec tes amis, dit Mme Richards à son fils quand il voulut les suivre. Vous avez certainement des tas de choses à vous raconter. Je te promets de te rendre Julia très vite.

Julia traversa le chapiteau au bras de Mme Richards.

— Julia, je vous présente Martha, ma cousine et la marraine de Boone, dit-elle en s'arrêtant devant une très belle femme de soixante-cinq ans environ. Elle attend ce moment depuis le début de la soirée.

Martha saisit la main libre de Julia.

— Je disais à Amelia que je devais absolument faire la connaissance de celle qui a volé Boone à Olivia. Une jeune femme adorable et de très bonne famille. Leur rupture nous a tous surpris mais maintenant que je vous vois je comprends mieux. Il est très amoureux. Bravo d'avoir gagné le cœur d'un aussi beau parti que mon filleul.

À quoi bon détromper son interlocutrice autant sur la nature de sa relation avec Boone que sur les raisons de la séparation avec Olivia ? songea Julia. Elle ne croiserait certainement plus le chemin de cette Martha puisque son histoire avec Boone ne durerait pas.

— Enchantée de vous avoir rencontrée, dit-elle simplement, pressée de rejoindre Boone.

Mais Mme Richard ne l'entendait pas de cette oreille. Elle entraîna Julia vers un autre couple, un membre du Congrès et sa femme.

Julia se sentait de moins en moins à sa place, malgré la gentillesse indéniable de Mme Richards. Elle n'appartenait tout simplement pas à ce monde.

Elle décida de retourner à Knoxville et à la vraie vie dès le lendemain matin, avec Boone.

Elle le chercha du regard et le repéra en train de rire avec son frère, Leslie et Jacqueline. Tous les quatre semblaient sortis d'un magazine de mode. Quand elle vit Jacqueline toucher le bras de Boone avec un sourire enjôleur, sa gorge se serra. C'est avec une belle femme de bonne famille comme elle que Boone devait être. Et c'est certainement ce que pensaient tous ces gens derrière leurs sourires polis.

— Elle perd son temps.

Julia tourna la tête avec vivacité.

— Martha a raison quand elle dit que mon fils est très amoureux, poursuivit Mme Richards. Vous avez beaucoup de chance. Je ne l'ai jamais vu épris à ce point.

— Même d'Olivia ? ne put s'empêcher de demander Julia avant de se le reprocher vertement.

— Oui. Olivia est une femme formidable, mais elle n'a jamais allumé cet éclat dans les yeux de mon fils.

— Je... Je ne sais pas ce que Boone vous a dit. Nous sommes... C'est compliqué, mais nous ne sommes pas en couple. Pas vraiment.

Amelia éclata de rire.

— Il m'a dit que vous souhaitiez n'être qu'amis jusqu'à ce que vous ayez obtenu votre maîtrise. Avant de vous rencontrer, je craignais que vous ne manipuliez mon fils. Mais il m'a parlé de votre visite au cimetière tout à l'heure. Et de toute façon, je vois comment vous regardez mon Boone. Jamais vous ne lui feriez du mal délibérément.

Comment regardait-elle Boone ? Comme s'il était ce qui lui était arrivé de plus merveilleux dans sa vie ? Ce qui était le cas de bien des façons. Il était aussi ce qui lui était arrivé de plus dangereux et finirait peut-être par la détruire.

— Non, jamais en effet. Mais je ne crois pas que nous puissions être davantage que des amis.

— Pourquoi ? Vous semblez bien vous entendre.

— Nous… Nous sommes trop différents. Je ne viens pas du tout du même milieu.

Pour preuve, elle balaya de la main le cadre sophistiqué dans lequel elles se trouvaient.

— Ne croyez pas que la richesse rend les gens moins humains ou moins sensibles à la douleur. Le cœur de mon fils est aussi vulnérable que celui de n'importe quel homme amoureux. Chérissez cet amour comme un bien précieux.

— Comment pourrait-il être amoureux de moi ? Nous ne sortons même pas ensemble.

— Mais vous l'aimez, non ? répliqua Mme Richards en transperçant Julia de son regard bleu.

— Je… Non… Enfin je…

Julia était prise de tournis.

— Non, je ne suis pas amoureuse de Boone, affirma-t-elle, provoquant un sourire amusé de Mme Richards.

Elle ne pouvait pas l'être. Ce serait de la folie.

Mais en le regardant, en se rappelant le moment où ils s'étaient promenés le long du Mississippi ainsi que la façon dont il avait serré ses doigts devant la tombe de sa sœur, elle ne pouvait qu'admettre que les propos d'Amelia contenaient une part de vérité.

Peut-être parce qu'il sentit que sa mère et Julia parlaient de lui, il tourna la tête et adressa un sourire ravageur à Julia. Mais le fait qu'il la désire ne signifiait pas qu'il l'aimait d'amour. La gorge nouée, elle lui rendit son sourire. Et un instant, elle profita de son attention pleine et entière dans ce monde parallèle de conte de fées.

Sans la quitter des yeux, Boone s'excusa auprès de ses amis et la rejoignit.

— Tu l'as suffisamment accaparée, maman.

Là-dessus, il glissa son bras autour de la taille de Julia en un geste si possessif qu'elle se demanda ce qu'elle avait révélé de ses sentiments lorsque leurs regards s'étaient rencontrés.

— Tu as raison, reconnut Mme Richards. J'ai retenu ton amie beaucoup trop longtemps. Je dois aussi m'occuper de mes autres invités.

Puis, avec un sourire affectueux, elle embrassa son fils.

— Joyeux anniversaire, mon chéri. Que tous tes vœux se réalisent.

— Tu as de la chance, commenta Julia d'un ton rêveur comme ils la regardaient s'éloigner.

De tout ce qu'elle avait vu ce soir, elle n'enviait que l'amour protecteur de Mme Richards pour son fils et leur complicité manifeste. Amelia Richards était certainement intraitable en affaires, mais avec Boone elle fondait comme du beurre.

— Oui, je sais. Bien. Sortons un peu d'ici. Une petite promenade dans le jardin, ça te dirait ?

— Nous n'avons pas la même définition du mot « jardin », mais oui, j'aimerais bien prendre un peu l'air, loin de tout ce remue-ménage. Tu penses que c'est possible ? C'est ton anniversaire quand même.

— Pas de problème. Personne ne va s'apercevoir de mon absence si nous nous éclipsons quelques minutes.

Une fois qu'ils furent dehors, Boone lui prit la main. Au lieu de la retirer, elle s'émerveilla de la force et de la douceur qui émanaient de ce contact.

Ils parcoururent ainsi le jardin impeccablement entretenu en bavardant, Boone lui montrant les endroits où il aimait jouer quand il était enfant et Julia essayant de s'imaginer grandir dans cet environnement. En été, nul doute que le jardin était embaumé par les fleurs. Mais ce soir, dans l'air nocturne, Julia n'était sensible qu'au parfum épicé de Boone, à la gaieté de sa voix, à la chaleur et la vigueur de sa main dans la sienne.

Elle aimait Boone. Oh oui ! Elle l'aimait à la folie.

— À quoi penses-tu ? demanda-t-il.

Détournant le regard de peur qu'il ne lise en elle, elle répondit d'une voix étranglée :

— Je… J'ai oublié ton cadeau dans ma chambre.

— Je passerai le prendre tout à l'heure.

— Non. Je ne voudrais pas que ta mère te voie.

— Elle ne me prend pas pour un saint, tu sais.

— Je n'en suis pas aussi sûre.

— C'est vrai qu'elle manque d'objectivité à mon égard, dit Boone en pouffant. En ce qui concerne ton cadeau, tu n'étais pas obligée.

— C'est ce que j'ai pensé en voyant cette grande table couverte de paquets. C'est complètement dingue. Que vas-tu en faire ?

— Tout est destiné à être donné à un foyer pour personnes en difficulté dont ma mère est membre du conseil d'administration.

— C'est une idée à toi ou à ta mère ?

— La plupart du temps, ma mère organise des fêtes avec un but bien précis. Mon anniversaire lui fournit un prétexte pour une levée de fonds pour le foyer.

— Elle s'est servie de toi ?

— Non. Elle profite simplement des occasions qui se présentent pour faire une bonne action. Bon… J'aurais préféré continuer à me promener dans le jardin avec toi, mais je crois qu'il faut rentrer.

À peine eurent-ils pénétré dans le chapiteau que Justin interpella Boone :

— Ah ! Voilà le roi de la fête ! Viens. Je m'apprête à te porter un toast.

Par discrétion, Julia laissa Boone rejoindre son frère sans elle, malgré ses supplications silencieuses.

Le discours de Justin provoqua à plusieurs reprises l'hilarité de l'assistance, Julia comprise, en particulier lorsqu'il raconta quelques anecdotes de leur enfance.

— Maintenant, il ne reste plus qu'à le convaincre de revenir à Memphis, conclut-il.

Boone finirait-il par retourner dans sa ville natale ? se demanda

Julia. Elle n'en serait pas surprise. Après tout, son contrat avec l'hôpital de Knoxville prendrait fin un jour.

Une quinte de toux à côté d'elle la tira de ses pensées. Martha, la cousine d'Amelia, suffoquait.

— Ça va ? demanda Julia à voix basse pour ne pas interrompre le toast de Justin.

En guise de réponse, Martha porta les mains à son cou. Ses yeux se mirent à larmoyer et elle devint toute rouge.

— Martha ? Vous avez avalé de travers ?

Martha, en pleine panique, hocha la tête. Elle paraissait de plus en plus en détresse.

Aussitôt, en bonne professionnelle rodée à la manœuvre de Heimlich, Julia se plaça derrière la sexagénaire, l'entoura de ses bras, positionna ses mains correctement et opéra une brève compression thoracique. N'obtenant aucun résultat, elle itéra l'opération jusqu'à ce que Martha expulse enfin ce qui obstruait ses voies respiratoires.

Julia l'aida alors à aller s'asseoir sur une chaise et s'accroupit devant elle.

— Tout va bien, assura-t-elle en lui prenant la main. Respirez lentement, profondément.

— Que se passe-t-il ? demanda Amelia qui arriva en courant.

— Votre cousine s'est étouffée et cette dame lui a sauvé la vie, expliqua un des convives qui se pressaient autour des deux femmes.

Boone, jouant des coudes, accourut lui aussi, son frère sur les talons. Il s'accroupit à côté de Julia pour examiner sa marraine pendant que Justin appelait les secours.

— Je vais te poser des questions, Martha, dit-il. Réponds avec des mouvements de tête si tu ne te sens pas en état de parler. D'accord ?

Martha hocha la tête.

— Essaie de respirer à fond. Tu y arrives ?

Martha s'exécuta, plusieurs fois.

— As-tu l'impression que ta trachée est encore encombrée ?

Elle commença à secouer la tête, puis hésita.

— Je ne sais pas.

Boone posa une oreille sur sa poitrine en plusieurs endroits.

— Je crois qu'il n'y a plus d'obstruction, mais il vaut mieux vérifier. L'expulsion d'un objet étranger peut causer des lésions. Justin a appelé une ambulance.

— J'ai cru que j'allais mourir, dit Martha, encore sous le choc.

— Mais tu n'es pas morte et tout va bien se terminer. Grâce à Julia, conclut-il en posant sa main sur celle de Julia qui serrait celle de Martha.

9

Boone convainquit son frère de le laisser accompagner Martha à l'hôpital, en faisant valoir ses compétences de pneumologue, plus utiles en l'occurrence que celles de pédiatre.

Dès le départ de l'ambulance, les convives retournèrent à la fête comme si rien ne s'était passé. Amelia elle-même, après avoir remercié Julia avec effusion et l'avoir gratifiée d'une embrassade, reprit son rôle d'hôtesse modèle. Sa première surprise passée, Julia réfléchit que Martha étant hors de danger, il aurait sans doute été absurde de renvoyer tout le monde. Quant à elle, qui avait été impliquée directement dans l'incident qui aurait pu virer au drame, elle décida de s'éclipser quelques minutes pour décompresser dans sa chambre. Elle gagna donc la maison et s'apprêta à monter l'escalier.

— Attendez ! l'appela une jeune femme blonde, verre à la main et sac de marque pailleté se balançant à son épaule.

Malgré sa contrariété, Julia se força à lui sourire. Patricia Brewer, se rappela-t-elle. Dont les parents géraient une grande chaîne de restaurants, Elle avait fait les yeux doux à Boone en battant avec frénésie de ses faux cils.

— Vous avez été géniale tout à l'heure, dit la jeune femme de la voix pâteuse de quelqu'un qui avait abusé de l'alcool. Je n'aurais jamais pu faire ça.

Julia la regarda plus attentivement. Ses pupilles étaient contractées alors que dans son état d'ébriété elles auraient dû être dilatées et ses paupières s'affaissaient. En outre, son haleine ne sentait pas l'alcool. Qu'avait pris la jeune femme et en quelle quantité pour en neutraliser l'odeur ?

— Bien sûr que vous en seriez capable. Il suffit de suivre une petite formation aux premiers secours. Aucune connaissance médicale n'est requise.

— Oh non ! Je perdrais mes moyens.

Patricia prit une nouvelle gorgée de sa boisson et l'inquiétude de Julia monta d'un cran. Cette femme n'était pas dans son état normal, mais pas uniquement à cause du contenu de son verre.

— Vous vous sentez bien ? Quelqu'un va vous ramener chez vous ?

— Je suis venue avec un ami. Et je vais parfaitement bien, ajouta-t-elle sans convaincre Julia.

— Vous savez, Patricia, il peut être dangereux de mélanger l'alcool à d'autres produits.

— Arrêtez de jouer les rabat-joie.

Patricia balaya d'un revers de main la mise en garde de Julia, renversant au passage une partie de son verre sur le parquet ciré.

— Je montais me refaire une beauté, dit Julia à la jeune héritière, dans l'espoir de mettre un terme à cette situation embarrassante. Je prendrai du papier absorbant et je nettoierai quand je redescendrai.

— J'aurais bien besoin d'une pause pipi. Je sais qu'ils ont installé des toilettes provisoires dehors, mais je préfère utiliser celles de la maison.

À la grande surprise de Julia, Patricia passa son bras autour de ses épaules comme si elles étaient de bonnes copines et éclata d'un rire un peu hystérique.

Dire qu'un jour elle avait ressemblé à cette femme dépourvue de limites qui ne se souciait pas de l'image qu'elle donnait, songea Julia qui se félicita d'avoir décroché.

Elle se résigna à laisser Patricia monter avec elle en espérant pouvoir enfin se reposer un peu une fois qu'elle l'aurait ramenée à la fête et qu'elle aurait essuyé le parquet en bas.

Dans la chambre, Julia s'assit sur son lit, laissa Patricia utiliser la salle de bains en premier et prit sa suite. Quand elle sortit, elle surprit Patricia en train de refermer un flacon de pilules.

— Qu'est-ce que c'est ? s'alarma-t-elle, brusquement en sueur.

Dans un haussement d'épaules nonchalant, Patricia rangea le flacon dans son sac et sortit une cigarette qu'elle coinça entre ses lèvres sans l'allumer.

— Rien. Juste un médicament qu'on m'a prescrit.

Julia était tiraillée. Elle voulait à la fois s'assurer que la jeune femme n'allait pas au-devant de problèmes et la sortir au plus vite de la chambre avant qu'elle ne se mette à fumer et imprègne la pièce d'une odeur de tabac.

— Vous savez qu'il est dangereux de mélanger alcool et médicaments, Patricia ? répéta-t-elle.

— Tout va bien. Ne faites pas cette tête. J'ai le droit de prendre du bon temps, non ? Ce n'est pas parce qu'Amy est morte d'une overdose que la même chose va arriver aux autres.

Comment pouvait-on être aussi bornée et vulgaire ? enragea Julia. Était-il possible qu'elle-même se soit conduite de la sorte ?

— Je travaille dans un service de soins intensifs où l'on reçoit souvent des victimes d'overdose, la plupart du temps accidentelle. Alors, comprenez que je m'inquiète quand je vois quelqu'un se mettre en danger.

Julia avala sa salive, submergée par un flot de souvenirs angoissants. Ceux de toutes les erreurs qu'elle avait commises.

— J'interviens aussi comme bénévole dans un centre de désintoxication. Je suppose qu'il existe des endroits similaires où vous pourriez obtenir de l'aide à Memphis.

— Vous êtes complètement à côté de la plaque. Je n'ai pas de problème d'addiction.

Tout en dévisageant Julia, Patricia tira longuement sur sa cigarette éteinte et expira lentement comme si elle avait réellement inhalé de la fumée.

— En dehors de celle-ci. C'est la cigarette que j'essaye d'arrêter.

C'est une sale manie, mais ça m'aide, rien que d'avoir ce truc dans la bouche. Vous comprenez ?

Julia comprenait seulement qu'elle usait sa salive à vouloir raisonner Patricia.

— J'espère que vous n'avez effectivement pas de problème d'addiction. Prenez quand même cette carte. C'est celle d'une permanence téléphonique joignable vingt-quatre heures sur vingt-quatre. En cas de besoin, appelez ce numéro, faites-vous aider, allez dans un centre. Ne risquez pas votre vie, je vous en supplie.

Patricia prit la carte, y jeta un coup d'œil et d'une chiquenaude la jeta par terre.

— Qui êtes-vous pour me juger ?

Elle aurait réagi de la même manière à une époque si quelqu'un lui avait conseillé de se soigner, ce que personne n'avait fait de toute façon. Jusqu'au jour où une infirmière du service de soins intensifs où elle avait atterri avait tout changé en lui donnant les moyens de se remettre sur les rails. Par son métier et son bénévolat, Julia se consacrait à prendre le relais, mais elle savait qu'on ne pouvait rien pour quelqu'un qui n'était pas prêt à décrocher.

Malheureusement, certaines personnes n'en avaient jamais l'occasion.

Après avoir jeté ses clés au voiturier que sa mère avait embauché et appelé un taxi pour les invités qui avaient trop bu, Boone, pressé de retrouver Julia qu'il s'en voulait d'avoir abandonnée au milieu d'inconnus, gagna le chapiteau par l'intérieur de la maison, le chemin le plus court.

Ne l'y trouvant pas et personne ne l'ayant vue depuis un moment, il lui envoya un SMS qui resta sans réponse. Il décida donc de monter voir dans sa chambre.

— Julia ? C'est moi, dit-il en frappant.

Alors qu'il s'apprêtait à lui envoyer un autre texto, la porte s'ouvrit sur une Julia qui paraissait sortir du lit.

— Tu es rentré, dit-elle en clignant des yeux. Tu aurais dû m'appeler. Je serais descendue.

— C'est ce que j'ai fait. Tout va bien ?

— Je suis venue pour décompresser un peu et je me suis assoupie.

Elle bâilla et, avec un sourire penaud, remit un peu d'ordre dans ses cheveux.

— Comment va Martha ?

— Ils l'ont gardée en observation, mais la radio n'a révélé aucune lésion significative. Merci d'avoir réagi aussi vite. Tu lui as sauvé la vie.

— Si je n'étais pas intervenue, quelqu'un d'autre l'aurait fait, répondit-elle en rosissant.

— Ne minimise pas ton geste. Tu l'as sauvée et je t'en suis infiniment reconnaissant. Tu es prête à retourner à la fête ou tu préfères te coucher ?

— Je veux bien redescendre, mais après avoir vérifié que mon mascara n'a pas coulé et que je ne ressemble pas à un raton laveur.

Elle commença à se diriger vers la salle de bains puis s'arrêta, les yeux brillants d'excitation.

— Je vais profiter de ce que tu es là pour te donner ton cadeau. Ce n'est pas grand-chose, juste un truc dont j'ai pensé qu'il t'amuserait. Mais si tu dois retourner à la fête, ça peut attendre demain.

— Non ! Je suis trop curieux de voir ce que c'est. Et puis ma présence n'est plus indispensable depuis longtemps. De toute façon tout se termine à minuit, dans une heure.

Non sans appréhension à l'idée qu'il serait peut-être déçu, elle tendit à Boone une petite boîte.

— C'est génial ! s'exclama-t-il dans un rire en découvrant la voiture de ses rêves en miniature. Et en plus, elle est de la bonne couleur. Où l'as-tu dénichée ?

— Sur Internet, répondit-elle, soulagée par sa réaction.

— Elle est parfaite, décréta-t-il en faisant tourner une des minuscules roues.

Parfaite comme Julia. Il n'en revenait pas de sa chance d'avoir rencontré une femme aussi gentille, attentionnée, empathique, talentueuse et intelligente. Et belle, bien sûr. Avec le sourire qui lui illuminait le visage, elle était la plus belle femme qui ait jamais vécu. Personne n'aurait pu l'en faire démordre.

— Parfaite, je ne sais pas, mais c'est le maximum que me permettait mon budget.

Ses yeux étincelaient de bonheur. Il lui prit la main et lui serra doucement les doigts.

— Merci, Julia. Pour tout, mais spécialement pour avoir accepté de m'accompagner ici et pour avoir fait de ce week-end un moment spécial de bien des façons. Tu n'imagines pas ce que représente pour moi ta présence à mes côtés au cimetière. À l'exception de l'incident avec Martha, j'ai passé un anniversaire formidable.

— Merci à toi de m'avoir invitée.

Là-dessus, sous le regard sidéré de Boone, elle se hissa sur la pointe des pieds et l'embrassa doucement sur la joue. Quand elle s'écarta, rougissante, elle le regarda droit dans les yeux :

— Bon anniversaire, Boone.

Sous l'effet de ce chaste baiser, un feu d'artifice explosa en lui, l'emportant dans un tourbillon de couleurs et de désir qui n'avait rien de chaste. Pourtant, la délicatesse du geste de Julia dépassait de loin l'attirance physique qu'il ressentait pour elle. Il était incapable de mettre un nom sur ses sentiments. Il savait seulement qu'il ne les avait jamais éprouvés pour personne jusque-là et il brûlait de les explorer plus avant. Elle obtiendrait son diplôme en mai. Il devait donc juste patienter encore un peu et... Son regard tomba sur un comprimé blanc, rectangulaire, par terre à côté du lit.

Il le ramassa, l'esprit en ébullition. Qui était la dernière personne à avoir occupé la chambre ? Et comment la femme de ménage avait-elle pu ne pas remarquer le cachet ? La chambre aurait pu être attribuée à un couple avec enfant. Son estomac se noua. Il commença à s'excuser de cette négligence et s'arrêta net en lisant la honte dans les yeux de Julia.

Le même regard que celui d'Amy.

Boone pensait que ce comprimé lui appartenait, s'affola Julia, la gorge sèche, les mains moites, le cœur tambourinant dans sa poitrine.

— Ce n'est pas à moi, dit-elle avant qu'il ne verbalise ce que son visage exprimait sans ambiguïté. Une jeune femme est venue dans ma chambre tout à l'heure. Patricia Brewer. Elle voulait aller aux toilettes. Elle a dû le laisser tomber.

Le visage fermé, la mâchoire crispée, Boone rétorqua :

— Ma mère a fait installer des toilettes à l'extérieur. Il n'y a aucune raison qu'une invitée soit venue dans ta chambre.

— Je sais, mais...

— C'est pour ça que tu dormais ? Parce que tu as consommé de la drogue avec Patricia ? Comment as-tu pu quand tu sais le cauchemar que j'ai vécu avec Amy ?

Julia recula.

— Je n'ai pas consommé de drogue avec elle, Boone. Elle avait bu et pourtant ses pupilles étaient contractées. J'ai compris qu'elle avait pris une substance qui masquait les effets de l'alcool et j'ai eu peur pour elle. Elle a dû laisser tomber le comprimé pendant que j'étais aux toilettes.

Ces explications semblèrent enfin parvenir au cerveau de Boone.

— Excuse-moi. J'ai surréagi. La visite sur la tombe d'Amy a laissé davantage de traces que je ne le pensais.

Il semblait vidé et marqua un temps avant de poursuivre.

— Je ne m'attendais pas à voir ce genre de produits chez toi et j'ai été pris au dépourvu. Et puis tu avais l'air... Je ne comprends pas pourquoi mes parents continuent à inviter Patricia. Maman croit qu'elle est guérie. La preuve que non. J'ai parfois l'impression qu'on ne guérit jamais de l'addiction.

Il se passa la main dans les cheveux.

— Jamais tu ne te droguerais. Je le sais bien.

Croyait-il vraiment la guérison impossible ? Sentant ses genoux se dérober, Julia se laissa tomber sur le bord du lit. Elle était à présent au pied du mur. Elle devait avouer la vérité à Boone, quitte à tout gâcher.

— À ce propos, Boone… En fait si, je pourrais me droguer.

Malgré la nausée qui la gagna, elle se força à continuer.

— Et je l'ai fait.

— Qu'est-ce que tu racontes ? demanda Boone en blêmissant.

— Je suis toxicomane.

— Comment ça ?

L'incrédulité et la myriade d'autres émotions qui traversèrent le visage de Boone piquèrent Julia au vif.

— Tu m'as menti ? Tu m'as dit que ce comprimé n'était pas à toi. Tu te drogues chez mes parents ?

— Non. Désolée. Je me suis mal exprimée. J'ai l'esprit complètement embrouillé. Je ne pensais pas parler de ça ce soir.

— Tu es toxicomane ? répéta-t-il. Je n'y comprends rien, Julia. Que se passe-t-il ? Essaies-tu une fois de plus de saboter notre relation ?

Malgré la honte et le désespoir qui la submergeaient devant la désillusion qu'elle lisait sur le visage de Boone, elle réussit à répondre :

— Je suis une ancienne toxicomane. Je ne touche plus à la drogue depuis sept ans, mais je sais que je peux replonger. C'est une bataille de tous les instants et que je devrai probablement mener jusqu'à la fin de mes jours.

— OK, ce médicament n'est pas à toi. Mais l'aurais-tu pris si je ne l'avais pas trouvé ?

Elle considéra le comprimé dans la main de Boone. Elle savait exactement de quoi il s'agissait. Elle savait son poids au milligramme près. Elle savait dans quel état d'euphorie il la mettrait, puis la douleur quand les effets se dissiperaient et que son corps en réclamerait un autre. Elle savait les risques.

— À une époque, oui, je l'aurais pris. Les antidouleurs étaient mes préférés, mais j'avalais tout ce que je trouvais. Je ne faisais pas la difficile du moment que le monde autour de moi perdait de sa réalité.

Boone secoua la tête comme pour en chasser les paroles qu'il venait d'entendre.

— Je n'arrive pas à y croire. Tu travailles dans un service de soins intensifs. Tu connais les effets dévastateurs de la drogue.

Consciente qu'elle ne pouvait en rester là, elle poursuivit en se demandant si le dégoût qui voilait les beaux yeux bleus de Boone se dissiperait un jour, s'il pourrait un jour la regarder de nouveau et voir au-delà de son passé.

— À vingt ans, j'ai fait une overdose, Boone. Je suis restée à l'hôpital pendant des semaines. Ensuite, j'ai passé plusieurs années dans un centre de désintoxication tout en entamant mes études. Depuis, je mets tout en œuvre pour ne pas rechuter et pour respecter les règles que je me suis fixées pour réussir ma vie.

— Pourtant, je trouve un comprimé dans ta chambre.

— Qui n'est pas à moi, je te le répète.

Avec un découragement auquel elle s'efforça de résister, elle vit l'expression de méfiance de Boone. La même que celle de Clay. Elle entendit de nouveau les mots odieux que ce dernier lui avait lancés, déclarant entre autres qu'il ne lierait jamais son destin à quelqu'un comme elle. N'avait-elle pas toujours su que Boone réagirait de la même façon ? Quelle idiote de s'être laissé endormir par l'attention qu'il lui prodiguait, d'avoir voulu croire que peut-être, juste peut-être, il était différent, qu'il pouvait tout aimer chez elle, son passé, son présent et son avenir ! Elle était la seule responsable de la douleur qui lui déchirait la poitrine.

— Ce n'est pas que je ne te crois pas. C'est juste que...

Laissant sa phrase en suspens, apparemment au supplice, il ferma les yeux. Quand il les ouvrit, ils étaient embués de tristesse.

— Tu sais ce qui est arrivé à Amy. Tu sais qu'elle a fait une overdose alors qu'elle avait pourtant affirmé ne plus consommer. Tu as vu aujourd'hui comment sa mort continue à me torturer.

Sa voix se brisa.

— Il y a des mois que tu aurais dû me le dire.

Il avait raison. Mais Julia était à présent repliée derrière ses défenses et ruminait. Elle s'était démenée pour s'en sortir et tout ça pour ne toujours pas être à la hauteur.

— Je n'ai pas à te raconter mon passé en détail, Boone. Dès le départ, je t'ai dit que je ne voulais pas d'homme dans ma vie, que tu devais t'intéresser à quelqu'un qui te convienne mieux. Ce n'est pas moi qui suis venue te chercher.

— Si je comprends bien, je ne peux m'en prendre qu'à moi-même de t'avoir crue différente ?

Ses jambes flageolaient mais elle n'en laissa rien paraître.

— Si par différente tu entends parfaite, alors oui, tu ne peux t'en prendre qu'à toi-même.

Lui en revanche ne put cacher ses émotions, ce qui ébranla profondément la détermination de Julia. Elle était à bout. Elle voulait rentrer chez elle et pleurer en câlinant Nougatine. Pleurer jusqu'à ce que ses larmes se tarissent.

Boone se mit à marcher de long en large dans la chambre. Il avait les yeux rouges. À cause d'elle, culpabilisa Julia. Comment avait-elle pu penser qu'elle méritait d'accéder au bonheur après s'être autant écartée du droit chemin à une époque ?

— Stephanie a fait allusion à ton passé à quelques reprises, murmura-t-il plus pour lui-même que pour Julia. Je pensais qu'elle parlait de ton enfance difficile. Jamais je n'avais imaginé quoi que ce soit de cet ordre.

« Quoi que ce soit de cet ordre. » Comme si elle était souillée et ne vaudrait plus jamais rien, quels que soient ses efforts pour décrocher définitivement. C'est ce que Clay avait pensé. Et c'est apparemment ce que Boone pensait aussi. Peut-être avaient-ils raison. Elle respirait difficilement.

— Tout est ma faute. Je suis le seul responsable. C'est moi qui ai à rougir de mon passé et qui suis loin d'être parfait.

Non, c'était elle la seule coupable. Coupable d'avoir osé rêver au lieu de se tenir à ses règles. Si elle n'avait pas laissé Boone transpercer ses défenses, elle serait à l'heure actuelle en sécurité chez elle avec Nougatine et son cœur ne serait pas en charpie.

— Quelle importance à présent ? lança-t-elle en retenant à grand-peine ses larmes.

— Parce que de toute façon ça n'aurait jamais collé entre nous ? répliqua-t-il sèchement.

— C'est ce que je t'ai toujours dit. Maintenant, tu comprends pourquoi. Je suis désolée de ne pas t'avoir tout avoué plus tôt.

— Tu ne nous as jamais laissé la moindre chance, n'est-ce pas, Julia ?

Mâchoires serrées, il gagna la porte, l'ouvrit et s'arrêta sur le seuil.

— D'abord tu me mens par omission et ensuite tu m'anéantis avec la vérité. Ça fait beaucoup à encaisser. Nous en discuterons demain, mais après être partis d'ici, pour épargner mes parents. Bonne nuit, Julia.

Le cliquetis métallique de la serrure de la porte qui se ferma derrière Boone résonna dans le cœur de Julia.

10

— Tu as pris ton pied à t'en aller de cette façon ? Tu as une idée de l'état dans lequel j'étais quand je me suis aperçu que tu n'étais plus là ? Comment t'es-tu débrouillée d'ailleurs ?

L'altercation entre Boone et Julia se déroulait le lundi matin dans un couloir de l'hôpital, en présence de plusieurs de leurs collègues. Julia avait eu beau savoir qu'elle n'échapperait pas à une explication avec Boone après son brusque départ de Memphis – à moins de démissionner, une idée qui l'avait brièvement effleurée – elle ne s'était pas attendue à une attaque aussi violente.

— J'ai appelé un taxi.

Elle inspira profondément et le regarda droit dans les yeux d'où toute trace d'affection avait disparu pour ne laisser que de la colère. Grand bien lui fasse, après tout. Elle aussi était en colère. En colère qu'il ne se soit finalement pas révélé différent de Clay. Qu'il lui ait fait croire qu'elle comptait pour lui. Qu'il n'ait pas pris la peine de s'intéresser à qui elle était vraiment.

— Tu es rentrée en taxi jusqu'ici ?

— Non, il m'a emmenée à la gare routière de Memphis et là j'ai pris un car. À l'arrivée à Knoxville, j'ai appelé un autre taxi pour me conduire chez moi.

Le trajet avait duré neuf interminables heures, qui lui avaient au moins permis de réfléchir sur elle. Certes, elle avait un passé. Comme tout le monde, après tout. Mais au lieu de continuer à avoir honte de la femme qu'elle avait été, elle était à présent fière de celle qu'elle était devenue. Et elle savait qui elle ne voulait plus être. Si Boone, ou n'importe quel autre homme, était incapable d'accepter son passé, il ne méritait pas celle qu'elle était aujourd'hui.

— Ce n'est pas le lieu pour discuter de cela, Boone.

— Il fallait y penser plus tôt au lieu d'ignorer tous mes appels téléphoniques et mes SMS. J'ai eu droit ce matin à un simple « Je suis rentrée à Knoxville. Je vais bien. » par texto. Je vais bien ! Qu'est-ce que ça veut dire ?

Il était touché dans son ego, jugea Julia devant les mâchoires serrées d'agacement de Boone.

— Je ne sais pas pour les autres, Boone, mais pour moi ça veut dire quelque chose. Oui, je vais bien.

Elle avait survécu à la drogue et elle survivrait aussi à la malchance d'être tombée amoureuse de lui. Nul besoin de regarder sa liste de règles pour savoir qu'elle avait réussi. Tant pis s'il ne le voyait pas. Peut-être la mort d'Amy l'en empêchait-elle ? Quoi qu'il en soit, elle ne laisserait plus jamais ni lui ni personne lui donner l'impression qu'elle ne valait rien. Elle avait incontestablement commis des erreurs, mais elle en avait tiré des leçons et à présent, elle était quelqu'un de bien.

— Si tu veux bien m'excuser, je dois aller voir un malade.

Il enfonça ses mains dans les poches de sa blouse comme pour s'empêcher de la retenir.

— Ah d'accord ! Tu t'en vas comme ça, en me laissant en plan !

— N'était-ce pas ce que tu comptais faire avec moi ?

— Pas à Memphis.

— Peut-être, mais je n'avais aucune envie d'être coincée six heures dans une voiture avec toi quand nous savions tous les deux que ce qu'il y avait eu entre nous, quoi qu'il y ait eu, n'existait plus.

Leurs collègues ne perdaient pas une miette de la scène. Peut-être est-ce pour cela qu'après avoir dévisagé Julia un long moment, il déclara forfait :

— OK. Comme tu veux. Ce n'est pas ainsi que je voyais les

choses, mais après tout, si ça doit éviter à mes parents de vivre dans l'angoisse que tu rechutes... C'est peut-être mieux ainsi.

« C'est peut-être mieux ainsi »... Ces mots, l'écho de ceux de Clay, lacérèrent le cœur de Julia. Mais elle ne s'avoua pas vaincue. Elle renaîtrait une nouvelle fois de ses cendres. Elle passa son pouce sur le phénix tatoué sur son poignet, puis sortit un écrin de sa poche.

De plus en plus ébranlée par l'expression glaciale de Boone, elle dut faire appel à toute sa volonté pour lancer :

— Eh bien, parfait ! Voilà qui t'enlève une belle épine du pied !

Là-dessus, elle lui mit l'écrin dans la main et s'en alla, tête haute et cœur en capilotade.

Il regarda Julia disparaître dans la chambre d'un patient et ses doigts se crispèrent autour de l'écrin qu'il savait contenir le pendentif. Comment pouvait-elle traiter avec autant de désinvolture son départ clandestin en pleine nuit, un départ qui, lui, l'avait anéanti ?

Avant de constater la désertion de Julia, il avait passé la nuit à réfléchir à ce qu'il lui dirait pendant le trajet de retour jusqu'à Knoxville. Il lui aurait expliqué pourquoi une relation avec elle était impossible. Elle aurait certainement compris qu'il ne pouvait risquer la répétition du drame qu'avait représenté pour sa famille et lui la mort d'Amy. Au lieu de cela, il avait eu six heures pour ruminer, seul au volant de sa voiture.

Après tout, comme elle l'avait dit, peut-être cela n'avait-il plus d'importance et, au point où ils en étaient, les mots ne servaient plus à rien.

Il glissa l'écrin dans sa poche. Il ne voulait pas de ce bijou dont la place se trouvait au joli cou de Julia. Avait-elle aussi déchiré avec délectation le calendrier et ses dates à ne pas manquer ?

— Que viens-tu de faire ? l'accusa Stephanie derrière lui.

— Le problème n'est pas vraiment ce que j'ai fait, moi, tu ne crois pas ? riposta Boone en se retournant. Quand tu m'as dit que Julia avait vécu des moments difficiles, tu aurais pu préciser davantage et nous épargner à tous les deux bien des souffrances.

— C'est vraiment ce que tu penses ? lança Stephanie, pantoise.

Puis, le fixant entre ses paupières mi-closes, elle ajouta rageusement :

— Si tu es incapable de voir que cette femme est aussi belle à l'extérieur qu'à l'intérieur, alors tu ne la mérites pas. Rien ne pourra jamais justifier que tu l'aies blessée. Elle vaut mieux que toi et que moi.

Interrompant brusquement son violent réquisitoire contre Boone, Stephanie respira profondément et soupira :

— Dire que je l'ai encouragée à accepter ce qui se passait avec toi parce que je croyais que tu tenais sincèrement à elle. Tu ne vaux pas mieux que Clay.

— Clay ? Qui est-ce ?

— Demande à Julia, mais à mon avis elle ne te le dira pas, parce que lui et toi semblez partager le même plaisir à arracher les ailes des papillons.

Était-ce ainsi que Stephanie le voyait ? Que Julia le voyait ? Comme quelqu'un se plaisant à briser les êtres fragiles ? Peut-être Stephanie jugeait-elle Julia fragile, mais c'est sa force que lui admirait le plus. Peu importe, ce n'était pas le sujet dans l'immédiat. Ce qui comptait pour lui était de découvrir ce qu'avait fait à Julia ce Clay qu'il aurait volontiers assommé à coups de poing.

— Si je comprends bien, je suis le méchant dans l'histoire. Ce n'est pas juste. Julia ne m'a pas dit la vérité. Un mensonge par omission reste un mensonge. Et de mon côté, ce n'est pas un tort de vouloir protéger ma famille.

— La protéger de Julia ? N'importe quoi ! Elle s'est mise à nu devant toi et tu la poignardes en plein cœur. Tu peux être fier de toi. Bravo !

— Je te signale que c'est elle qui est partie.

La colère de Boone se mêlait à une foule d'autres émotions,

dont le regret sourd de ne pas avoir parlé d'Amy plus tôt. Cela aurait peut-être incité Julia à se dévoiler.

— Elle a gardé des secrets, de graves secrets, et puis elle a disparu. Alors, si quelqu'un a été brisé dans cette affaire, c'est moi.

— Qui essaies-tu de convaincre ? Moi ou toi ? riposta Stephanie après l'avoir dévisagé un long moment.

Bonne question, qui continua à hanter Boone bien après que Stephanie eut tourné les talons et fut partie.

— Riley Sim, appela dans le micro le doyen de l'université du Tennessee au début de la cérémonie de remise des diplômes, le premier samedi de mai.

Julia savait qu'elle serait la prochaine et ses jambes flageolaient tellement qu'elle tenait à peine debout. Mais elle gardait la tête haute. Elle avait réussi. Elle avait inversé le cours de sa vie. Elle était licenciée en sciences infirmières, exerçait un métier respectable qu'elle adorait, avait préparé sa maîtrise tout en travaillant, intervenait comme bénévole dans un centre de désintoxication et contribuait à améliorer la vie de ses congénères. Elle avait coché toutes les cases de son carnet de *Règles pour Réussir sa Vie*.

— Julia Lea Simmons.

Des acclamations frénétiques, accompagnées du hurlement d'une corne de brume, explosèrent dans une partie de l'assistance et Julia traversa la scène, serra la main du doyen, reçut son diplôme et, tenant précieusement entre ses mains tremblantes l'emblème de sa réussite, regagna sa chaise. Comment n'aurait-elle pas débordé de bonheur et de fierté ?

Après la cérémonie, Stephanie, Derek et tous ceux venus partager ce moment important avec elle, se frayèrent un chemin à travers la foule des diplômés, de leurs amis et de leur famille. Quand elle les repéra, son cœur se gonfla de bonheur. Elle avait sa tribu autour d'elle, les membres de sa famille d'adoption. Elle les aimait et eux l'aimaient alors même qu'ils connaissaient son histoire.

— Je suis tellement contente que vous soyez venus, dit-elle en essuyant des larmes de joie.

— Bien sûr que nous sommes venus ! s'écria Stephanie en la prenant dans les bras tandis que les autres sautaient autour d'elles. Je suis tellement fière de toi !

— Comme nous tous.

— Le seul point noir c'est ta démission à l'hôpital, ajouta Stephanie avec une moue. Tu n'imagines même pas comme tu vas me manquer.

À Julia aussi tout le service de soins intensifs allait manquer. Quand elle avait appris qu'un poste s'était libéré à la Maison de l'Espoir de Knoxville, elle avait aussitôt postulé et été recrutée. Elle avait pensé rester à l'hôpital à temps partiel, quelques jours par mois, mais avait décidé que cette solution ne ferait que prolonger la torture de côtoyer Boone.

Boone… Comme elle souffrait de son absence dans sa vie depuis un mois !

Elle avait espéré tout au fond d'elle qu'il assisterait à la cérémonie pour fêter avec leurs amis cette étape marquante de sa vie et entendrait son discours de major de promotion qu'elle avait centré autour de la possibilité de renaître de ses cendres et de l'importance d'atteindre l'objectif qu'on se fixait, quels que soient ses antécédents.

Mais il ne faisait pas partie de ces visages souriants qui la félicitaient. Lorsqu'ils s'étaient croisés à l'hôpital, il s'était comporté en professionnel courtois. Le reste du temps, il l'avait évitée comme elle l'évitait. Alors, pourquoi serait-il venu aujourd'hui, au risque de lui donner l'illusion qu'elle comptait toujours pour lui ?

C'était mieux ainsi. Elle allait bien et continuerait à aller bien. Elle n'avait pas besoin de Boone pour être heureuse, elle l'était. Dans l'ensemble. À partir de maintenant, elle allait pouvoir se rendre plus utile encore en aidant toujours plus de personnes à vaincre leur addiction. Elle servirait d'exemple. Si elle avait réussi, tout le monde pouvait réussir.

Pour le moment, elle allait profiter à plein de la journée malgré le vide dans son cœur que seul Boone aurait pu combler, et savourer l'affection de ses amis.

— Euh... Julia ?

Elle n'eut pas besoin de se retourner pour savoir qui Stephanie regardait. Les papillons dans son ventre le lui dirent. La gorge sèche, elle vira sur elle-même...

Un énorme bouquet de roses rouges entre les mains, Boone se tenait là, à quelques mètres.

Il était resté à l'écart pour permettre à Julia de célébrer le moment avec ses amis, qu'il avait informés de sa venue. Comment aurait-il pu rater un des jours les plus importants de la vie de Julia ?

Avec sa coiffe et sa toge de nouvelle diplômée et son visage irradié de bonheur, elle n'avait jamais été aussi belle.

— Félicitations, Julia.

— Merci, répondit-elle en le scrutant. Je ne m'attendais pas à te voir.

— Vous non plus, je ne m'attendais pas à vous voir, ajouta-t-elle à l'intention du groupe qui se tenait derrière Boone.

— Je n'ai pas réussi à les dissuader de venir, expliqua Boone qui pestait contre l'ingérence de sa famille. Mais ils ont ordre de ne pas dire un seul mot tant que je n'aurai pas prononcé le discours que je peaufine depuis quatre semaines.

Il se rapprocha de Julia et lui tendit le bouquet.

— Elles sont pour toi.

Elle regarda tour à tour les fleurs puis Boone.

— Merci. Elles sont magnifiques.

— Et ceci aussi est pour toi, dit-il en sortant de sa poche le fameux écrin.

— Non, je ne peux pas le reprendre.

— Il t'appartient, Julia. Depuis la seconde où je l'ai vu.

Il l'ouvrit et en sortit le collier.

— Tu me permets ?

Après un moment d'hésitation, elle acquiesça de la tête.

— Voilà, dit-il quand il eut attaché le bijou autour du cou de Julia. Il est de nouveau à sa place.

— Merci. Je reconnais que je m'étais habituée à le porter. Je ne l'avais pas enlevé jusqu'à cette soirée à Memphis.

Elle rougit aux souvenirs qui affluèrent.

— Je n'aurais pas dû partir comme une voleuse.

— Je ne méritais pas que tu restes.

Alors, avec un regard circulaire à leurs amis et à sa famille, il dit ce qu'ils étaient venus entendre.

— J'ai tout gâché, Julia. Je pourrais énoncer toutes les raisons pour lesquelles j'ai agi comme je l'ai fait, mais aucune ne tient face au chagrin de t'avoir perdue. C'est t'avoir dans ma vie qui compte plus que tout. Tu es une flamme lumineuse qui illumine le monde de ceux qui ont la chance de te côtoyer.

Elle déglutit plusieurs fois, les yeux dans ceux de Boone, tandis qu'il poursuivait.

— Aujourd'hui, j'aimerais que tu honores ta promesse de fêter ta maîtrise par un dîner au restaurant avec moi.

— Un dîner en amoureux, c'est ça ? Je te remercie sincèrement pour les fleurs et le pendentif, Boone, mais un homme qui ne reconnaît pas ma valeur et qui, à partir du moment où je lui ai révélé mon passé n'a plus rien vu d'autre en moi, j'ai déjà donné, merci. Je refuse d'être de nouveau traitée de cette façon. Je mérite mieux.

— Ce n'est pas ton passé que je vois quand je te regarde, Julia. C'est mon avenir.

— Je ne comprends pas.

— Je t'aime, Julia. Depuis le moment où tu m'as dépouillé de ma couverture à l'ours.

Il sourit à ce souvenir.

— Ma conduite à Memphis est impardonnable, mais je passerai le reste de ma vie à me racheter si tu me le permets.

Les amis de Julia et la famille de Boone étaient suspendus aux lèvres de Julia. Mais leur stress n'était rien en comparaison de celui de Boone.

— Tu m'aimes ? demanda-t-elle.

— Je pensais que les roses rouges me trahiraient.

Elle lui plaqua les fleurs dans les mains.

Elle refusait son bouquet. Elle ne voulait pas de son amour. Toute chance de gagner son cœur s'était envolée à cause de sa réaction stupide lorsqu'elle lui avait confié son secret le plus lourd.

— Non, je ne les reprendrai pas, Julia. Elles sont à toi.

Leurs regards se croisèrent et Boone s'arrêta de respirer.

— Les roses rouges symbolisent l'amour, Boone. Le mien.

— Tu m'aimes ?

— De toute mon âme.

Autour d'eux, des applaudissements et des sifflets fusèrent, mais Boone ne les entendit pas. Seule Julia existait.

— Je t'aime, Julia.

Il l'attira vers lui et Julia, après avoir donné le bouquet à une Stephanie au bord des larmes, lui prit le visage entre les mains.

— Plus de secrets entre nous, Boone. Je te promets de ne plus jamais rien te cacher.

— Et je te promets d'être toujours là pour toi, Julia. De te soutenir dans ta carrière, dans tes études, dans tes moments de creux et dans tes efforts pour ne plus toucher à ces cochonneries. Je serai là pour maintenir ta flamme afin que tu continues à briller.

Et il tint sa promesse.

Épilogue

Enveloppée dans sa couverture à l'ours, Julia prit le cadeau que Boone lui tendait, un paquet de la même taille que celui du Noël précédent. Comme un an auparavant, elle le secoua, et le bruit à l'intérieur l'intrigua.

— C'est un calendrier avec des dates cochées comme l'année dernière ?

— Ouvre et tu le sauras.

— Mais Noël n'est que dans deux jours.

— Exact, mais nous partons chez mes parents demain matin et je voulais que tu voies mon cadeau avant.

— Je préfère attendre pour être sûre de trouver quelque chose le 25.

— Tu crois que ma mère ne va pas te couvrir de cadeaux ? D'après Justin, la moitié de ceux qui sont sous le sapin de mes parents porte ton nom. Il s'est même plaint que Nougatine était plus gâtée que nous.

— C'est vrai que ta mère et ma chatte se sont prises d'affection l'une pour l'autre, observa Julia en secouant de nouveau le paquet. Bon, si tu y tiens absolument, je vais l'ouvrir.

— Ah ! Pour une fois, j'ai réussi à te forcer la main, dit-il en s'esclaffant, s'apprêtant à prendre Julia en photo.

En riant elle aussi, Julia se lança dans l'opération de déballage, déchirant allègrement le papier jusqu'à ce qu'enfin elle sorte de la grande boîte un calendrier de l'année à venir.

Sur la case du 1er janvier, elle lut : « ski avec Boone au Noël de l'amitié ».

Elle tourna la page et pouffa devant le 14 février : « rompre avec la tradition de la Saint-Val-ami-tine par un dîner en amoureux avec Boone ».

En mars, deux dates étaient marquées : « se mettre au vert avec Boone » à la Saint-Patrick et « baiser d'anniversaire à Boone » à la fin du mois.

À la page d'avril, elle vit seulement « Averses d'avril… » et à la page suivante la fin du dicton : « … annoncent mai et ses fleurs … ».

Elle lui lança un regard interrogateur et s'aperçut qu'il s'était approché du canapé.

— Tu n'as rien indiqué de spécial pour avril et mai. C'est normal ?

Avec un sourire, il s'agenouilla à côté d'elle et désigna le petit paquet.

— Ouvre-le avant de regarder le reste de l'année.

— Ce sont des boucles d'oreilles assorties à mon collier ? demanda-t-elle en sortant un écrin.

Le collier qu'elle n'avait pas quitté depuis le jour de la remise des diplômes.

— Tu verras.

Elle souleva le couvercle et demeura sans voix.

— Maintenant, tourne la page du calendrier, dit Boone avec une émotion dont l'intensité dépassait tout ce qu'elle avait jamais espéré.

Elle savait que Boone l'aimait. Il le lui montrait tous les jours par une diversité de petits gestes, mais elle ne s'était jamais autorisée à imaginer le conte de fées qu'elle était en train de vivre. Ou qu'elle pensait être en train de vivre.

Retenant son souffle, elle alla au mois de juin. À travers ses larmes, elle réussit à lire : « Julia épouse Boone ». Et à la case suivante il avait écrit : « Julia et Boone vivent heureux le reste de leur vie ». Et à partir de là, il avait tracé un trait jusqu'à la fin de l'année.

— Euh... Tu vas devoir rendre le calendrier, bafouilla-t-elle en plongeant son regard dans les plus beaux yeux bleus qu'elle ait jamais vus. Quelqu'un a gribouillé dessus.

— C'est connu, les médecins écrivent mal, plaisanta-t-il comme l'année précédente, avant de lui prendre la main. Acceptes-tu, Julia ?

— Tu es sûr que c'est ce que tu veux ?

— Je suis sûr que tu es celle que je veux, aujourd'hui et pour l'éternité.

Il lui embrassa la main, puis sortit la bague de l'écrin.

— Épouse-moi, Julia. Choisis le jour et marque mon nom dans chaque case pour le reste de tes jours.

— Tu sais que ma réponse est oui, dit-elle les joues ruisselant de larmes de joie. Je t'aime éperdument et je n'imagine pas vivre sans toi.

— Alors, écris aussi mon nom en haut de chaque page de ton carnet de *Règles pour Réussir sa Vie*, dit-il en lui glissant à l'annulaire gauche l'anneau en diamants qu'il sortit de l'écrin.

— Comme je t'ai promis de ne plus avoir aucun secret pour toi, je dois t'avouer que j'ai jeté mon carnet. Je n'en ai plus besoin pour savoir que j'ai réussi ma vie puisque je ne touche plus à la drogue, j'aide les autres et je vois ton nom dans mon calendrier.

Il entrecroisa ses doigts avec ceux de Julia.

— Attends de voir ce que je prépare pour l'année prochaine. Heureusement, j'ai le temps de savoir si j'utiliserai de l'encre bleue ou rose.

Dans un état d'euphorie que la drogue ne lui avait jamais procuré, Julia passa ses bras autour du cou de Boone.

— Et pourquoi pas les deux ? Après tout, tu as une sœur jumelle, donc c'est possible.

Une possibilité qui devint réalité neuf mois après leur « oui » devant M. le maire, avec la naissance d'un garçon et d'une fille. Et leur bonheur dura jusqu'à la fin de leurs jours.